森のバルコニー

ジュリアン・グラック

un balcon en forêt

中島昭和 訳

文遊社

森のバルコニー

おーい　森の番人たち
というより眠りの番人たちよ
せめて曙には監視の眼を見張れ

ワーグナー『パルジファル』

汽車がシャルルヴィルの郊外を過ぎ、町の煤煙も見えなくなると、見習士官グランジュにはこの世の汚れが次第に消え去ってゆくように思われた。気がつくと車窓の視界にもはや一軒の家もない。列車は緩い川の流れに沿って走っている。はじめは羊歯（しだ）やハリエニシダの生い茂る丘々の、なだらかな斜面の峡間に入りこんだのであったが、やがて、川が大きく屈曲するたびに谷間は深まってゆき、いまや寂莫としたなかで、列車の轟音だけが両岸の断崖にはねかえっている。秋の日も暮れに近づき、窓から首を出すと、鮮烈な風が刺すように顔を洗った。線路は気まぐれに岸を変え、谷にかかる鉄橋を渡ってムーズ川を越えたと思うと、うねりくねる山峡を通ってときどき短いトンネルに入りこんで行く。ふたたび谷間が眼の前に現われると、金色の光のなかに白楊（はくよう）が輝き、そのたびにまた峡谷は両岸の森のあいだに深まり、ムーズの流れはいっそう緩くそして暗色を深めていって、まるで朽ち葉の川床を流れてでもいるようだった。列車のなかはがらんとしている。冷えびえとした夕べ、十月の午後の澄みきった青さのなかへ次第に高くせりあがってゆく黄色い森の斜面、その斜面のあいだを走りつぐというただそれだけの楽しみのために、こうした無人の地に汽車が運行されてでもいるようだった。森林の木々も、岸に沿って帯状をなすわずかな草地だけは残していて、それがイギリス庭園の芝生のようにきれいだった。「〈アルンハイムの領地〉へ行く列車だな」エドガー・ポーの愛読者である見習士官はそう思った。そしてタバコに火をつけながら、あおむくようにしてサージの車席の背に頭をもたせかけると、はるかな高み、斜陽を受け、光を帯びて走り去る断崖の頂を眼に迫った。一瞬、谷の支脈の奥へと視界の深まるようなとき、遠くの茂みが、葉巻の煙のほのじろい青さのなかにうすれて見えた。密生し節くれだった森林の下に、ここでは大地が黒人の頭のような自然さで波打っているように感じられる。だが視界の汚らしさがまったく忘れ去られるというのではなかった。列車はときどき、川と断崖とのあいだに土止めの工事をしてしがみついているといった体の、小汚い鉄鉱石色の小駅に停車したのである。戦時色に青く塗った駅舎の窓ガラスはすでに淡く色あせ、カーキ色の兵隊たちがその前で郵便車に馬乗りになって居眠りなどしていた。やがて緑の谷間が一瞬白癬にでもかかったようになる。折から黄土のなかに刻みこまれた家々の前を通過するところであった。陰惨な黄色い家々が、石膏採掘場のような塵埃をあたり一面の緑の上にふりまいているように見える。

興ざめた思いでムーズ川のほうへ視線をもどすと、煉瓦とコンクリートで固めたばかりの小さな堡塁（ほうるい）がいまやところどころ眼につく。粗末な工事のものだ。土手沿いに鉄条網が張られていて、増水時の名残に枯れた草の葉がそこにひっかかっていたりする。鉄錆や鉄条網や、草木を引き剝いでしまった大地の匂い、作り上げてそのまま放擲されている空き地——そうしたものが「草多きガリア」のいまだ無傷のこの地方を、一発の砲弾も落ちぬうちからしてすでに損なっているのだ。

　モリヤルメの駅に降り立つと、この小さな町は、大きな断崖の投げかける影のなかに早くも沈み去ろうとしていた。にわかに寒くなってくる。ほど近いあたりでいきなりサイレンがけたたましい唸りをあげ、グランジュは一瞬、首筋にぬれたぼろ布でも当てられたように冷やりとした。だがそれは工場のサイレンで、それを合図に北アフリカ人たちが陰気な群れをなして小広場に流れ出て来ただけだった。グランジュは、休暇で郷里へ帰省していたときの夜、ときに村の消防署のサイレンに耳をそばだてたことがあるのを思い出した。一度鳴ってやむときは小火（ぼや）、二度続くのは村うちの火事、三度ならば遠くの農場の火災であった。三つ目のサイレンが鳴ると、不安げに開かれていた窓ごとに安堵の吐息が洩れたものだ。「ここではそれと逆なのだろう」グランジュはそう思った。「一度ならなにごともなし、二度連続で空襲。区別できるようにしておかなければ」今度の戦争では、万事がいささか奇妙な展開を示している。グランジュは駅長に連隊司令部の所在を教えてもらうと、ムーズ川のほうへ向かう見すぼらしく貧相な街路をぶらぶら歩いて行った。日の暮れの早い十月のことゆえ、一般人の通行はにわかにばったりとだえている。だがどこもかしこも、黄色い家々の正面入口からは、兵隊臭い物音が滲み出るように洩れていた。鉄兜や飯盒のぶつかり合う音、鋲（びょう）を打った靴底が床板に当たる音——しばらく眼をつぶっているならば、耳に聞いているかぎり、近代的軍隊もいまなお百年戦争時代の甲冑の響きをたてている。グランジュはそう思った。

　連隊本部はムーズ川沿いにあって、珪石（けいせき）造りの、陰気くさい田舎風の小さな家であった。川岸とのあいだには柵があり、そのこちらに貧しい花壇があるだけ、その花壇もすでに軍靴に踏み荒らされ、リラの木の幹には何台かオートバイが寄せかけてある。狭すぎる蜜蜂の巣穴のように、床板も腰板も、また廊下の壁も人の背丈の高さまでは、二か月の宿営のためにすっかり擦り減らされている。グランジュは埃っぽい室のなかでかなり長いこと待たされた。室では窓の鎧戸（よろいど）を半ば閉ざした薄暗がりのなかで、しきりとタイプライターの音がしている。兵站（へいたん）部の下士官が、顔も上げず、設計用大机の隅でときどきタバコの吸い殻をもみ消していた。おそらくこの家には、精錬所の技師かなんぞが住んでいたのであろう。わずかに開いた鎧戸の外では、鉱滓（こうさい）の土手沿いにいまやすっかり暗くなったムーズ川の崖上で、壁のように並び立つ木々が天井のあたりまで窓に貼りついているように見える。ときおり街路のほうから、子供たちの叫び声が立ちのぼってきた。戦争中という重たい空気に包みこまれて、兎の鳴き声のように無意味な声。まだはっきりと明るさの残っている連隊長の執務室に入り、踵(かかと)を鳴らして直立姿勢をとったとたん、グランジュは連隊長の灰青色の眼と濃い口髭のかげにそっくり唇のかくれている顔を見てはっとした。モルトケ（訳注—第一次大戦勃発時のドイツ陸軍参謀総長）に似ていたのだ。その視線には突然鋭い気魄のこもることがあったが、たちまち白っぽい膜におおわれて重い瞼の下に眼は退いていった。表情には疲労の色が浮かんでいる。だがこれは装った疲労にすぎず、実のところは精力の浪費を惜しんでいるだけなのであろう。頭巾をかぶされた鷹のような、この動きのない表情のうらには、いつでもむきだせる爪の隠されているのが感じられた。

グランジュは本隊からの派遣命令を差し出した。大佐は旅の日程表に眼をとおした。彼の前には何通かの書類があったが、放心した手つきで握りつぶす。書類が自分に関係あるものであることをグランジュは感じた。軍の保安関係には彼に関する書類があったはずだからである。

「きみの配属はファリーズ高地の監視哨ということになる」大佐はしばらくして感情のない事務的な調子で言った。だが言葉のうらには隠された意図のあることが感じられた。というのも、そのとき一瞬きびしく眼が細められたのである。「明朝、ヴィニョー大尉に同道してもらいたまえ。

今日のところは食糧宿泊等、砲兵中隊所属ということになる」

砲兵中隊での夕食には、グランジュもあまり気乗りがしなかった。ひっそりと停頓状態におちいっているこの戦争のなかに身を置いて、かりになんらかの仕事が生じた場合、もちろんいやいや事に当たるつもりはなかった。だがそれにしても積極的に参加しているわけではない。できるかぎりにおいてではあるが、無意識のうちにもその都度、一歩退いて距離を保つ態度をとってきたのだった。明日ファリーズへ連れて行ってくれる予定の小型トラックに軍用行李を積みこませてしまうと、グランジュは早くも鎧戸（よろいど）を閉じようとしていたバス街の貧相な労働者向けのカフェに入り、ハムエッグを注文して食べた。そのあと、早々と戸をたてきって、巡邏（じゅんら）隊兵士の靴音だけがひびいている街路を通りあてがわれた室へともどって行った。

室はかなり狭苦しい屋根裏部屋で、窓はムーズ川のほうに面していた。鉄製ベッドと反対の隅に、脚のがたつく簞笥が置いてあり、それを覆うようにひろげられた古新聞の上には果物が並んで干からびかけている。甘酸っぱいリンゴの匂いがしつこく鼻について胸がむかついた。グランジュは窓を全部開けひろげ、トランクの上に腰を下ろした。酔いはすっかり醒めている。リンゴ搾りの古機械のように、シーツも毛布も腐ったリンゴの匂いを漂わせていた。グランジュは開け放った窓の側へとベッドを引き寄せた。川のほうから流れてくる静かな風に、ロウソクの炎がゆらめいた。屋根の垂木と垂木のあいだに、ムーズ川産の片岩でつくった重い板瓦が見え、ふしぎな赤紫色を呈している。着替えをしながらも気分はひどく沈んでいた。この製鉄の町も、石炭色をしたあの狭い通りも、連隊長もリンゴも、駐屯地の生活とのこうした最初の接触が、何もかも愉快でなかった。「《監視哨》（訳注—maison-forte「防備を施された家」の意。当時の造語らしい。既製の語としては maison de force が連想される。ただしこれは「刑務所」の意）か。いったいどんなものなのだろう」野戦防備施設の用途に関する諸規定を、すでにおぼろげになった記憶の底に探ってみる。いや、あそこには全然なかった。むしろ軍事裁判法規と関係ある用語ではないか。その言葉に何か不安を誘うものをグランジュは感じた。留置場と軍隊と両方を同時に連想させる。軍隊とてまた一つの牢獄ではないか。ロウソクを吹き消すとあたりの様子が一変した。横向きに寝転ぶと視線はおのずとムーズ川のほうへと向けられる。断崖の上に月がのぼっていた。堰を越えて落ちる静かな水音、そして向こう岸にあるすぐ近くの木々にとまっているフクロウの声だけが聞こえてくる。小さな町は靄のなかに融け失せていた。大きな森の匂いが靄にまじって断崖から降り落ち、工場街の路地裏にいたるまでそっくり町をひたしている。いまあるのはもはや星空の夜ばかり。そして周辺部は何里にもわたる森林なのだ。その日の午後覚えたあの快い酔い心地がふたたびもどってくる。おれの生活の半分は返してもらえるだろうとグランジュは思った。戦争のなかでは、夜は「星空の下で……」過ごされる。月明かりのなか、丸みを帯びたリンゴ樹の影のあわいを走る白く細い道、獣や驚異にみちみちた森のなかでの宿営などがとりとめもなく思いに浮かぶ。グランジュは眠りに落ちた。小舟の縁から水に手を垂らすように、ムーズ川のほうへとベッドから手を投げ出している。あすはすでにはるかに遠いものとなっていた。

モリヤルメの町はずれで最後の家並みの前を通り過ぎると、アスファルトの舗装路はやがて尽き、つづら折りの道が始まる。砂利石が道幅いっぱい、まるで鋤(すき)で耕されたように敷かれていた。びっしりと壁のように密生する雑木林にはさまれて、側溝もなく道端の盛り土もないこの道はさながら小石の河、サハラ砂漠の石の道のようであった。車の動揺に身を任せながら、グランジュは持参の地図を調べてみた。どうやら林道に入りこんでいるらしい。鋭くカーブを切るごとに、谷間の深まりは増してゆく。谷川に沿って浮かぶ霧が一筋。川は水かさが減ってゆき、栓を抜いた浴槽の水のように渦巻きかえしながら、次第に勢いを速めて下手のほうへ流れてゆく。明るく透きとおってさわやかな陽光に満ちた朝であったが、グランジュは小鳥もいないこの森の静寂に驚かされた。荷台の横木につかまって、大尉には半ば背を向ける形でいたが、ときおりカーブを切るときには、視線を谷底まで届かせようと立ち上がってみたりした。どこに眼を向けてみても、列車の窓にしがみつく子供のようにあらゆる眺望に惹きつけられて、礼節など頭からなくなってしまうのだ。荷台の奥には堅パン二袋、ジュート布のなかに転がした一塊の肉、機関銃の三脚、それに幾巻きかの有刺鉄線などがあった。

「エクラトリーでちょっと休もう。なにしろきみは初めてなんだから。一見の価値ある風景だぜ」

ヴィニョー大尉は微笑を浮かべていた。

　峠の頂上近く、道路際の斜面に土止めの擁護壁を設けた小さな平地があった。そこにベンチが二つ置いてある。こちらよりわずかに低い向こう斜面の頂にそこから眼を走らすことができた。森は地平のあたりまで続いている。狼の毛皮のように粗くはあるが平らで、雷雲のひろがった空のように広漠としていた。足もとのほうへ眼を移すと、ムーズ川が細く緩やかな流れとなり、高みから見下ろすためか川底にじっと凝固してでもいるようだ。モリヤルメの町が、森に囲繞された巨大な擂鉢形の凹所に、漏斗状の巣穴の底にひそむ蟻地獄のようにしてうずくまっていた。町はうねり曲がる三筋の街路から成っている。街路は川の彎曲に沿って曲がり、等高線のようにムーズ川の上方に段差をつくりながら平行して走っていた。もっとも低いところにある通りと川とのあいだに一団の家屋が飛び地を形成し、そこにある方形の空き地では日時計の柱が斜めの日を受けて細い影をつくっている。教会前の広場なのだ。あちこちに大きな影の団塊、帯状の草地、全体を眼下に見てとれる風景は、くっきりとした軍隊式明快さ、地形測量図にも似る美しさを感じさせた。こういう東部の諸地方は、戦争には誂え向きにできている、とグランジュは思った。これまで雑然とした感じの西部地方でしか演習に参加したことがなかったが、あちらでは樹木ですら、完全に丸くずんぐりむっくりというでもなし、さりとて筆先のようにすっきりと伸びているわけでもない。

「みごとな地形と言えるでしょうね」愛想よくしたいという気持からグランジュは言った。大尉は陸大出身だったのである。

大尉はうんざりしたようなそぶりでパイプを振った。

「前線の長さは三十キロ、だがムーズ川は六十キロだ」にわかに不機嫌を示す言い方である。「穀つぶし防御戦とおれは呼んでるよ」

グランジュは自分が無経験な青二才であることを感じた。何か司令部付き将校連のタブーに触れてしまったのにちがいない。黙りこんだまま二人はトラックにもどった。

凹凸のはげしい悪路をトラックはのろのろと進んだ。つづら折りの道が尽きて台地の上に出ると、すぐに直線路に入った。道は雑木林をつっきって見るかぎりどこまでも続いているらしい。森の木々はおおむねずんぐりしていた。白樺であり橅(ぶな)の矮樹(わいじゅ)であり、トネリコ、とくに小さな柏の木が多く、これは梨の木のようにねじくれている。だが生活力はきわめて旺盛らしく、しっかりと根を張って、びっしりと隙間なく続き一つの空き地も残していない。ムーズ川が彎曲(わんきょく)して円周をなすあたりいずれの側でも、この土地には劫初(ごうしょ)の昔から木々が密生し、切っても切っても盛んに新たな枝葉を茂らせて、伐採の斧や鉈(なた)を疲労させたのであろう、そんなふうに感じられた。ときどきけもの道のように細い小道が木々のあいだに消えている。この上ない孤絶の状態。だがそれでいてふと人に遭うことがあるかもしれないという思いが、完全には消え去らなかった。ときおり、遠くの道端に、長マントを羽織った男の姿があるように思われる。近づくとそれは明るい葉の茂みを背景に、四角い肩のような枝振りをした真黒な樅(もみ)の木だった。道はほぼ台地の稜線に沿って走っているのにちがいない。流れの音はどこからも聞こえてこなかった。それでも道端の木々のあいだに埋めこまれた石の水槽をグランジュは二、三度見かけた。澄んだ水がちょろちょろと流れ出ていて、妖精の森の静寂をいっそう深くしていたのである。いったいどこまで連れて行かれるのだろう。計算してみれば、ムーズ川からすでにたっぷり十二キロは来てしまっているはずだ。ベルギー領も遠くはあるまい。だがそうして何か定かならぬところが楽しく、心はその漠としたなかに揺れながら漂っていた。この静かな午前、獣の巣や新鮮な茸（きのこ）の匂いのする、ぬれそぼった木々の茂みのあいだを、いつまでも走り続けていたかった。曲がり角に近づくとトラックはスピードを落とし、バネというバネをすべて軋ませながら、木々のあいだをかいくぐるようにして草深い隘路に入りこんだ。木の間をすかして一軒の家がグランジュの眼に映る。その姿は一風変わって見えた。サヴォワ地方の山小屋にも似ている。人里離れたこの森のただなかに落ちてきた隕石とでもいうふうに、木々の枝のあいだにはまりこんでいたのである。

「これがきみの家だ」ヴィニョー大尉が言った。

ファリーズ高地の監視哨は、ベルギー領アルデンヌからムーズ川防衛線のほうへと南下する補給路への、敵機動部隊の接近を阻止するため、森林のただなかに構築されたトーチカの一つであった。低くかがまるコンクリートの団塊で、装甲した門を通ると、トーチカのすぐそばにはキャベツ畑といった趣で有刺鉄線をめぐらした狭い植え込みがあり、そこを縫うようにして小道をたどるとトーチカの裏側に近づくことができるのであった。大急ぎでオリーブ色に塗りたてたものであるらしい。だがいまは色あせて黴（かび）の匂いがしていた。何種類もの蘚苔（せんたい）類が、下草の湿気にむされて膿のような液汁を出し、じめじめと外壁に湿った汚点（しみ）をつくっている。ぬれたシーツが毎日そこに張りつけられてでもいるようだった。トーチカの前部には二つの銃眼が穿（うが）たれている。一つは細く、機関銃用、一方はそれより幅広で対戦車砲用のものであった。このずんぐりとしたコンクリート塊の上に、狭すぎる台座の上に据えられたよう、宿舎の二階がはみだすばかりにして乗っている。そしてアメリカの家屋の非常梯子（ファイヤー・エスケープ）にも似た鉄梯子で、外からそこへ登って行けるようになっていた。つまりはこれが小守備隊の住居なのである。みてくれの悪さは坑夫長屋か踏切番の小屋に匹敵する。冬のあいだのぬれた下草のために、粗末な設備は損なわれていた。漆喰はところどころ剝げ落ち、窓や梯子段の真下は、涙痕（るいこん）のように鉄錆が垂れて黒ずみ、その筋は下のコンクリートにまでおよんでいる。屋根庇（ひさし）の下、窓と近間の木の枝とのあいだに張り渡した綱に、下着や天幕が干してあった。トーチカの外壁にもたせかけるようにして、メッキも新しい鶏小屋の金網、そして板切れで作った粗末な兎小屋。窓から投げ捨てたのであろう、缶詰の空き缶やかびた半欠けのパンが、有刺鉄線で囲った地面にところきらわず散らばっている。森のボヘミヤンたちのこうしたがらくたのなかで、先史時代の石室墳墓（マスターバ）とさびれた場末の古酒場という二つのものの奇妙な組合せには、なにかしらまことに珍なる趣があった。開け放った窓から、だれかが卑俗なメロディーを声張りあげて森にひびかせていたが、トラックの音ではたと止んだ。

　酒場にゃどこでも踊りに行くぜ

陸に上がりゃあ……

そうだ、たしかにこの戦争はまだ始まってはいないのだ。始まったものと人は思っているけれども。グランジュはそう思った。グランジュの到着は不意のことだったのであろう。兵隊たちが一人ずつ、バンドを締めながらがたがたと靴を鳴らして梯子を降りて来る。彼らはぎごちない態度で、自分たちのもとへ送りつけられて来た見習士官のほうへ、自分の小屋の前のベルベル族のような警戒の眼差しを向けていた。

どの窓もすでに明るく白んでいる夜明け、グランジュはうつうつと半睡の状態を長引かせながら、宿営用ベッドの上に体を転々とさせていた。子供のころから考えてみても、これほど純粋に快い感覚を覚えたことはかつてない。森の奥に埋もれたグランおばさんの小屋のなかで、ひとりこの家の主なのだ。室の扉の外には目覚めてゆく農家のような穏やかなざわめき、それがまたグランジュの幸福感をいっそう深めてゆく。こうしたことが古い習慣になっているように思われるのだ。にわかには信じがたいほどの喜びに心を震わせながら、グランジュははじめて、自分がここで生活してゆくのだと思った。戦争のさなかにあっても、戦争と関係なく忘れ去られてしまっている離れ小島があるのかもしれない。森の木々の枝がのびて室の窓ガラスに触れている。重い靴音が鉄梯子を鳴らす。ベッドから跳ね起きると、兵卒のエルヴーエとグルキュフの姿が窓から見えた。刺すような寒さを防ぐために外套の襟を立て、肩を一揺すりして小銃を担ぎなおしながら木々のあいだを向こうのほうへ歩いて行く。壁の向こう側で、だれかが竈の火をかきたてていた。アルミ食器の触れ合う音は、温かいコーヒーが用意されつつあることを楽しく告げてよこす。グランジュは外套に身を包んでしばらくベッドに横になった。朝方の空は灰色に曇っている。ゆっくり寝過ごしておそく起き出した朝の雰囲気、田舎の日曜日のようなぽかんとした空虚さが室のなかにあった。シチュー鍋がかたことと鳴るあいまには静寂が——軍隊生活のなかではきわめて稀といってもいい静寂が、満ち足りた猫が喉を鳴らすようなかすかな音とともに室を満たす。寒気すら不快ではない。ここの空気は若い連中が留守のときでも、若々しく栄養の足りた彼らの肉体に触れて動いているように感じられる。グランジュは一瞬、自分の吐く息でできた軽い蒸気をぼんやりと眼で追った。それから寝返りを打って、くすりと苦笑めいた小さな笑いを洩らす。自分がいまここで「最前線の哨所」にいるのだという思いが、すっかり彼の気持を困惑に導いたのである。ヴィニョー大尉が残していった命令は簡単なものであった。攻撃を受けた際には工兵部隊が退却しながら道路を爆破する。監視哨の任務は道路切断個所の向こうに釘づけされた戦車を破壊し、敵の動きを通報することにある。「後退を考えることなく」敵を阻止しなければならない。

雑木林のなかへ抜ける地下壕があるため、守備隊は敵に姿を見られずにトーチカを脱出し、森を通って最終的にムーズ川方面へ退却することも原則的には可能であろう。テーブルの隅に投げ出されている参謀本部の地図に、ヴィニョー大尉が赤鉛筆で筋をつけた退却路はベッドからも見ることができた。今日にでもこれは確認しておかなければならないものだ。だがそうした起こりそうもない出来事に対しては想像力も働きださない。眼の前には見渡すかぎり地平の果てまで樹林が続き、その向こうには垂れ幕のように道をさえぎってくれるあのベルギー領の一角があるのだ。この戦争は次第にまどろみかけている。軍隊は欠伸を嚙み殺しながら「演習」の終了を告げるラッパの響きを待ち、答案を提出し終えたクラスのようにざわめきたてていた。何も起こりはしないだろう。おそらくなにごとも起こりはしない。グランジュは公文書の綴り、戦闘命令、食糧弾薬の帳簿などをぼんやりとした手つきでめくってみた。個条書きのもっともらしい文章――訴訟好きでその術にもたけた偏執的傾向から生まれ出た文章が、びっしりと行をつめて記されている。大地震をすらすでに前もって計算し記帳してでもいるようだ。書類めくりをやめると、グランジュはそれをファイルのなかに入れ、厄介払いでもするような手つきで机の引き出しの奥へ入れて鍵をかけた。あまりにも事こまかに予測を立てたために、かえって実際には起こらないものごとというものがある。これだってその一つだ。これが戦争の「公式」文書である。ここに眠ったまま時効になるのを待つことになろう。およそ予想もできないような事態まで計算に入れて細叙してあるこの文章を読むと、何か言いがたい安堵の思いすら感じられる。まるで戦争はすでに終わってしまったような気分になるのだ。ドアを指でたたく音がした。ひどく大きな靴音の後だけに、驚くばかりおずおずとしたたたき方である。

「コーヒーが入りました。ショ尉（少尉）殿」（訳注―見習士官は少尉より一階級下であるが尉官であるため同じ呼称となる）

グランジュはベッドから跳び降りて靴をはいた。やはり普通の家屋とはちがっている。靴をはきむきだしのコンクリートの上を歩くと、鋲（びょう）を打った踵（かかと）が打ち当たって鈍い音をたてた。新造の道路か橋脚の上でも歩くような響きのない音だ。足の直下にある暗く冷たい空洞に溶接されてしまったような感じ、聴覚が勝手に耳殻の外へさまよい出たとでもいうように、思わず聞き耳をそばだててしまう。するとにわかに、この妖精の家ももはや完全に安心を与えてくれるものではなくなってくる。ここで眠るのは、温かい夜の凪のなか、まだ帆を張っている甲板上で船客が眠るのにも似ている。灰色の海をめざして航海しながら、いつかはやがて風が冷えてくるのを忘れようと努めている船客のように。

この小さな砦では、生活のリズムがすでに決定的なかたちで出来上がっているように見えた。それは農村的生活とでも言ったらよいであろうか、戦争という巨大な体軀のなかでもっとも反応の鈍い神経の末端部分で悠長に暮らす生活である。風や季節や雨や、そのときどきの気分、そしてこまごました生活上の配慮のほうが、司令部からの回状などよりはるかに大きな関心事であった。司令部通達などは、遠い谺（こだま）のようにして届いてはくるものの、うつうつと眠りこけたこの辺境にあっては、砂浜に寄せる小波（さざなみ）のようにけだるく消えてゆくばかりである。流砂のなかにはまりこんで、手足を一本一本引き抜き引き抜きしている男のように、戦争が激しく身をもがいていることはここに暮らしていてもはっきりとわかる。ただしいまや手足も痺れたような状態になっているため、ふたたび泥土にとらえられて身動きならなくなり、兵卒たちは百姓めいた生活へとたちもどっているのだ。ファリーズの宿舎は、こうして、人里離れた荒地のあばら家に街道から離れて生息するあの山窩（さんか）のような一種族に庇（ひさし）を与えていたのである。こういう種族が村落に住むことは、山地の人間が谷間に出て来て住むよりはもっと稀なことで、彼らは野天でのささやかな手仕事に頼り、孤独な生を営みながら半ば炭焼き半ば密猟者のようにして生きているものだ。週のうち四度、エルヴーエとグルキュフは彼らの「仕事場」へ出かけて行く。それは師団の工兵部隊がブレーの雑木林のなかに切り開いた小さな伐採場で、ファリーズから二キロのところにある。国境線に沿って敷設されつつある鉄条網用の杭がそこで作られていた。あれこれのことから推して、二人はあまり杭を切り出してはいなかったらしい。仕事に行くにはブレーの森を通って行かなければならなかったが、そこの谷間の斜面にはいろいろと獲物になる動物が多かったし、短い冬の一日にしてみると、仕事場への行き帰りの時間がずいぶんとたっぷり計算に入れられていたのである。グランジュが夜明け前に目を覚まし、床のなかでぼんやり思いにふけったりしていると、露にぬれた梯子段をこっそり外へ忍び出て行く足音をしばしば聞きつけることがあった。それがエルヴーエであることはグランジュにもわかる。雑嚢を背に、仕掛けておいた罠の見回りにグルキュフを連れて出かけて行くのだ。この二人に対してグランジュは好感を覚えていた。孤独ななかでふんだんに与えられている野外の生活、その野外生活に対する彼らの趣味も好ましかったし、感情を内に包んだまま、猟師兼斥候として出すぎず口数少ない態度も好きだった。彼らは耳を立て口をひき結んで暮らすことに慣れていて、身辺の些事や自分の感情を打ち割って言ったりするのを好まない傾向を持っていたのである。エルヴーエは長身で痩軀。もともとブリエール地方の鴨猟(かもりょう)の猟師で、夜な夜な獲物を待ち伏せしていた習性のため、猫のように夜目が利くようになっていた。グルキュフは仇名が「赤い葡萄酒」、ケスタンベールの日雇い人夫でほとんど文盲に近い。こちらはむしろずんぐり型の赤ら顔、性来天与の特技はあまりなく、内密の傾向として持ち前のものはただひとつ大酒飲みの素質であるようだ。よくある例に洩れず、ここでも本来定着型の男のほうが放浪型人間の奴隷になってしまっていた。エルヴーエがこの軟らかい蠟に自由に手を加え——彼の口から出る言葉はすべて福音書の言葉のようにグルキュフの心に刻みこまれる——自分の太刀持ち、勢子（せこ）、猟犬係の下僕に仕立ててしまったのである。木の枝が茂くたちふさがる小道のなかに入りこむと、エルヴーエは動きの自由を保つため、帽子掛けの鉤（かぎ）にでも引っかけるように銃をグルキュフの肩に掛けるのであった。夜明けごろ、二人はアマゾン地方のゴム採取人のように、むっつりと押し黙ったまま森のなかへ消えて行く。

「エルヴーエとグルキュフはどこへ行ったのかね、また」

「仕事場であります。ショ尉殿。もう肉がありませんので」

二人が森の茂みのなかからふたたび姿を現わすのは、いつも午後の日もかげるころであった。獣皮の匂いや汗まみれの犬のような湯気を周囲に発散させながら、空になった酒瓶や獲物やベルギータバコで雑嚢をいっぱいにふくらませてくる。いろいろなニュースを持ち帰って来るのもこの二人だ。それというのも、戦争によって覚醒状態に置かれている人里遠いこの森林のなかには、ここで一服と山地の人が腰を下ろす場所や隠れ場があちこちにあって、電信線以上にそこには情報が行き交っていたのである。

　エルヴーエとグルキュフが出て行ってしまうと、オリヴォン上等兵は暮らしのやりくりについてのなにやらいわくありげな仕事のために、集会室に閉じこもるので、グランジュの前には長い空白の一日が残される。朝のうちはたいてい、森に面した曇りガラスの小窓の前、樅材（もみざい）のテーブルに向かって、書物を読んだりものを書いたりしながら、遠く小型トラックの警笛が聞こえてくるまでそれが続くのであった。トラックは一日おきに糧食や郵便、新聞、「鶏を太らせるために」オリヴォンがモリヤルメから届けさせる種々の闇飼料などをファリーズへ運んでくるのだ。ときには哨舎の保全修復の資材、近づく防衛戦に備える物資なども多少は運ばれてきた。ペンキ壺、園芸用具、信号用弾薬、有刺鉄線の糸巻きなど。積み下ろし物資の受領証にグランジュが署名をすませてしまえば、以後二日のあいだは幕が下りて下界と遮断される。ムーズ川よりはるか高みにあるこの樹林砂漠のなかにいると、梯子をはずされた屋根上にでもいるような気分になるのだった。

　兵隊二人は毎日のように伐採作業に駆り出されるが、あとは監視哨でやるべき仕事といって、物資保管以外ほとんどなにひとつ残されてはいない。もっぱら管理保全の異常なきを期さなければならないというだけである。グランジュはこのコンクリート造りの空洞の家の管理人になったような気がした。一階入口ならぬ、多少とも高い所におさまっている管理人。ときになにかしら軍の調査団が訪れて来るだけである。彼らは銃眼がいつも規定どおりの漏斗状になっていず、手軽に土嚢を置いて間に合わせているといって眉をしかめたり口をとがらせたりした。（トーチカ内部の点検を受けるときには、グランジュも鍵を手にして言われるままに従っている。窓ガラスの割れ目を新聞紙でふさいでいる貧乏人でも見るように、工兵部隊将校連のいささかあきれたような非難がましい視線がじろじろと自分に注がれるのを感ずるのだ。たとえば「外壁は大丈夫です」とでも言うような、言い訳めいた曖昧なしぐさをして、早く彼らを天蓋のほうへ連れもどさなければならないような気分を絶えず感じていた。）天気のいい日には、午後、ファリーズ部落まで降りて行くこともよくあった。白々とした細道を歩いて行くと、監視哨から半里ほどのところで、すっきりと開けた森の空き地が美しい放牧場になっているところへ抜け出る。十軒あまりの小さな家がそこで木立ちに囲まれ、牧場とカナダ風の森の寂しげな風景のなかで日を浴びていた。ビヨロー農場や養護院――灌木を植え込んだボックスの並びの内側で、この養護院は戦争のため鎧戸を閉めきっている――を右手に見て過ぎると、グランジュはカフェ〈プラタナス〉へ行ってすわる。こうした地の果てへやって来る人など、およそありそうもなかったが、来る者がいれば客も馬もここでは泊めてくれるのだった。平屋造りの家の前、道に面してこざっぱりとしたコンクリートのテラスの上にテーブルが一つ、赤線入りで派手に塗りたてた白い鉄製の肘掛椅子が二つ、それに当世風でかえって当惑ものだったが、オレンジ色のパラソルが立てたまま竿に巻かれていた。日が傾くとプラタナスならぬ栗の大樹の影がテラスの上に落ちかかる。店先へ行くとあたかも晴雨計の人形のように、ガラス玉の暖簾をわけてにこやかに姿を現わす女主人と挨拶を交わし(「あらまあ、少尉さん、お天気がいいのでいらっしゃいましたね」)、どうなるかわからぬいまの時代のこと、公務員による配給食糧の横領のことなど話題にしたり、彼女の気持を慰めるような言葉を言ってしまうと、グランジュは庭にあるすわり慣れたいつもの肘掛椅子に身を沈め、ちびちびとコーヒーをすすりながら、一種幸福な気分でぼんやりと思いにふけるのであった。午後のこの時間には、部落の人はいつも完全に出はらっている。放牧地に散在する何軒かの家、森のなかに切れこんだ空き地のあちこちで草を食んでいる白牛や黒牛、晩秋の黄ばんだ日差し、鎧戸を閉じた養護院、そういうものがすべて高山の牧場を思わせる。牛の群れが一か所に集められ、最後の客を送り出すと初雪の来るはるか前に夏場の宿が店じまいをしてしまうあのころの牧場である。木々もまだ金色の彩りをもっているこの脆い美しさ、穏やかな晩秋の日和のうらで、冬の寒さとはまたちがう肌に滲みとおるような冷気が湧き出ては地上をおおってゆくのが感じられる。森のなかにあるこの空き地は、黒々とした周囲の森から立ち昇るように思われる漠とした脅威のただなかにある小島のようなものであった。「やれやれ、おれがこの季節最後の避暑客というわけか。これでおしまいだな」周りにあるペンキ塗りたてのテーブル、パラソル、栗の木、日差しを浴びる放牧場を眺めながら、胸を締めつけられるようにしてグランジュはそう思った。「休暇(バカンス)の国（訳注—ブルターニュ地方を指すものと思われる。都人士は好んで休暇を海岸地帯で過ごす）で青春十年。豊饒(ほうじょう)の年月だったな。いまはそれも終わった」眼をつぶると軽やかな二つの音だけが聞こえてくる。一つは黒い小さな雌牛の首につけた鈴のひび割れた音。ここの牛たちは森に紛れ入っても探しやすいよう、山岳地方の羊のように鈴をつけているのだ。もう一つは幼年時代の記憶の底から立ち昇ってくるようにさえ思われる。ほかでもない装蹄場にも間違いかねない道端の小さな学校から聞こえてくる女子十人ほどの、学課暗唱の声であった。力ない絶望の小波(さざなみ)が心に打ち寄せるのが感じられ、グランジュはあやうく涙があふれそうになった。

日が沈みかけると、村人たちは次々に森のなかから姿を現わし、手押し車に薪の束を載せて道をもどって来る。森の木の枝を払ったり、白黒斑(まだら)の牛を飼育したりするのが、彼らにとって唯一の仕事のようであった。栗の木の下を通りかかると、グランジュに挨拶しながら、あすの天気に関して鋭い予測を口にしたりする。戦争のことが話題にのぼることは一度もなかった。ときにグランジュはビヨローの息子を呼び入れ、葡萄酒をふるまいながらあれこれと話をもちかけたりすることがあった。わびしい気分はたちまち消え、かすかに尊大な気分すら芽生えてくる。城から出て来て領地の百姓どもと一献傾けている人のいい司教代理かなんぞのような気持になるのだ。

暮れきらぬうちに宿舎へもどると、ほとんど必ず短時間ながら見回りのために階下の防塞のなかへ降りて行く。これを称してグランジュは「トーチカ一瞥点検」と言っていた。実際には一日中トーチカは鍵締めにしてあるのだから、見回りなどまったく必要とはしなかったが、奇妙な癖が彼にとりついていたということになるであろう。日暮れどき、しばらくのあいだそこに身を置くことがグランジュは好きだったのだ。機嫌のよいときなど、みずからそれを冷やかすような気持にもなった。仕事一途で年とった士官、好んで艦底へ降りて行きそこでタバコをふかすあの機関部士官みたいだとも思うのである。重いハッチの蓋を頭上に下ろしてしまうと、一瞬入口に立ち止まり、ひしゃげたような、思わず首をすくめずにはいられないほど低い天井に眼を投げる。そのたびに落ち着かない思いになるのではあったけれども。居場所を間違えている、というような当惑が、強く身に迫ってくるのだ。まず第一にこの室の狭さに胸を突かれる。外まわりの大きさとこの狭小さが、見た眼にはなんとも一致させにくい。そのために閉塞感は息苦しいほど強くなる。そこで体を移動させるとなると、まるで乾燥したハタンキョウの種が殻の内部で動くのにも似ていた。次に身を襲うのは、周囲一面ぴたりと接ぎ合わされた水も洩らさぬ「塊」という強い印象である。なんとこの「塊」という言葉は表現に富んでいることだろうとグランジュは思う。こうした印象が生ずるのは、肩に降りかかる饐えた冷気、気の抜けた防腐剤のような、乾燥した空気のにおい、葉脈のように内壁を走っている——塗り込み作業に用いた枠板の目地に沿った——細い筋目、床を壁面や天井へとつないでいるコンクリートの凸起の筋のせいだ。「コンクリート製の台石か」人差し指を折り曲げて、無意識に二、三度こつこつと壁面をたたきながらグランジュは思った。「まさに潜函だな、ひっくりかえることだってあるわけだ。ここに《天—地》と貼り紙しなければならんかな。《壊れ物、取扱注意》まではよけいだろうけれど」内部は露骨にむきだしのまま、なにかしら人の住むことを厳しく拒絶している気配がある。後部の一隅には地下壕に向かって開かれる揚げ蓋があるが、壁際に敷いた藁布団で半分ほど覆われていた。左側には弾薬箱、機関銃の弾帯が並び、油の缶、グリースの容器、汚れたぼろ布が壁面を汚して、ガレージの壁に見られるようなオリーブ色の筋をいくつもつけている。右側には壁面にはめこむようにして、赤い消火器、エナメルで赤十字のマークを入れた白い薬品箱が据えてあった。室の中央部はがらんとして、どこに身を置いたらよいかわからないという感じ。暗いこの室に光を注ぐ明り取りの穴のほうへ二、三歩機械的に足を運ぶと、グランジュは対戦車砲のわきにある照準手の座席にしばらく身を横たえてみた。狭い銃眼から見えるのは、緩やかな傾斜をなして地平に登ってゆく林道の道筋だけである。雑木林の木々の枝が寄り迫ってきっちりと道に枠でもはめているようだ。敷かれた砕石のざらついた色調、両側は砂糖のように白く輝く小砂利の筋となっている。銃眼から五百メートル付近で、林道はなだらかに盛り上がった地形の向こうへ消えてゆく。小枝を払った両側の林の木の並びはまるで生垣のよう、あいだにはさまれた平らな路面が底辺をなして、虚空に白い覗き窓を開いている。その線があまりにくっきりとしているので、「覗き窓」の縁が銀色に見えるほどであった。照準鏡に眼を当てると、峠の「覗き窓」の縁に、木の枝の一本一本、道路の砕石の一つ一つが、その鋭い切り口まで、車輪に穿(うが)たれた細い轍(わだち)とともにはっきりと見てとれた。グランジュは機械的な手つきで照準鏡のネジを操作してみた。照準鏡の黒く細い十字を、路面によって区切られる地平の線のやや上、「覗き窓」の中央部にゆっくりと近づけてゆく。照準鏡の円内の風景として近々と引き寄せられる白くむなしい空、眠りこんだような無人の道、小枝にいたるまでじっと動きを見せぬ林のたたずまいが、次第に心を引きつけてゆく。剃刀の刃を当てて引いたような細い十字の線をもつこの円い大きな眼は、別の世界に向かって開かれているように思われた。白々とした光、穏やかな明澄さに浸されながら、なにかしら脅威を含んだ静寂の世界。グランジュは一瞬思わず息をのみ、それから肩をすくめて立ち上がった。

「ばかな」つぶやくように言い、しかし眼はじっと筋ばった自分の手をみつめていた。

ファリーズでは夕食が早い。グランジュにとって、それはいつも楽しい一時（ひととき）であった。薪をいっぱい投げこんだストーブのそば、樅材（もみざい）の小さなテーブルを囲んで四人がすわる。昼間のあいだグランジュが自室で仕事に使っているものを、夕食のために食堂へ引っぱり出してくるのである。グルキュフはたいてい、食事が終わる前に眠りこんでしまう。だがエルヴーエとオリヴォンとグランジュは、ストーブの周りにどっかと腰を落ち着け、タバコをふかしながら話しこむことがよくあった。ストーブの上では、フランドル地方の農家の台所のように、香りの抜けた苦いコーヒーの鍋がいつも温められていた。オリヴォンが慣れた几帳面な手つきで茶碗を置いたり鍋の蓋をとったりするのを見ていると、グランジュは、ファリーズの家の守り神たちがここにはいると思う。思わずもここに一種家庭めいたものを見いだしたことに驚くのであった。会話は容易に進んでゆく。ペンノーエの造船所で作業班長だったオリヴォンには、エルヴーエと共通の知り人が幾人かいた。ブリエールの人たちは、半数ほどが毎日サン＝ナゼールへ働きに出ていたからである。二人とも「左翼」で、政治的な議論ともなると俄然熱を帯びた。一九三六年の大ストライキや人民戦線のことが、まるでナポレオン軍生き残りの将兵が大ナポレオン軍の思い出を語るような調子でこの室の話題にのぼるのである。いまの戦争などは、ラジオ放送中の「技術上のミス」か、芝居の白熱場面でうつけ者の道具方がうっかり降ろしてしまう幕か、いずれにせよそんなものにすぎないといった感じで話題にはのぼせられない。そのうちエルヴーエは猟の話を始める。獲物を待ち伏せる夜の話。歌好き女好きの密猟人であるブリエロンじいさんという人物がしばしばその話に登場する。民話の主人公めいたこの人物がグランジュには面白かった。『コサック』（訳注—トルストイの小説）のイエロシュカじいさんに似ていたからである。ときどき、話が長引いてしまったときなど、ラジオの連続ドラマ『シュツットガルトの反逆者』に聴き入ったりもした。一度この放送で彼らの連隊のことを語ったことがあったからである。長いことザザーと雑音がしたあと、混信のあいまを縫って、戦争の非現実性があの細く鋭い声とともに響いてくる。この声は『三つめのナイフ』のようにその台詞のときをとらえるのだ。ラジオが沈黙すると、宿舎の周りで木々の枝から水の滴る音が聞こえてくる。ときにはすぐ近くの林のなかで、大きな動物が穴を掘る音などが聞こえることもあり、そんなときにはエルヴーエがやにわに窓際へ走り寄ったりした。窓を開くと、小枝の擦れ合うさわやかなざわめきがいつまでもしている。その音は息づいている森の上をどこまでも伝わってゆくように思われた。すぐ近く、有刺鉄線のところまで来てとまっているフクロウの声もある。かびたパンを探す齧歯（げっし）類の小動物にひかれてやって来たのであろう。グランジュもオリヴォンもエルヴーエも、ほどよい室の温かみのなかで快適な気分になっていた。一緒にいるのが楽しく、みんな陽気で快活だった。ただ、あの野性のざわめきを耳にし、不安な世界の闇に向かって開いている窓を眼にしているために多少の緊張はあったけれども。こんなときになると、きまったようにグルキュフが眼を覚ます。頬のふくらんだ赤子のように、まんまるの眼をぱっちり開くその顔に向けてからかいの冗談が飛び、それが就寝の合図ともなるのであった。

「くそいまいましい戦争め」空になった鍋に水を入れながら、欠伸（あくび）まじりにオリヴォンが言う。兵隊たちはおやすみの挨拶をして自分たちの室へもどって行く。有刺鉄線に面していて、グランジュが船員集会所と呼んでいる室である。グランジュが自室の窓に身を寄せかけると、隣室の窓際に一瞬エルヴーエのタバコの赤い火が見えた。罠の修理を始める前に、猟犬のような鼻で露にぬれた森の匂いをかいでいるのだ。

室へもどってからは、グランジュはテーブルの上方、仕切りの枝に鉤（かぎ）で吊した暗いランプの明かりでしばらく本を読んだ。しかし夕食後のコーヒーをつい飲みすぎるため、神経の興奮がおさまりきらず、とりわけ晴れた月のある晩などには、寝に就く前にちょっと散歩に出かけることもよくあった。森の夜がすっかり闇一色になることは決してない。ムーズ川の方角はるか遠く、木々のあいまをすかして見る谷間の向こう斜面は、ときおり、一種オーロラめいた光にぼんやりと明るむ。ふんわりとした大きな閃光のおだやかな明滅——高炉のような谷間の上空で、それは間を置いて崩れる光の泡にも似ていた。トーチカのコンクリート打ち作業を照らすライトの明かりである。いまや夜間、突貫工事でコンクリートが流し込まれているのだ。国境の方角には、土地が次第にせり上がって高くなってゆくあたりに、一つまた一つと光が現われ、しばらく夜の闇のなかを流れると見る間に、点のようなその光がさっと音もなくひろがって、すばやい光芒が薙（な）ぐように森の頂（いただき）をかすめてゆく。ベルギーの自動車だ。見通しよく木立ちのまばらになっているあいまを縫って、別世界のような平穏のなかを走り過ぎて行く。そのあたりではアルデンヌも次第にフランス領からベルギー領へと移ってゆくのである。夜になるとはじめてある緊張感を伴いながら漠然と存在の知られるこの東西二つの国境線のあいだにあって、「屋根地帯」（谷間の上方にあるこの平坦な森の高地をグランジュはそう呼んでいた）は深い闇のなかに沈んでいた。森の小道は、白い粉末のような小砂利の下で燐光めいた光を放ちながら、雑木の茂みのあいだをどこまでも幻の道のように続いている。大気は植物の匂いを含んでしっとりと生温かい。木々の枝影に身を沈めながら、ざくざくと音たてるこの道の上を歩くのは気持よかった。漠として生気の通う明るい空が細長く帯状に延び、ときおり遠くの光を反映して明るむ。グランジュは一種肉体的幸福感といったものを覚えながら歩いていた。その感覚に誘い出されるようにさまざまな想念が浮かんでくるが、必ずしもその想念はすべてが快いというものではなかった。夜の闇は彼を保護するように包み、安らかな呼吸を、そして眼前にいくつも自由な道が開けてゆくあの夜行性動物のような爽快さを与えてくれる。だが一方ではまた戦争を身辺に引き寄せるということもしたのである。太古の人間が抱いた恐怖のなかに、いま深々とうずくまっているこの世界の上に、炎の剣が、眼に見える清らかな合図のしるしを刻みこんででもいるようだ。森の上に目覚めた空は、闇のなかのフランスを、闇のなかのドイツを、そしてこの二つの国のあいだにベルギーのふしぎに穏やかな燈（ともしび）のきらめきをみつめている。光は地平の端まで行っては消えてゆく。夜は眠ってはいない。油断なく警戒の眼を見張った大地が、迷彩のように夜を纏（まと）っているのだというふうに感じられる。ときおり交差する遠い探照燈の光に思わず眼のとまることがあった。その光はたとえば昆虫の触角のように、不安を誘う広大な地平の向こうまで、用心深く虚空をまさぐってでもいるようだ。グランジュは林道をはずれた森の細道を伝って、左側の〈四五七高地〉にたどり着いた。最近の伐採で立ち木を払われた丘である。そこからは遠くこの台地全体へ展望がひろがった。グランジュは切り株に腰を下ろしてタバコに火をつけ、ほのかな明るみをはらんだ夜の闇をいつまでもみつめていた。そこから見ると、蛍のような光はさらに数多く飛び交い、眼前の視野を閉じてほとんど半円状態に忙しく明滅をくりかえしている。たがいに尋ね合い警告し合ってでもいるようだ。月明かりの晩沖合からやって来たときの人の住む海岸近くの海にも似ている。なにか一つの問題が課されているような気がした。それが何であるかを理解するのが緊急の要請になっているのだが、グランジュにはつかめない。しばらくの後、ただ漠然としたもどかしさが胸に湧いてきただけ、眼のまわりに寝不足の軽い痙攣が感じられた。休みなく生動しているこの夜のなかを、明け方疲れきるまで歩いていたい気持になる。道路までもどって来ると、ふたたびすべてが静かになっていた。夜は森の木の陰で穏やかに息づいている。グランジュは宿舎の梯子を音もたてずに登って行った。床に就く前、「集会室」の扉のそばにちょっと立ち止まる。兵隊たちは、夜、暖炉の熱を呼びこむためにここの扉を少し開けておくのだ。室からはよく響く健康ないびきの音が聞こえてくる。グランジュの顔は闇のなかで思わず緩むのだった。彼を取り巻く周囲の世界は、なにやら疑わしく不安に満ちている。だがまたこういう眠りだってあるのだ。「四人が一緒」自室のドアを押しながらそう思う。ふと口笛でも吹きたいような気持だった。二週間前には、彼らの名前すら知らなかったことを考えるとむしろふしぎな思いがするのであった。

日曜日には、中隊の指揮官であるヴァラン大尉からしばしばモリヤルメの昼食会に招待された。ときにはトラックで町まで降りて行く。天気のいい日など、ファリーズで自転車を借りて三里の道をがたがた揺られて行くよりは、むしろ好んで歩いて行きもした。それにグランジュはこの悪路を結構ありがたいものとも思っていたのである。ここなら人の眼もなく自由にふるまえたし、またこの道こそが下界から「屋根地帯」を切り離していてくれたのであったから。出かけるのはいつも早朝だった。エクラトリーに近づくと、大ミサの終わりとともに谷間のほうから立ち昇ってくるモリヤルメの鐘の音を待ち設ける気持になっている。谷間の周囲の広大な森のなかに消えてゆくそのかぼそい音を、グランジュは忘れかけていた歓迎の合図のように愛していた。静まりかえった「屋根地帯」までは決して届いてこない音なのだ。グランジュは二つの中隊の将校たちが——第一、第三中隊のテーブルが一緒なのだ——食前酒を前にしてすでに席に着いているところへ入って行く。窓からはムーズ川が見えた。森が断崖をなして川に突き出ていて、その直下の水面は重油のような色を呈している。もう一つの窓からは教会広場が見えた。日曜の晴れ着を着た人々の群れが、すでにばらばらになりながら菓子店の前で散って行く。食卓の周囲には多少意識的な騒々しい親和が支配していた。ヴァラン大尉の日曜日の会が、国境のトーチカに埋もれている「森の番人」たちをときどき集めることによって「団結の精神」を維持涵養(かんよう)するのを企図していることは明らかであった。第三中隊を指揮しているマニャール大尉は一見してすぐに人柄が知れた。饒舌活発な金髪男——いや金髪少年とでも言いたいぐらい——女好きらしいその眼はやわらかな青みを帯びている。身なりにも気を使う男で、ドレフュス事件時代の将校たちのようにコルセットをはめているらしい。ホテルのボーイがたまたま堡塁守備の部隊に配置されたとでもいった腰の低さで、あちこち小まめに走りまわっては愛想をふりまいていた。軍が配布している新聞で、かねて「未来の予言者」と通称される「戦線の谺」紙に、ときおり愛国調の十四行詩も発表している。一声かけられると、ときには昼食会の食後、新作披露におよぶこともあった。「生涯の最良の日」の朝、人がボタン穴に花を挿すように、彼は宣戦布告の日に俄然兵隊調を看板に採用したらしい。だが結婚はうまくゆかず、ボタン穴の花はだれの鼻にも悪臭を感じさせるようになっていった。感じないのは夫子自身だけである。食後もちまえの品のない言葉遣いで、宿営地での情事など微に入り細を穿って語ったりしていたが、それを聞くとグランジュは「女の寝床から這い出して来た服飾店小僧といったところだ」と、うんざりして思うのだった。ヴァラン大尉は一同の空気から離れていささか放心の体。だがときどき泥くさい洒落などで突然どっと座が沸くときなど、料理の皿を前に瞬きしていた眼が——射的遊びの的に玉が当たったときに合図の電球がともるよう——一瞬鋭く光を放つことがあった。彼が黙々として昼食会に耐えていることは明らかだった。とりわけマニャールの存在にはじっと耐えている。「われわれについて、彼はなにひとつ見逃してはいない。じっと注意を向けているのだ」ちょっと気を悪くしてグランジュはそう思う。だが食卓の雰囲気にヴァランが押しつけてくるこうした気詰まりな感じは、必ずしも不愉快ではなかった。婚礼の宴席における司祭の存在のようなもので、見るに耐えぬ最悪の状態に落ちこむことはそのおかげで避けられている。会話といっても貧しいかぎり、話題は、一品料理の昼食の席で安サラリーマンがとり交わすのと変わりはない。ひとしきり皿を打ち合わせたり、声を合わせて何かの歌をがなりたてたりしたあとには、さすがに陽気さも息が続かず、何度も沈黙の瞬間が訪れる。マニャール大尉は、予備役将校や見習士官に喜劇めいたあけすけさで親分顔をして見せていた。ぽんと肩をたたいたり、慣れなれしく口もとにパイプを押しこんでやったりすると、部下を「信頼の下に置く」ことになるらしい。

「〈大佐の家〉だって。きさま、うちのひとなんて言われるようになるぞ……ベシフ」隅のほうから、鼻にかかったマニャールの甲高い声が一際大きく聞こえた。できたてらしい隠語を使っている。みんなずいぶんとたくさん飲んでいた。ここにいる連中一人一人が、ほんとうはみかけより立派な人間なのであろう、いらいらしながらグランジュはそう思う。一家の父親たるものが淫売宿へ行くなんて。懸崖の落とす影に沈んで、ゆっくりとムーズ川が暗色に変わってゆく。戦争中であるにもかかわらず、物悲しく空虚な、田舎の日曜日のような倦怠が窓から滲みこんできた。ペルノ酒や澱んだタバコの匂い、重ったるい肉料理の匂いが空気のなかにたちこめていた。明らかにここでは、みんなが何かの猿真似を演じている。だがいったい何の猿真似？ 会食者たちは、公教要理の勉強に通う子供たちが、いまや夕方のミサに参列するために広場に並んでいるのを窓越しに眺めていた。

「軍務の話はもうたくさんだぜ」ほろ酔いのマニャール大尉が、甘ったるく鼻にかかった甲高い声をあげる。「おヒップの話でもしようぜ」

ときに、食事のあと、眠りこんだようにひっそりしている日曜日の労働者街を通ってグランジュは朋輩の一人をシャルルヴィル行きの列車まで送って行くことがあった。そのあと事務上の細かい打合せのために中隊本部へ立ち寄ったりする。ヴァラン大尉が書類の山を前にしてタバコをふかしている姿がいつも見かけられた。顔は大きくいかつい。短く刈りこんでまだ黒々としている剛(かた)い髪の下でいささか肉食獣めいた感じ、嗅覚の鋭どそうな獅子鼻、がっしりと張った顎。ちょっと見にはずんぐりむっくりの武骨者でしかない。だがこの武骨者は酒も飲まず冗談も言わず、歯を見せて笑うことなど決してしない。師団が防衛配備についてから、日曜日ともなれば将校連がかわりばんこに出かけて行くシャルルヴィルの〈公爵広場〉の娼家街にも、いまだかつて足を踏み入れたことはないらしい。中隊の指揮ぶりは峻厳ではあったが有能だった。兵や将校らに対してぐっと手綱を引きしめ、ほんのわずかな言葉を用いるだけで事の結着をつける。言葉は短く、人の言い分に耳は貸すが議論を交わすことは決してしない。生まれつき「命令するか沈黙する」型の人間なのだ。きっと生まれる時代を間違えたのであろう、それとも属すべき軍隊を間違えたか、グランジュはそう思った。大尉に対して、彼は好奇心を抱いていた。それというのも、厳格な規則の生きている、修道院の門番小屋のように掃除のゆきとどいた装飾一つないこの事務室には、いつも驚きを覚えていたのである。来客用の椅子もなく、食前酒の瓶すら見かけられなかった。もっとも日曜日ともなれば多少様子は変わる。一対一のさし向かいでいると、ときおりしばらくのあいだはヴァラン大尉をふだんより近しく感ずることはあった。彼が胸襟を開いているように思うのである。だが大尉の気分がのんびりほぐれているわけではない。彼は一日中仕事をしていた。情味が増しているというわけでもなかった。打ち明けてものを言う際にも、それは冷たい感じがするほど個人に即さぬ話であった。打明話のねらいそのものが、人の気分を楽にさせようなどというのとは別のものだったのである。話はもっぱら戦争のことであった。ヴァランがこうしておれの前でしゃべるのは、おれがシャルルヴィル行きの休暇を求めないせいだとグランジュは思った。それが彼をいらだたせるのだ。それというのもグランジュがまだ若いから。大尉のひそかな悪癖は、人を罪に唆すことにあるのかもしれない。

「ちょっとこれを見てくれ、グランジュ。情報部はありがたいものをくださるぜ」

表紙に「幹部将校以外閲覧禁止」を意味する栞の貼りつけてあるその文書は、かなり大量の写真を載せたアルバムで、ジークフリート線のさまざまな地下壕の型を示していた。大部分はファリーズと同様森林中にある。撮影アングルがすぐれているため、覗き窓の穴も写し出されている。送風機のついたその奇妙な窓枠には、明るい色の庇が添えてあった。光沢紙に印刷された取りはずし可能の一枚一枚が表紙のあいだにはさまれている。堡塁の寸法や照合番号がつけてあって、全体として、洋服屋の持ってくる春の型見本、その念入りな呈示を思わせるものであった。

「こいつは気に入ったかね……それともそっちか」大尉は少し顔をしかめていた。光沢紙を使っているのが、とりわけ彼の反感を買っているらしいことは明らかだった。参謀本部のあの軽薄才子どもがこれ見よがしに自分たちの業績を誇示している、そう彼は思っているのだ……。「結構なもんだぜ、ええ?」

三つの銃眼をもつ、堂々たるトーチカ見本の上に、光沢紙の光り具合をいろいろに指で変えながら、彼は眼を細めて見ている。

「……結構だろうがなかろうが、ともかくこいつを眼のなかへしまいこんでおいてくれたまえ、な、見習士官殿」

「ということは……将来、攻撃をかけることもありうるという?」

「きみにしてもおれにしても、このオルゴールまがいのものを、これ以上近くで拝むことは決してあるまいってことさ。わかるかね、おれの言う意味が」

大尉は室のなかを行きつもどりつ歩きはじめた。まるで悪意の霊に駆りたてられてでもいるような様子。

「だれでも知ってる遣り口さ。総司令部は旅行土産をわれわれに送ってくるんだよ。その国の切手と一緒にな。展示会向けの写真を撮るために新婚旅行をやらかす貧乏夫婦なんてのがあるだろう、あれと同じさ。友人や知り合いなら立派なもんだと感心してもくれるだろう。相手がポーランド人なら、喜んだかもしれんがね」

「ドイツ軍もいっこう動きませんね」グランジュは思わず言った。そういう最悪の事態を考える遊びにはいつも興奮を唆られたのである。人をその気持の傾いているほうへと押しやるのも好きだった……。「たぶん、向こうだって決して攻撃しかけてなんぞきませんよ」

大尉はきっと鋭い視線をグランジュに向けた。鼻孔がひくひくと動いている。おれを見ているのではない、おかしいぞ、とグランジュは思った。反論を思い立ちながら内部で圧殺しているのだな。大尉は思索人ではなかったが思索的な面もないではなかった。何かある考えを悪意をこめて見ているのかもしれない。

「じゃあ、きみは何をしているんだね、ここで。絵葉書きでも待ってるわけか」

「ここで、ですか」

「ここでですか、だって?・」大尉は一種疲れたような、いささか陰惨な笑いを洩らした。「ここで?・ここで、とはどういう意味だ。ここだろうとよそであろうとさ。だったら奇妙な散歩ということになるだろうな……ステッキ片手に」

　大尉はふたたび室のなかを行きつもどりつ歩きはじめた。

「……ステッキ片手にか」

　こうして突然いきりたったあと、大尉はそっけなくグランジュに別れを告げ、書類のかげに身をひそめてしまった。一週間たたないうちは、もう一度話し出させようとしてもむだであろう。グランジュは興味と困惑と相半ばする気分を覚えながらこの奇妙な差向いから脱け出したのであった。まあ、瀉血(しゃけつ)みたいなものだろう、これで大尉の気分もおさまる。グランジュはそう思った。自分がきわめて無関心な気持で戦争の推移に従っているだけに、先刻のことはいかにも異様に思えたけれども、大尉が悩んでいるのだということはグランジュにもわかった。通りへ出ると、すでに光が薄れているように見える。懸崖から落ちている半月形の大きな影がにわかに冷えびえとして、すでにムーズ川を越えモリヤルメの川岸まで伸びてきている。がらんとしてうつろなこの町でもはやすることもないのにグランジュは気づいていた。通りには相変わらず人気はないが、それでもいまや居酒屋の前には自転車が並び、駅のほうにはすでに酔っぱらった兵隊が幾人かふらつき出している。グランジュは森の家を指して帰りを急いだ。大尉の話のおかげで一日が台なしになってしまった。言われたことをそのまま信じるわけではないが、大尉の言葉は、グランジュが作りあげ、八方目張りを施してある静かな生活の上に、ちょうど鏡のような水面下に眠る澄んだ沼に小石が投げられたようにして落ちてきたのだ。一瞬黒々と水が濁り、むっと腐れたにおいが発散し、執拗に鼻にまつわって忘れることができないのである。戦争だって？　グランジュは不機嫌に肩をゆさぶりながら思った。戦争があるかどうかなんてだれにもわかりゃしない。万一あれば、そのときにわかるまでさ。だがグランジュは、われにもなく神経が高ぶっているのを感じる。自分の周囲にある軍団の存在を考えてみた。しかしそれは、草の上にまどろみながら寝返りを打ったり、ときに雀蜂の唸りを手で追い払ったりしている人にも似たけどおい思いでしかなかった。川沿いに歩きながら、変に疑り深くなった眼でじっと小さなトーチカに眼を注ぐ。しばらく距離を置いては銃眼がムーズ川をにらんでいた。それらのトーチカはいかにもみすぼらしく脆弱な姿で眼に映った。コンクリートで固めた土台が最後には煉瓦造りでお茶を濁している。要塞として造りはじめたのに、結局田舎の遊覧バスの切符売り場みたいになってしまったという感じであった。もちろんこれはマジノ線ではない。ふとムーズ川の川面はるか上方にかかる蓬々(ほうほう)とした鷲の巣を見上げながらグランジュは思った。だが最終的には、こういういいかげんな要塞を見てむしろ安堵の気持がないわけではない。つまり何か容易ならぬ事態がここに起ころうなどと予想している人はいないのである、そのことは明らかだった。あの森の向こう側では……。でもやがて冬ではないか。二、三週間もしたら雪になるだろう。トラックが登って来られなくなる日もある。震えるような喜びを感じながら、ファリーズに閉じこもる生活を想像してみた。おとぎの森に閉じこめられ、来る日も来る日も赤々と燃える暖炉のそばで山暮らしの日々を過ごすのだ。四月になっても、リンゴの花の咲きさかる平野の隅では、アルデンヌ周辺部の高地はまだ雪で真白になっているのが見かけられる……。「ここみたいな前線に出されたまま物笑いの種になっているのが、ヴァランの癇(かん)にさわるのだ。ああいう現役連中はみんな昇進を望んでいるのだから」道がつづら折りになって森のなかへ入って行くと、グランジュは呼吸が楽になるのを覚えた。曲がり角に立つたびに、谷間の底でモリヤルメの町が小さくなってゆく。ひたひたと身をとり包んでくる湿りを帯びた静寂のなかに足を運んだ。身も心も軽々として若さを取りもどしている。眼の届くかぎり周囲をとりかこむこの森の、奥へ奥へと入りこんで行く、ただそれだけで幸福感がよみがえり胸いっぱいにひろがってゆくのだ。空気は夕立の終わり際のような匂いがしていた。晩になる前「屋根地帯」に一雨来るだろう。ファリーズへ着くころにはまるで別世界へ入って行くような感じになるかもしれない。やがてとある道の曲がり角で、鋭い刺すような痛みが突然胸によみがえり、グランジュは思わず顔をしかめた。

「じゃあ何をしてるんだね、ここで。絵葉書きでも待ってるわけか」

いつか、やはりそんなふうにして歩いて監視哨へもどって来る途中であった。十一月末のある日曜日である。最初のつづら折りに入ったとたんいきなり雨にみまわれ、台地にたどり着くか着かないうちに、例によって土砂降りの雨になってしまった。すでに日は暮れかけていた。雲が「屋根地帯」すれすれに流れ、ときどき高い丘をかすめると、そこらあたりは霧にまかれて一瞬見えなくなった。これこそあの本降りの前触れだった。こうなるとやがて土が乾ききるまで「屋根地帯」には何日も何日もふんわりとした霧がたちのぼる。そのあたり一帯が本降りの様相を呈すると、グランジュはいきいきと爽快な気分になった。家に帰って行くという思いがいっそう強くして、温かいものが身内を流れるのである。暖炉を中心にしたわが世界、外套が乾いてゆき、そこからたちのぼる湯気に「集会室」のけぶってゆくさまが前もって想像に浮かんでくるのだ。グランジュはしっかりした足取りで雨に逆らうように歩き出した。一粒一粒背筋を流れ落ちる雨滴の冷たさが感じられるだけだ。片手でぬれた外套の襟を立てると襟が顎のあたりをこすりだす。森の小道の奥へ視線を送ると、二十歩ほどのところに白々とした霧の団塊がたちふさがっていた。霧の切れ目を進んで行くのだが、霧も彼の歩みとともに移動してくる。林道だけは、前方の、枝に懸かったように宙に浮く霧のなかで、ほかよりは明るいトンネルをつくっていた。霧にとざされる森のなかをこうして歩いていると、グランジュはいつか次第に好みの夢想のなかへ沈みこんでゆく。そこに見えてくるのは自分の生の似姿にほかならない。すなわち自分の所有しているものはすべて身に運んでいるものだけだ。世界は二十歩離れたあたりで暗くなり展望は閉ざされている。周囲にあるのはもはやただ生温かいこの小さな意識の暈（かさ）、そして茫とした大地の上、はるか高みに揺られている鳥の巣だけである。台地に出ると、水はけが悪く、道端の草むらにできた水溜まりは豪雨にたたかれて大きな灰色のあぶくを作りながら、すでに道を横切ってひろがっている。遠くを見ようと眼を上げると、前方少し離れたところ、遮蔽幕をなして降りしきる雨脚のなかに見え隠れしている一つの人影が認められた。水溜まりのあいだにある石を伝い、危うい足どりで歩いて行く。人影は少女の姿である。フードのついた長いマントにすっぽり包まれゴムのブーツをはいている。マントの下に革のカバンを腰に当てて抱えてでもいるのか少し背を曲げ、難渋しながら水溜まりをよけて行く。その姿を見ればまず考えられるのは学校帰りの女の子である。だがグランジュはこのあたり二里以内に家などないことを知っていた。それに今日は日曜日であることもふと頭に浮かぶ。グランジュはさらに注意をこめてその小さな人影を観察しだした。歩きぶりになにかしら好奇心を唆るところがある。いまや篠つくほどになっている雨もいっこう気にする気配はなく、学校帰りに道草を食っているお転婆娘とも見える歩き方なのである。両足そろえてぴょんと水溜まりを跳び越えるかとおもうと道端に立ち止まって木の枝を折ったりしている。一瞬ちょっと顔を振り向け、フードの陰からちらと後方に眼を投げる様子。グランジュがどれほど近づいて来たかを測ったようでもある。それからはまた小石を蹴りながら片足跳びで行く、と見る間に今度はしばらく水溜まりの水をはね散らしながら走って行く。あいだにかなりの距離はあったが、それでも二、三度、グランジュは彼女が口笛を吹いているのを聞きとめたように思った。道は次第に寂しい森の深みへと入りこんでゆく。見るかぎり周囲の森は豪雨のしぶきに沸きかえっていた。「雨女か」ぬれそぼった襟のかげで思わず微笑を浮かべながらグランジュは思った。「小さな妖精、森の魔女の娘だ」降りつのる激しい雨にもかかわらず、グランジュは歩みを緩めた。あまり早く彼女に追いつきたくなかった。この若い森の動物の見惚れるほどの優美な行動を、自分の足音で脅えさせはすまいかと心配だったのである。間隔がややせばまってみると、彼女はまったくの小娘というわけではないらしかった。走るときの腰つきなどはほとんど成熟した女のそれに近い。首の動きはいかにも若々しく活発、厩(うまや)を逃げ出した若駒のようであったが、しかしときどき甘えるような傾(かし)げ方もして、それは突然まったく別のことを暗示するのだった。かつて男の肩に埋められたことのある過去を、おのずから頭が思い出しているとでもいうふうに。後ろからおれが歩いていることを、彼女はほんとうに気づいているのだろうか。少しいらだちながらグランジュは思った。女はときどき道端に立ち止まり、幸福そうな笑い声を立ててはまた歩き出すのである。それは明るく澄んだ朝、ザイルを伝って後ろから登って来る山の仲間に、先行の山男が向けるような笑いであった。だがあとは何分間も、そんなことはまったく忘れ果てたかとも見える様子で、若いジプシーのようにぴょんぴょんと跳ねて行く。すると急に、彼女がまったく一人だけになりきっているように見えた。人の膝もとを離れて毛糸玉に飛びついた子猫のように、すっかりそれに心を奪われている風だったのである。一時(いっとき)そんなふうにして二人は歩いていた。道に打ちつける激しい雨音にもかかわらず、森のトンネルの向こうはもっと明るく、それが晴れ間の明るみのようにグランジュには思えた。いまや彼も、全身に血を湧きたたせ、激しい好奇心に駆られて女のあとをつける一人の男でしかない。「でも、ほんの小娘じゃないか」困惑気味にそう思いもする。だが娘の姿が道端に立ち止まり、片手で重いフードの庇(ひさし)を、彼のほうに向かって一瞬ちらっと開いてみせるたびに、思わず心臓は鼓動を高めるのであった。突然娘の姿が道の中央で動かなくなる。そして踝のあたりまで浸す溜まり水のなかに立ち、水をかきまぜるように足を動かしながらゴムのブーツを洗いはじめた。そこまで近づいて行ったとき、グランジュは自分のほうへとあおむけられたフードの下に青い二つの眼を見た。眼は鋭く光りながらうるみを帯びて、何か解氷を思わせた。フードの奥には、まるで秣桶の底に納まった藁のように、やわらかなブロンドの髪の毛が見えている。

「水びたしってとこね。あなたの森。やれやれだわ」いきいきとした、だがかなりぶっきらぼうな調子で言う。言いながら子犬のような遠慮のなさでぶるっとフードをふるわせ、グランジュに水をはねかけた。それからいきなり優しく愛らしいしぐさで顎を突き出すと、まるで接吻でも受けるように、フードを脱いだ顔を雨に向かってさしのべる。眼はにこやかに微笑を含んでいた。

「一緒に帰るほうがいいわ」こちらの考えを訊いてみるという調子では全然ない。「そのほうが楽しいもの」

そう言ってまた笑った。さわやかな雨のような笑いである。グランジュが追いついたいまは、彼と並ぶようにしてしっかりとした足取りで歩いて行く。グランジュはときどきこっそりと盗み見るようにして彼女をみつめた。フードにさえぎられるので、見えるのは鼻先と口だけである。

意固地そうな短い顎とともに雨に向かって突き出されたまま濡れて光っている。だがグランジュは、湿ったウール地の良い匂いと一緒に、健康で若々しい、そして子鹿のようにしなやかなこの女を身に近々と感じて胸がいっぱいになっていた。女は自分のほうから彼に歩調を合わせてくる。それは身を寄せかけられでもしたような甘美さであった。ときどき彼女はわずかに首をひねり、くすんだフードの縁を雲の晴れ間を思わせる色をたたえたその眼の上にちょっとずらした。二人の眼が合い、言葉もなく笑みを交わす。ただ満足の思いを示す微笑である。冬、百姓の娘たちが戸外に出るとき「凍傷」にかからないようにするあの粗野な格好で、彼女はマントのポケットに手を突っこんでいた。「だがこの子は田舎の娘ではない」一瞬心に疼きを覚えながらグランジュは思う。「それにまったくの少女というわけでもなさそうだ。年はいくつなのだろう。どこへ行くのか」彼女と並んで歩いているだけで十分に楽しかったので、あえて訊ねてみることもしかねていた。この楽しい気分を壊しはすまいかと心配だったのである。

「坂の途中であなたを待ってたの。足がおそいのね、あなたって」窮屈そうに首を振りながらいきなり言った。その間もいたずらっぽくこっそり彼を見ている。声の調子には茶目っ気たっぷりなからかいのニュアンスがあり、グランジュの思惑は見抜いていることを感じさせた。そういうことはもうちゃんとわかる年なのよという自信が声に読みとれる。自分が相手の好感を得ていることを十分承知の上なのだ。

「用心のためなの、待ってたのは」ごく早口に前の言葉を補足する。習った課業を、よくはわからぬままに暗唱してみせたような感じであった……。「日曜日の夕方はよく兵隊さんが道を通るでしょ。兵隊さんは素行が悪いんですって」そうと信じきったふうにもう一度うなずいてみせる。だが格別こわがっているふうでもなかった。

「それでこのぼくのことはこわくなかったの」

「だってあなたのことはよく知ってますもの」

道の上をぴょんと跳ねる。このかぼそい体のなかに、牧場の若駒のように生が躍動しているように見えた。

「……家の窓からあなたを見たの。毎日〈プラタナス〉へ行ってコーヒーを飲むでしょ……。豪勢なものだわ」「豪勢」という言葉をもったいつけて強調する。覚えたての言葉でも使ってみるようだった。だがまたしても顎を突き出して口と眼をグランジュのほうへ向ける。両の眼が笑っていた。喉のあたりのふくらみを見て、グランジュの心は惑乱を覚えた。彼女から何か言葉が返ってくるたび、彼女が肩や頭を動かすたびに、この女に対する考え方がくるくるとはなはだしい変わり方をした。

ふたたび二人は黙りこくって歩いた。雨は前ほど激しくはなかったが、一面に真上から道をたたいていて、間もなくやむといった様子ではない。風はなくなっていた。少し暗くなりはじめており、雨霧のたちこめた周囲の森は重たく水を滴らせている。

「で、こんなふうにして、休暇を過ごしにここへ来ているわけなの」突然グランジュは老獪な質問をした。要するに、どう見たって高校生にちがいないのだ。それにさきほど「あなたの森」と言っていたのが頭に浮かぶ。

「あら、ちがうわ……。私、未亡人ですもの」一瞬間を置いたあと、ちょっと慎重な物の言い方。そしてその言い方に自分でも満足そうな感じであった……。「私、家族手帳（訳注―結婚の際市長から新夫婦に交付される。出産・死亡等を記載する）を持ってるわ」ふたたび子供っぽく嬉しそうな様子である。そしてマントの内ポケットのなかを探すと、クリスマスの贈り物を暖炉から取り出すように、役所名の印刷された角質紙の手帳を取り出した。グランジュは面くらって瞬間眼をしばたたいた。一瞬ごとに新たな疾風に身をあおられる思いである。

「ほんとに悲しいことだわ」《お客さんごっこ》の少女のような、滑稽味すら伴うきまじめな顔つきでうなずきながら話を結ぶ。その言葉で二人とも降りしきる雨のなかを道のまんなかに立ち止まり、大きく声をあげて笑いこけた。

とりとめもなく彼女が口にする言葉をたどってゆくうちに、グランジュにも幾分話の筋道がわかってきた。今年のはじめ、年若い医師と結婚したのだという。おそらく医師は、彼女の美しさに打たれ、卒業を待つ間ももどかしく高校の教室から引きさらうようにして彼女を妻としたのであろう。そして二か月後にはその若妻を残して死んでしまった。少なくとも彼女の話をつぎ合わせると――そのいささか困難な作業をとおして考えてみると、たぶんそんなことになるはずであった。というのも、彼女の言葉による説明では、相手の医師というのも、ただ青年というだけでそれ以上はっきりした人柄を思い浮かべさせはしなかったが、彼女としては彼の特徴を十分言いつくしたつもりらしかったのであるから。ともかくそのような経緯があった後、彼女の父親が――この父親はいささか影のうすいうつけた庇護者としてときどき思い出したように彼女の話のなかに登場するのであったが――ファリーズに一軒家を借りてくれた。医師の夫が突然の形で彼女をこの世に残して去る以前、彼女の肺に見えるレントゲン写真のかげを心配していたということがあってのこと。後になるとそれは病気自体というより、故人の意志というまったく精神的な意味合いを帯びてきたのであった。彼女は療養のためというより、むしろ夫の遺志を実行に移すために森へやって来た。そうしているところへ、枝に止まった小鳥のような彼女の身の上に戦争が押し寄せて来てしまったのである。

「ここは健康にいいわ」フードのなかで小さな頭を元気に振りながら言った。

グランジュはじつと耳を傾けてはいたが、そうした話の細かい点になると、奇妙にぼんやりしたままではっきりとはつかめなかった。だいいち「父」とか「夫」とかいう言葉が、いかにも彼女の身にそぐわなかったのである。そういう言葉は、着たり脱いだりする衣服のように、ちょっとの間彼女の身にやってきてとどまりはするが、それが彼女と関係あるもののようには思われなかった。彼女がいまいる場所、そこだけに彼女は全的な形でいる、そんな感じであった。彼女のそばにいると、現在という時間がなんという濃密さを帯びることであろう。なんという確信の力、なんというエネルギーをもって彼女はここにいることか。水溜まりを渡ろうとしてグランジュの腕にすがると、彼女はそのまま腕を放さなかった。軽く爪を立ててつかまっているのが外套をとおして感じられる。雨にぬれてすべすべとつややかな顔、しっかりした足取り、彼女はふわふわと浮いて消えそうな存在からもっとも遠かった。突然身をもたせかけてくる。小石のように丸みを帯びて充実した体である。

「送って来てくださらなければだめ」細道を抜けて街道へ出ると彼女は言った。「それが女性に対する親切というものだわ。ジュリアがお茶を入れてくれます（またしても謎が増えた。この新たな人物の登場にかすかな困惑を覚えながらグランジュは思った）。あの柏の木の森がいつもこわくてしょうがないの」

ファリーズへ通ずる細道を歩いて行くと、森の木立ちの影といっしょににわかに夜が押し寄せてくるように感じられた。雨は一時降りやんでいる。振り返ってみると、道からの展望のなかで雲の晴れ間がムーズ川の方角にひろがっており、雪の夕べに見られるようなどんよりと赤く細い筋がいましも地平線の上に消えようとしている。このあたりでは道は大樹の並び立つ森を通っていた。天蓋をなして厚く重なり合うぬれそぼった枝々から、夜の冷気が肩に降り落ちてくる。グランジュは彼女が震えながら黙って彼の腕に身を押しつけてくるのに気づいた。急にそれまでの快活さが消えている。優しい憐憫の気持、なにかしらより厳粛な思いがグランジュの胸に湧いた。すでにすっかり暗くなっている。そして傍らにはこの戦場の森にはぐれた寄る辺ない少女がいるだけだ。グランジュは彼女の名を呼んでみたくなった。

「名前はモーナ」声が先刻とは少し変わっている。見ると頭をかしげていた。そして突然グランジュは手の甲に唇が押し当てられるのを感じた……。「あなたはいい人ね」だしぬけにかわいらしく言ってのけた言葉には多少とも曖昧な響きがあった。またしてもグランジュはとまどい、惑乱を覚えるのであった。この女率直なのだ。だが心の奥まで透明というわけではない。泥や木の葉でいっぱいのあの春の川水に似ている。口にする言葉は子供のようだけれど、言葉にこめられた大胆さは必ずしもまったくの無邪気というものではない。突然手に押し当てられたものは、重たい唇をもった、果肉のようにやわらかい口である。この口はすでに幸福を求めるすべを知っている。

二人が森を出はずれたとき、部落はすでに闇に沈んでいた。ただ一つ〈プラタナス〉の扉が開いていて、そこから方形の明るみが狭いテラスに落ち、栗の木の下枝を闇のなかに浮かびあがらせていた。それから周辺一帯、草地のなかに低い軒をつらねる家々の集落がぼんやりと見える。家々の屋根の高さは、庭をめぐる灌木の生垣とほとんど変わりない。グランジュはそれまで夜になってからファリーズへやって来たことはなかった。ひどく遠いところへ来たような思いがふとする。人里遠い魅力的な生が、長々と大地に横たわって、森の空き地で旅寝、植物の匂いやぬれた土の匂いのなかにすっぽり浸りながら静かに夜を呼吸している。モーナはグランジュの腕を放した。先立って道を走りだし、メガホンのように両手を口に当てると、黒々と影を浮き立たせている家並みのうちの一軒に向かって声をはりあげた。

「ジューリアー、お茶よゥ、プラムちゃーん。お客さんなの……。軍人さん。美男の将校さんよゥ」

少しすると生垣の向こうで呼び鈴がけたたましい音をたてた。それからはじめに柵を次いで力まかせに次々と扉を開ける音、駅馬車が襲われでもしたような騒がしさが空き地に谺(こだま)を呼び起こした。

グランジュが通された部屋はかなりの広さで、快適な、贅沢とすら言っていいほど暖かな感じを与えた。ムーズ川沿いの泥道を越えてきたこの辺鄙な片田舎の部落のなかでそれは驚きであった。荒削りな梁、焚き口にスレート板を置いた、枠石のない大きな暖炉、田舎風の扉は鉄の掛け金と閂とを備え、重ね合わせの両開きになっている。そういうものから判断すれば、もとは百姓家であったらしい。後に改造して森にシーズンを過ごしに来る避暑客や猪狩りのハンター向けに模様替えをしたものなのであろう。床には厚いモケット絨毯が敷きつめてあった。ラフィヤ（訳注―ヤシの葉の繊維）製の笠をかぶせた床スタンドの明かりと暖炉のなかで炎をあげる薪の火に照らされて、一面蠟をぬりたてた田舎風の家具が闇のなかに浮き出している。部屋の一隅にソファーベッドが見え、その上の空間に本を積んだ棚があった。部屋の中央には彫刻を施した大きな銅板製の、低いモロッコ風テーブルが置いてある。こういう模様替えの全般に一貫している趣味は、それなりに確かなもの、厳正ですらあることが感じられた。だがそういうどっしりとした家具や重厚な配置の上には子供部屋のようなかわいらしい無秩序が見てとれるのであった。書物の類や皺くちゃのジャケットに入ったレコードなどが、敷物の上に乱雑に散らばり、肘掛椅子のなかにはビー玉が転がっていたりする。壁には少女向け絵葉書書き、俳優のブロマイド、新聞の切り抜きなどが鋲でとめてあった。窓の掛け金から衣装簞笥の扉の取っ手へと張り渡した綱にはこまごました女の下着類などが干してある。ベッドの上の空間には、細紐や物干しばさみを複雑にからみ合わせて厩舎(きゅうしゃ)用の大きな燈火のささえにしてあった。ベッドと反対側の隅では、壁面にとりつけた二つの大鉤(おおかぎ)にハンモックが吊され、なかにはモード雑誌やハーモニカ、赤革の女物スリッパ、爪切り鋏(ばさみ)、扇子、派手な細工を施したスペイン角の大きな櫛などが散らばっている。まるで土民の宿めいた乱雑ぶりである。だがそこには何か朝明けの気分に満ちた、人の心に活気を吹きこむような軽々とした香気が漂っていた。道の上にいるよりもここにいるほうがさらにひしひしと身の回りに森の存在が感じられる。部屋に入るとすぐ、モーナは肩をくねらせてマントを脱ぎ、下着を干した綱をめがけてほうった。ライ麦色の髪がぱっとひろがって腰のあたりまで降りかかる。マントの下にはインクのしみのついた青いブラウスとスカートをつけていた。髪の毛がほどけると重たげな頭をささえて、首の曲げ方一つにもいっそう物憂げな風情が加わる。そして、わずかに肩を揺すり、重たく垂れかかる髪をその肩に滑らせたりするときなど、ふたたび彼女は完全な女、寝乱れたベッドのようにほの温かい女になりおおせていたのである。

「あんたもこっちへ来て温まんなさいよ」言いながら燃える薪の火のほうへ男の子のような荒っぽさでグランジュを引き寄せる。「あんた」などというなれなれしい呼び方に、グランジュもいまさら驚きはしない。彼女の言葉では「あんた……なさいまし」などという言い方は「吾人は……」といったもの言いよりさらに変てこな使いにくいものであったろう。「ジュリアに挨拶してちょうだい。この子、私の奴隷なの……」言われて振り返ると物珍しげな二つの眼が、しかし警戒するように自分のほうに向けられている。そして茶盆の向こうに、一見モーナと同じように子供っぽい召使女が立っていた。服装は明らかにモーナを真似ている。ただ髪は短くカールして唇には紅をつけていた。ワンピースの上に白いエプロンをかけているがあんまりそれが小さいのでただおしるしにかけているにすぎないように見える。しかし若さからくる美しさしかないジュリアにあっては、モーナのいささか不透明な側面が、わずかに曖昧な暗示へと移っていた。邪気のない眼こそしていたけれども、マスカラをつけた睫毛、ぬりたくった口紅、小さいながらぐっと突き出た乳房、申しわけのように小さなエプロン、全体として彼女はメロドラマに出てくるませた小間使いという感じであった。

「おいでよ、プラムちゃん、髪を結ってあげる」言いながらモーナは自分の茶碗をグランジュの手に渡す。そしてジュリアの首に手をさしのべ彼女を鏡の前へ連れて行った。モーナが口にいっぱいピンをくわえながらジュリアの髪を搔きまわすと、ジュリアはこそばゆさに笑い声をあげ、小腰をかがめたまま肩越しにグランジュのほうへ眼を向けてよこす。甲高い笑い声をあげている最中、暖炉のなかで大きく燃えたつった赤い炎が、いきなりこの二人の小悪魔めいた姿をくっきりと浮き立たせた。魔女の家の放恣（ほうし）な乱雑さのなかに放たれているこの笑う小悪魔の姿は、いささか不安な思いを誘わずにはいなかった。

　ジュリアが茶盆を持ってひっこむとしばらくのあいだ沈黙が訪れた。わずかに開いた窓越しに、鎧戸（よろいど）のハート型をした明かり取りの穴をとおして森にしたたる滴の音が聞こえてくる。ときどきすぐ近くで木の枝が軋みの音をあげた。雨を浴びたあとの緩みが出るのであろう。モーナは疲れたように小さく吐息をつきながらソファーのはじに腰を下ろした。やがて顎をしゃくるようにする独得のしぐさでふたたび髪を後ろへはねかえすと、眼と口をグランジュのほうへ向ける。光を吸う植物が太陽のほうへと枝葉をのばすように。

「ブーツを脱がしてちょうだい」低くうるんだ声である。「足がとっても冷たいの。ずぶぬれなんですもの」

　ブーツの底に溜まった水がぴちゃぴちゃと音を立てた。脱いだあとには男物の大きな毛糸の靴下をはいていたが、それもすっかりぬれている。グランジュはその靴下も脱がせてやった。モーナの眼がじっと彼に注がれていて、グランジュの喉もとには一種切ないような胸苦しさがこみあげてくる。グランジュは歯のふるえを抑えるようにぐっと奥歯をかみしめていた。寒さにかじかんだ小さいしめった指、そしてやわらかい足裏に彼の指先が触れる。少し蒼ざめているモーナの爪の先には毛糸の毳がついていた。グランジュは突然またしても混濁した優しい愛憐の思いにつきあげられてその指先に唇を押し当てた。冷えきった指がもぞもぞと動き、毛糸の毳が歯にこすれる。罠にはまった動物のような激しい勢いで、いきなりモーナが腰の力を抜き、あおむけにソファーに倒れながら両手でグランジュを自分の体の上に引き寄せた。口と口とが重なり、重く充実しきって大地のようにやわらかく開かれた女の肉体が総身に感じられた。またたく間に女は裸になり、その体から突風のような激しさではぎとられる衣服は、茨の茂みに飛ぶ洗濯物のようにあちこちの家具に貼りついてゆく。だがそうした嵐のなかにあっても、彼女は無邪気にそして貪るようにグランジュの口にまつわっていた。それと気づく間もなくすでにグランジュは彼女のなかにいた。「すばらしいよ、きみは」一種穏やかな感嘆をこめて言い、言ったその言葉にみずから驚くのであった。手をのばしてモーナが電燈を探り当てると、部屋全体が静かな沼のなかに沈みこんでゆくように思われた。ただ戸口の上の明かり取りの窓と鎧戸のハート型のくりぬきだけが、暗闇のなかで幾分の明るみを見せている。もはや木立ちからも水の滴りは聞こえていない。森の上にはおそらく月がのぼっているのであろう。グランジュはもう一度やさしくモーナを抱き寄せた。足の裏から頭の先まで、彼女は全身をふるわせている。といって熱があるわけではなく、葉叢のすべてをまかせて風に応える若木のように、おごそかなばかりの震え方であった。グランジュには緊張もなく不安もなかった。むしろなにやら、真昼どき、木陰を流れる小川のような思いである。「水のなかの魚のように」と彼は思う。「おれは幸福をみつけた。容易なことなのだ。ここにいればいつまでも幸福でいられる」わずかに胸の両脇に寄っている乳首を、ときどきかわるがわる唇にとらえてみる。はるか遠くから生まれてくるやみがたい夜の力が、乳房を彼の口に押しつけてくるように思われるのだ。「すてきよ、あんた」ようやく判じ読むことのできはじめたあの嘘のない言葉で、ときおり彼女はそう言った。その言葉では、「すてき」というとき「相手にしてすてきだ」というほかの意味は一切忘れ去られているのである。「あんたを誘惑しちゃったわ」グランジュの頭を両手にはさみ、自分の顔から少し離してまじまじとみつめながら、モーナはいささか満足げな面持ちであった。やがてまたしても執拗に唇を彼の口に押しつけると、それから自分の牧場へともどって行った。グランジュは霧のなかを歩いて監視哨へ帰った。朝眼を覚ますと、まぶしいほどの日の光がすでに室のなかにまでさしこんでいた。まだ眠りのなかにいるうちから、澄んだ愛らしい声が耳にあった。朝まだき公園のなかで聞こえる噴水の音のように親しみのある声。屋外から窓越しにオリヴォンと話し合っている。やにわにベッドから跳び下り窓際へ走り寄って見ると、窓の下に、青いマントのフードが、朝の光とともに小さな茸(きのこ)よりも静かに立っていた。「これはすばらしい」まぶしい光のなかで眼をしばたたきながら彼は思う。「またはじまるぞ」たちまちのうちにモーナは彼の室に来ていた。いちはやく顎を突き出してしめった鼻先をグランジュのほうへと寄せてくる。まるで彼女が煙突から降りて来でもしたように、あっけにとられてわが眼を疑いながら、グランジュはまじまじとその顔をみつめていた。

戦車隊の戦車や機動部隊のいくつかの支隊が、街道沿いに演習を開始していた。かなり小編成の部隊である。ムーズ川と国境とのあいだでは大部隊を展開させるには土地が狭すぎるからであろう。人づての風説を信ずるならば、機甲師団はむしろずっと後方、シャンパーニュの屯営地で訓練を受けているという。だがムーズ川地区の戦車隊は、いずれにせよアルデンヌ地方の作戦行動に参加するよう定められており、横の連絡路もあまりなく長々と延びたこの森林中の街道に配置されていたのである。要するに櫛の歯のように一線をなして部隊を進撃させるということがこの演習の最終的なねらいであることが推察される。だがこれが、ときどきいきなりエンジンの轟音でもってファリーズ中を驚かすのであった。そんな日には、オリヴォンが朝早くグランジュの室の扉をたたきに来る（「ショ尉殿。フランス一周オートレースであります」）。そして森番の兵隊たちはぞろぞろと隠れ家から出て行くのである。たまたま天気がよかったりすると、王様の狩猟の一行が通過するのを見物する王室林の領民よろしく、ときとして何時間も道端にすわりこんでいることがあった。さらにまた、小休止のあいだしばらく彼らと言葉を交わし、たちまちまた車を駆って遠く去って行く戦車隊の兵たちは、彼ら森番の兵隊に対し、多少とも寄港した船乗りのような恩恵をこぼしてもいった。森の奥地に埋もれた軍団の宿営地の消息、またムーズ川の背後——もっともこれは風の便りというようなものであったが——広い世界の遠い噂を運んできてくれたのである。グランジュは戦車隊の連中には好感を抱いていた。将校も兵も、モリヤルメで行き会うくたびれた予備役の連中よりもみな若々しく見えた。競技場に吹き渡るいきいきとした空気のようなものが、彼らの身辺にまつわって流れるような気がしたのである。それはまたどこか駻馬のいななきにも似ていて快かった。いずれドイツ軍団の攻撃を受けたときには、これを迎え撃って前線に投入されるべく定められている部隊や車両が、列を整えて行進するのを見ていると、一種頼もしい思いもまたそこにあったのである。その頼もしさがどんな性質のものであるのか、グランジュもあまり明確に解明してみようとはしなかったけれども。装甲車、キャタピラ付き小型自動車、機動部隊の車両などが、ベルギー国境のほうへとせり上がってゆく長い斜面に、重たい身を運ぶ動物のようにむくむくとした感じで前進して行く。敷きつめた砕石を無限軌道が蹂躙してゆく音が、全開にしたエンジンの唸りもほとんど消し去るほどに圧倒的である。グランジュはときおりたわむれにしばらく眼をつぶってみることがあった。戦争がそのもっとも深い眠りにおちいっているときにもなお、大地の上を動きまわるこの一種巨大な鋤の震動を通じて、視覚より聴覚にどれほど内密に警告を伝え続けているものか確かめてみようとしたのである。こういう荒々しくも倨傲な「騎馬行進」に対し、森がいかにも誂え向きの舞台を提供しているように思われたのもまたグランジュにとっては驚きであった。遠く見通しのきく林道の空間、さし交わす枝の天蓋は大樹林を貫いてときに何里もかなた地平まで続いて、その果てにふしぎな日の明るみをつくっている。こうしたものは樵や炭焼きのささやかな映えない生活向きに作られたものではない。彼らはただ幕の明くのを待ちながらひっそりと暮らしてきたにすぎないのだ。いましも森は眠りから目覚め、いずれの世か遠く過ぎ去った時代の再来を告げる神秘な合図に応え、突如として揺れだした砦や隠れ家の奥に至るまで、すべてきっと警戒の耳をそばだてながら日ごろに増してゆったりと息づいている。荒々しい巻狩り、堂々たる騎馬行進の時代がふたたびもどってきたのだ。メロヴィンガ朝時代の古い茅屋が、忘れ去られていた匂いを空中にかぎとり、その匂いによっていまによみがえるかに思われるのであった。

グランジュとオリヴォンは、道から少しひっこんだところで、ガソリンの空き缶に腰を下ろして装甲車の通るのを眺めていた。こういう光景は格別目新しいものではなく、二人ともそれほど興味を引かれているわけではなかったが、といってまた退屈することもなかった。夏の宵など、街なかのアパルトマンの管理人たちが、道端に持ち出した椅子に馬乗りにまたがって車道に行き来する車を眺めている図などしばしば見かける風景である。この二人にしてもまた彼らなりに、息苦しい「管理人室」を抜け出しているということなのだ。たちまちにして遠く走り去って行くこれらの部隊と一緒に、多少とも広い外界の風が街道に吹きとおってゆくのであった。グランジュは戦車にはいたく好奇心を唆られた。この重たい機械に揺られて生きる人間には、突如としてどんな新しい魂が芽生えることであろう。そうやってすさまじい轟音のなか、鉄兜の縁を装甲板にもたせて走っていると、それだけで突然理屈ぬきのふしぎな安心感を覚えるものだと、かつてある友人から聞かされたことがある。民間から徴発した車に乗った将校連が砂利のない道端部分を通ってひっきりなしに隊列を追い抜いて行く。戦車の列は嚙み合う歯車の軋み音をたて、重い繭型の埃に包まれながら視界の遠くへと走り去ってゆく。まきあげられた埃は林道の上に揺れ、石灰工場への道に降る埃にも似た灰褐色の厚い塵埃を細枝の一つ一つにふりかけていた。すべてが増水した川のように道を流れてゆく。汚れた灰色の流れ、ときに停滞し、逆流し、石を擦り、撓(たわ)んでもとへもどる木の枝に鞭打たれ、だがそれは自然そのものの景観にも似るものであった。戦争が傍若無人にこの森の風景のなかに押し入り腰を据えてしまったように感じられる。持てあますほどの荷物を持った借家人がその世帯道具のなかに居直るような、いささか圧倒的な臆面のなさである。荷物の行李は次々ときりもなく到着してきた。

「どうだってかまやしませんが」長いこと黙然として轟々たる行進を眺めていたオリヴォンが首を振りながら言った。「戦車隊のやつらも楽じゃないですなあ。キャタピラなんぞ引きずって行く道じゃないです」

「それほど道をいためるってわけでもないだろう」

「いや、そうじゃないです。ショ尉殿」オリヴォンはまた首を振る。「キャタピラのほうですよ。キャタピラをいためちまうんでさ……」

グランジュは驚いてオリヴォンを見た。オリヴォンにはいつも仰天させられる。まったく戦争に来るといろいろなものが見られるものだ。ものの節約に関心を寄せる兵隊までいるのだから。

「何か飲むものでも探して来ないか」グランジュは言った。オリヴォンが話をしたがっていることがわかったのである。グランジュの言い方に従えば、それはオリヴォンが「戦争を考える」日だったのだ。戦車隊が通過するといつも、オリヴォンの頭にあれこれと自分なりの発案による戦術計画が芽生えるのであった。グランジュは彼にトーチカの鍵を渡した。退避用地下壕が穴倉がわりになって、酒瓶を冷たく保存していたのである。二人がコップを手にすると、濛々と砂塵をあげて行く車両の一つ一つから、祝砲のようにして舌を鳴らす音、粗野なからかいの言葉が降り落ちてきた。ときおりオリヴォンが瓶をさしあげて車両の列に挨拶を送ると、人形芝居の幕が上がったときのように叫び声はいっそう高まるのであった。彼らは飲みたがっているわけではない。まじめとも冗談ともつかぬ気持でグランジュは思った。ただ縁起物に挨拶しているだけなのだ。

「こいつを見てやつら変な顔をするんですなあ、ショ尉殿」オリヴォンが心を痛めたようにまた頭を振る。「なにしろこの軍隊じゃあ、やつら飲むことしか知らねえんだから」

「元気がないな、オリヴォン」

「ここんとこずっとでさ……」肩をすくめて見せる。「……別に心配ごとがあるってわけじゃないんです。ときどき思うんですが……」

どうでもよいのだがといった無関心な態度をことさらよそおうように酒瓶を砂利の上で振っている。

「……元気なもんですな、戦車隊の連中は。攻撃を受けたら、リエージュまで繰り出すんだとか言ってますよ。四時間かかるそうです」

「そうかもしらんね」

グランジュには人の好奇心をくじきたいという気持があった。そしてまず第一に自分の好奇心を。戦争に関するニュース、戦いが他日どういう局面を迎えることになるか、いやおうなく聞こえてくる片々たる情報に対してはいちいち本能的な反発を覚えるのだった。身を脅かすどんな小さな刃の切っ先にも皮膚が硬(こわ)ばって収縮するのと同じである。戦争とも言えぬ戦争下にあるこの地方はともあれ住むに耐える地域である。住みよいところとすら言えるだろう。ただ空気中の酸素含有量が多少とも減り、わずかながら光が薄れたような感じでそこに生きているのではあるけれども。もはや明るいニュースが訪れることはないであろう世界。起こりうる事態に向けられる思いを時々刻々巧妙にだましながら、その奸策のなかに身を丸めて薄明のなかで呼吸しているにすぎない。痛みのない、しかし悪化の可能性をはらんだ病める世界――「予測保留」の世界だったのである。

「あちこち畑地に散らばった農家がファリーズにありますね。一昨日村長がそこらの家を回ったそうです。子供たちは後方へ立ち退かせるように勧告したらしいんですな」グランジュのほうを見るのは避けて、道路のほうへじっと眼を向けている。最近敷きつめた砂利を装甲車の車輪が前にも増した激しい勢いで踏み砕いて行った。

「立ち退きの命令なんかなかったぜ」

「ないんですか」オリヴォンはそのニュースをじっと考えてみるふうであったが、それですっかり安心したわけでもないらしい。「……ですがお偉方がモリヤルメへやって来たそうです、昨日。エルヴーエが仕事場で聞いてきたんですが」

「お偉方?」

「はあ、お偉方です。将軍たちです」オリヴォンは不興げに口をとがらせた。「視察ですよ。なにしろ国境までも行ったってんですから。ビュッテのトーチカへは立ち寄ったらしいです」

グランジュはこうした精細な情報網にはいつも驚かされた。情報網は「アラビア式電信」のように無数の回路を通じて部隊全体に張りめぐらされているが、土民の群れのなかに孤立する植民地人のように、幹部連中のところだけは用心深く切り離して走っている。

「おかげでわれわれのとこは寄られずにすんだわけだな」

「まったく」オリヴォンも今度はグランジュのほうへ顔を向けた。そこに微笑の浮かんでいるのを見てグランジュの気持も和んだ。「ですが」と彼はふたたび顔を曇らせる。「悪い知らせがあるんです。ムーズ川の向こうに、一週間前から重砲部隊が配置されたらしいんです。もしかしたら今週のうちかもしれませんな……」

「何が」

「いや、その、ショ尉殿……」今度は少しむっとして言いにくそうに顔をそむける……。「つまり、大攻勢でさ」

《そして太陽は名指されざれども、その存在はわれらのなかにあり》か、グランジュはそう思う。首筋のあたりにひやりとしたものが走った。彼は理屈立った思考にはあまり動かされないが、他人の予感はほとんど抵抗もなく受け入れてしまうという性質(たち)だったのである。ヴァランが相手だったときには単にいらいらさせられたにすぎなかったものが、いまやもっと微妙な形で神経を侵してくる。それは大気のなかに感じられる霹靂(へきれき)のにおい、夕立前、動物たちのあいだに伝播するあの恐怖にも似ていた。

「ドイツ軍だって、気違いじゃないよ」そう言って肩をすくめる。「十一月だぜ。雪でも降ったらここらあたりの道路はみんな……」

手にした細い棒の先で自信なげに、吹き寄せられた道端の枯れ葉を掻きまわしていた。すでに灰色に干からびている枯れ葉は、車両の巻き起こすつむじ風に一瞬渦を巻いて舞い上がる。林道の両側には、幾分青さのうすれた空が、いまやいたるところ葉の貧しくなった森のあいだに透けて見えた。はるか遠く、ごつごつした雑木林の横腹に沿って蛇行する一筋の細い土煙が木々の枝の上方へとたちのぼっている。ウーシュの林道でも戦車隊の演習が行なわれているのだ。戦争は一挙にやって来はしない。少しずつ灰色の季節のようにいつとも知れずこの土地に入りこんでくるのだ。二人が口をつぐんでいると、聞こえるのはもはやエンジンの唸りと谷間のほうからやって来る遠い飛行機の爆音だけだった。飛行学校の練習機で、ムーズ川の川霧の上空にゆらゆらと飛んでいる。日中の日差しは明るかったが、大気はすでに冷えびえとしていた。物音は遠くまでよく響きを伝えた。

「ドイツ軍てのは、油断ならん相手ですよ、ショ尉殿」オリヴォンは首を振った。知っていることは譲らぬと言いたげな、暗く頑固な調子である。「やり方を心得てますからな」

二人はそれ以上ほとんど言葉を交わすこともなく一瓶飲み終わった。通過する車両もようやくまばらになっている。冬の夕暮れのような物悲しい静寂が森に降りかかってきていた。腰を上げて二人が監視哨へもどろうとしたとき、背後に咳きこむようなエンジン音が聞こえ、たてつづけにミスファイヤをくりかえした。偵察用装甲車が二人のそばまで来て道端に止まった。灰色の砲を搭載して、夕闇のなかにどっしりと重い姿である。なかから指揮官と操縦兵が出て来た。そしてエンジンをいじりまわしたり、燃料タンクの中味を測ったりしたあと、グランジュのほうに近づいて来た。グランジュはひとり木陰に立ち止まって彼らを見ていたのである。

「燃料が切れてしまったんだが」少尉は言った。「この辺でどこか歩いて行けるところに電話はないだろうか。このあともうだれも通らないと思うんだ」彼は顔をしかめながら人の気配もない遠くを振り返った。

電話線はまだファリーズまで引かれていなかった。グランジュはちょうどもどって来たグルキュフをつかまえ、自転車でモリヤルメまで使いに出した。二時間しなければ応急修理班の車もやっては来ないだろう。グランジュは立ち往生した二人を招じ入れて、もう一本葡萄酒の瓶を持ってくるように命じた。三十年の遅れを伴って変貌しつつあるこの国の軍隊にあっては、エンジン機械がいまは忘れ去られている昔の身分制度をふたたびよみがえらせる。中距離ランナーのような彼らの帽子、大きな眼鏡、油に汚れた作業服、そうしたいでたちの戦車兵を見ていると、いやおうなくグランジュは畏敬の念を抱かせられるのであった。地上の茅屋（ぼうおく）で喉の渇きをいやすために、雷雲の戦車から降りてきたこの英雄時代の半神たちを前にして、みずからを卑しい百姓男のように感じるのである。

「ひでえもんだな、あんたのバンガローは」狭い梯子を昇りきると、舌打ちしながら少尉は言った。「こんなところで何をしてるんです。茸（きのこ）狩りかい」

戦車隊の二人はいささかあっけにとられた面持ち。室内を眺めまわしたり、窓をふさぐように近くへ迫っている木々の枝をすかして空を見たりしている。

グランジュは事実を説明した。監視哨の存在は公然の秘密であったからだ。ただこの国の軍隊の、眠りこけたも同然な好奇心の欠如から、とにもかくにも多少は秘密が守られているというにすぎない。たしかにムーズ川の後方では、だれ一人、というかほとんどだれ一人として、監視哨のことなど耳にしたものはいないだろう。グランジュもそれは知っている。説明が終わると室には沈黙が訪れた。

「思いつきとしては悪くないな」少尉の口ぶりはいささか素っ気なかった。明らかに、何か一言言わなければという気持から出た言葉にすぎない。彼は窓際に近づくと、話題を変えて狩猟のことを話しはじめた。先週ウーシュで彼の小隊の兵が、荷物を車に積もうとしていたとき、ピストルで猪を撃ったという。

「それより大きな獲物は撃つ必要もないということになるといいですね」グランジュは丁寧な口調で言った。

瓶を干しながら、二人は二、三当たりさわりない言葉を交わし合う。グランジュは落ち着かない気分だった。少尉は立ったままで、視線はとかく窓のほうへと注がれる。病室への見舞い客が、急に矢も楯もなく外の空気に触れたくなっているとでもいった格好である。外はもうすっかり暗くなっていた。

「トーチカを見せてもらえませんか」だしぬけに少尉が言った。しばらく差向いの話をしたいような口ぶりである。

階段はぬれていて滑りやすかった。日暮れとともに小雨が降りだしていたのである。懐中電燈の光に照らすと、トーチカのなかは日中よりもさらによそよそしい感じであった。洞穴から滲出した水が壁面に流れ大きな斑をなして光っている。暗闇のなかでところどころ、カタツムリの殻に足が当たった。夜の湿気とともに森の下草から這い出し、銃眼の隙間を通って入りこんできているのだ。重苦しくねばつく香りが森から立ち昇り、不快に喉を刺激してくる。密閉した地下庫や茸の栽培室のような黴くさいにおいである。

「変な室ですな」少尉は渋面をつくった。澱んだ冷気のなかでぶるっと身震いし、くんくん鼻を鳴らしながら生気のない空気のにおいを嗅いでいる。ほっそりした砲身に手を当てると、砲底からズックの覆いを取り払った……。「一般家庭の地下庫みたいですね、そう思いませんか。いや失礼。こんな冗談はこの際適当ではないでしょうな」格別恐縮した様子もなく笑いを浮かべている。

「慣れるものですよ」肩をすくめながら、グランジュの言い方も素っ気なかった。少々不機嫌な気持になっているのが自分にも感じられる。戦車乗りを招き入れたことを後悔しはじめていた……。「あんたがたの戦車のなかだって、オイルが熱しだしたら……」

「そう、そう、趣味の問題だな、これは」少尉は妥協的な態度でグランジュの言葉をさえぎった。ふと注意を惹かれた眼差しでちらと銃眼から外を眺めやる。顔にある皮肉の色はすべて上唇と鼻孔のあたりに集中していた。かすかながらそこらがいつも震えていて兎の鼻先のようだった。そうして絶えず動物的な嗅覚を働かせているのがグランジュの神経にふれた。重く澱んだ空気のなかに、何か疑わしい痕跡、匂いよりさらに無形無色のなにものかを追いまわしてでもいるようだ。ときどきかたわらのグランジュを見ては陽気な目配せなどしてみせるが、場所柄からしてなんとなく薄気味悪く映るのであった。

「これは何ですか」地下壕へ通じる揚げ蓋をさしている。グランジュがそれを持ち上げてみせた。懐中電燈の光で階段の最初の二、三段が闇のなかから浮かび出る。木の根の匂い、湿った土の匂いがかすかに開口部から漂ってきた。

「こんなことで、あんた方ここらへ来る独軍戦車（パンツェル）を食い止めるつもりですか」少尉は両手をポケットに突っこみながら、少し頬をふくらませてみせた。そんな考えは途方もなくばかげていると思ったらしい口ぶりである。

「敵の戦車がどんなふうにして森を通って来るのかわかりませんが」グランジュは冷ややかに眉をつりあげた。「これだってやはり相当な被害を与えることはできるでしょう……」言いながら靴の先で砲底を指した。

「来るのは戦車にかぎりませんよ……」

少尉の声はいつかきっぱりとした調子になっている。ふしぎに個人的な感情を感じさせなかった。

「最新情報をほやほやのとこでプレゼントしましょう。最初に機動部隊が押し寄せる。一緒に工兵隊がやって来ます。次は歩兵のオートバイ部隊だ、すぐにです。精鋭部隊ですよ。しかもやっこさんたち道路なんか通って来やしない。迂回路をとります。あんた方のトーチカへは、礼儀正しく正面から御入来ということになるでしょうな。でも一、二発砲弾を破裂させてからね。そこであんた方はおやすみになるっていう具合です」

少尉はまた天井のほうへ眼を上げ、そっと口笛を吹きながら指を曲げて壁面をたたいてみる。

「トーチカの周囲に地雷を伏せておかないといかんでしょうね。でもそれからあとはどうしたらいいと言うんですか」グランジュは肩をすくめた。

「あなたは予備役ですか」

グランジュはうなずいた。

「ね、戦友、私にわかっていることは一つだけです……」

少尉はグランジュの肩に軽く手を置き、じっとグランジュをみつめた。その眼はもはや冗談を言ってはいなかった。

「うまい葡萄酒をごちそうになった礼に、一つ意見を言わせてもらいましょう。私だったら、なんとかよそへ移るように手段を講じますね。あんた方が森のなかで借家住まいをしているこの玩具みたいな家を私がなんと呼んでるかわかりますか。あんた方の気分を害するつもりはないが、間抜け用の罠と言ってるんです。こんななかにいたら、ネズミ取りのネズミみたいになっちゃいますよ」

一瞬沈黙が落ちた。

「……私の言うことは、まあ、わかるでしょうが……」少尉はかすかに微笑を浮かべた。相手の気持をいたわるような微笑である……。「要するにあんた方はここで牢屋にいるも同然なんです。それだってやつらがやって来ないよう、神さまにお祈りするぐらいのことはできるでしょうがね」

林道でけたたましく警笛が鳴った。二人は外へ出た。応急修理車が来ている。戦車隊の二人は別れを告げて去って行った。

「トーチカのなかに硫黄をたきしめて消毒してやるぞ」グランジュはそう思った。腹立たしく荒れた気分だったのである。幸いだれもそこには居合わせなかった。不安というより何かだまされたような気分、有り金全部詐欺師に巻きあげられでもしてしまったような気持であった。

秋はグランジュが予想していたよりずっと長くファリーズ高地にとどまっていた。下草を水にひたして幾日も雨が降り続き、朽ち葉が靴底に貼りついたりしていたが、そのあと突然からっと明るい東の風が吹き渡って空を拭き清め、またぬかるんだ道を乾かしていった。いたるところまだ枝についている柏の葉がかさかさと風に鳴った。すでに一面の降霜にみまわれながら十二月のさなかまで続いたサン＝マルタン島のきびしく苛烈な夏にもそれは似ていた。明け方、コーヒーのあと林道へ出て最初の葉巻をくゆらそうとして、グランジュが階段を降りて行くと、草の葉の一つ一つに白く水滴が凍っていた。だが木の枝先からは、早くも重い滴が道端の砂の上にしたたり落ちている。柏の木があるために、森にはまだ葉が残っているように見えたが、その森の上にはガラスの輝きのような冷たい青色をたたえた空が、冷えびえとした風のなかに冴えかえっていた。グランジュは道路の固さを増すこういう凍てつきが好きだった。凍てつきのおかげでファリーズの小さな製材所の唸りや斧で倒される木のめりめりという音も、ときに監視哨まで届いてくる。道へ出ると鋲を打った軍靴の底が砂利に当たって火花を散らし、朝の空気はさわやかな森の香りと火打ち石の匂いを漂わせるのであった。グランジュはしばらくのあいだ、肌を刺すような明け方の空気とともに、思わずあの酔い心地の歓喜を呼吸する。こうした喜びは戦争のなかの朝であってこそ味わえるものであろう。いましも両の肩から疲労が消え去ったという感じ、心を鼓舞する戸外の寒気、ふたたび道が十方に向かって開かれたというような自由の感覚、喜びはそうしたものから生まれてくるのだ。近づいてくる冬のきざしは何によらず好ましく思われた。長い眠りの夜と短い昼間、グランジュはそういう日々に入ってゆこうとしているこの穏やかに和んだ時期を愛していたのである。それは安らかな眠りを許さぬ盗み取った時間ではあった。それにしても、火事や悪疫の流行のため思いがけず中学生に与えられる休暇のように、それだけほかの休暇よりもありがたい休暇であった。

　ファリーズへ行き着く前に、グランジュは森の切れ目、空き地となるところで本道を離れ、砂利のない土の道へと入って行った。道は雑木林の縁と家々の庭の茨の屋根のあいだを通っている。起床後格別用事もないとき、朝早くモーナをたたき起こして、湿った朝の香りを身につけたままその家に入って行く、これは何にも増して楽しいことであった。ファリーズへ着くのが早すぎるときなど、牧草地にはまだ池水のように一面朝靄が沈んでいて、家並みと垣根の上部と丸く刈りこんだリンゴの木の茂みとだけがそこから浮き出ていた。家々の煙突からはすでに煙が立ち昇っている。ときには女が一人、霧のなかで浅瀬を渡るように眼に見えぬ小道を歩いたり、野菜畑のあいだで早々と洗濯物をひろげたりしていた。グランジュにとって幸福という観念はつねに、庭と庭とのあいだに入りこんでゆく小道と結びついていた。戦争中であるがためにその観念はひとしお強くもなっていたのである。豊かに果実を実らせたみずみずしい木々を左右にして、夜に洗われたこの道は、彼にとっていまやモーナのもとへ通じる道であった。幸福の島の岸辺に近づくように、グランジュは森のはずれに近づいて行く。モーナの家の戸口はしまっていたためしがない。グランジュがモーナの目を覚まさずに入って行けるようにという心遣いからではなく、彼女が掛け金に施錠するのを不安がるあの砂漠流浪の民の系譜に属していたからである。どこにいようと、モーナはつねに吹きさらしに天幕を張る女であった。グランジュが入って行くと、開け放した戸口には灰色をした方形の明るみができている。その明るみのなかでまっさきに眼にとまるのは銅(あかがね)の卓に置かれた品々である。何本かの鍵とパン屑にまみれた薄荷入りボンボン、瑪瑙(めのう)の玉、小さな香水瓶、嚙んだ歯形の残る鉛筆の切れ端、それに七、八枚の一フラン玉など、前夜モーナが寝に就く前ポケットから取り出して雑然とほうり出しておいたものである。部屋のそのほかの部分は非常に暗かった。グランジュもすぐには鎧戸(よろいど)を開かない。音をたてないようにしてそっとベッドのそばへすわるのである。ベッドは暖炉の残り火と銅製の薪掛けの反映を受けて下から照らされ、一面の闇のなかからわずかに浮かび出ていた。光から影へと移るモーナ一流のすばやさ（彼女はまるで幼い子供のように、言葉を口にしかけたままふっと眠りこんでしまう）、まさにその流儀で彼女がぱっと眼を覚ますと、グランジュはたたかれ、こづかれ、嚙まれ、なぶられ、さながら春の滝水に打たれているような思いを味わうのであった。そしてその日一日は魂が抜けたようになってしまう。だがモーナがまだ眠っているのを見ているこのときはそれに比べればより厳粛な時間であり、モーナのかたわらにすわっていると、彼女の庇護の任に当たっているような気持になるのであった。ちょろちょろと消え入りそうな火はあったけれども、寒気は部屋のなかに忍び入ってくる。たてつけの悪い鎧戸をとおして灰色の夜明けが滲みこんでくるのだ。瞬間、死に滅んだ世界、禍々しい星々によって荒廃させられ、邪悪な思念のなかにとっぷりと浸された世界の空洞へと運ばれて来たような思いになる。こんなにも色あせた朝をもたらし、ものわびしいこの部屋を死ぬほどにまで冷えこませてくる危険な傷口を探そうとでもするように、グランジュはあちらこちら周囲に眼をさまよわせるのであった。「死なないでくれ、モーナ」迷信にとりつかれたようにつぶやきを洩らすと、鎧戸（よろいど）をとざした部屋のなかで、その言葉はぼんやりとした谺（こだま）をよび起こした。世界はその最後の拠り所を失っている。その眠りに澄まされる耳一つすらよそへそらされてしまっているようだ。

　モーナはうつぶせになって眠っていた。毛布が体の周りに巻きつき、両の腕は長々と伸ばしている。両端でベッドを巻きこむように作りつけた長枕の下に手をつっこんだままだ。彼女の上に身をかがめると、思わずグランジュの顔に微笑が浮かんでくる。かつてわが宝わが牧場と認めたベッド、そのベッドの上のこの小さな体を、それが眠りのなかにあってすら抱きしめたいという思いが、これほどにも切実であることにいつも驚きを覚えるのであったが。モーナはしばしば裸のまま眠りこんでしまう。突然倒れるようにして眠りこむ子供のような眠り、グランジュをひどく驚かせるあの眠りも、単に疲労のせいだけではなく、眠りに落ちる最後の瞬間には、いつかの愛の罠の思い出がそこに混じっているのだということを、グランジュはモーナの肩口の毛布をちょっとめくってみて悟るのであった。眠りを急げばその眠りが冬の長い一夜を通って彼女をグランジュのもとへ送り届けてくれるとでも思っているようだった。するとグランジュの胸のなかに何かがざわめきたつ。音も立てずにすばやく服を脱ぐと、彼はモーナのわきに身を横たえる。ときには片腕をモーナの体の下に通し、もう一方の手を腹のくぼみに滑りこませて一時(いっとき)その身を抱きしめることもあったが、シーツにくるまったままモーナは目覚めなかった。グランジュは両の掌(てのひら)いっぱいに感じる温かみがむずがゆく腕を伝い、肩のあたりまで上ってくるのを感じて、毛布に包んで抱いている誘拐した子供をでも見るように、感嘆と不安なおびえを同時に覚えながらじっと彼女をみつめるのである。モーナの肩口に唇を当てると、彼女はぱっと目覚めて両手でしがみついてくる。そしてすぐ接吻を受けようと額を突き出すのであった。そうなるとモーナは倦むことを知らぬ接吻の雨である。快活な愛情、惜しみない優しさの若々しい嵐である。グランジュは裸のままベッドから跳び下りる。いまや明るい朝に向かって鎧戸を押し開けるためだ。すでに庭のあたりの朝靄は消え、シーツの上にまでたっぷりと日がさしこんでくる。たがいに疲れきっていたが二人は離れなかった。庭木の枝の入り組んだ影を壁面にゆっくりと移動させてゆく黄ばんだ陽光を身に浴びながら、モーナはあたかも小さな果樹墻に身を寄せるようにグランジュのかたわらに身を横たえたまま何時間でもそうしていた。意地悪くドアをノックしてジュリアが返事も待たず、湯気を立てている朝食の盆を持って入って来る。グランジュはさっとシーツを身に引き寄せるが、モーナのほうは裸のまま寝乱れたベッドの上に半身を起こしている。ジュリアは盆を置くために身をかがめながら、海の泡からでも現われ出るように乱れたシーツから出ている軽やかな乳房と若々しい腹部を前にして、喉の奥で鳴るようないつもの笑いをかすかに洩らした。「モーナの愛人（訳注―ジュリアのこと）」惑乱におちいりながらグランジュはふと思う。そしてそう思うと彼の内部で突如すべてのものが融けまじり一種混濁した酔いになってゆくのだった。

もう一人の女の挑みかかるような眼、相手を奪われた若々しい唇を思うと、モーナに浴びせる接吻になにもかもがまじり合う一種錯乱的な気分が加わったのである。彼女に対して抱くこうした飢餓ほど彼の心を戸惑わせるものはない。飽くことも倦むこともなかった。最初見かけたときの、不安を誘う酸っぱい木の実のような、およそ肉感に乏しい彼女の外見からは予想もできなかった自分の欲望である。彼女に捕らえられ、あっという間もなく彼女のベッドに倒れこまされたという記憶から――いまなおあえぐようなその思いが残っている――グランジュはモーナに対してひそかに感嘆の舌を巻いていた。豊かな愛の能力を恵まれた天分のしるしをそこに読みとっていたのである。

「恋愛の面では、きみはナポレオン並みの戦略家だよ。相手はまずのめりこんでしまって、それからあとで気がつくというわけさ」グランジュはモーナの首にかかっている小さな金の十字架を指でもてあそんでいた。モーナが毎晩眠る前、修道院女学校の生徒のようにお祈りをし、ジュリアと一緒に『黄金伝説』を読むことを思い出すのである。はじめてモーナと一緒に寝た晩、二人で闇のなかに横たわっていたとき、彼女はだしぬけに一種子供っぽい愛らしさで、聖ベネディクトやその妹のスコラスティックの話をとりとめもなく話しだしたのであった。スコラスティックは兄が嵐のために帰れなくなって彼女のもとにとどまり、おかげで兄と話し合ったり説教を聞いたりすることができるようになったのを喜んだというのである。戸外では周辺何里にもわたってアルデンヌの激しい雨が森をたたいていた。モーナの話はいかにも思いがけないものではあったが何とも言えずほほえましかった。まことに子供っぽいその語り口は、豪雨を避けて雨宿りしている小学生、夕立の過ぎるのを待ちながら軒下にしゃがんでお話を聞かせ合っている女の子のものにほかならなかった。

「でも、どうしてあんな話知ってたの」ときおりあっけにとられる思いで、いかにも蒼白く見えるブロンドの小さな顔を自分の肩に引き寄せながらグランジュは言った。

「あんたはばかじゃないわ」若妻のような分別のこもる口ぶりでモーナは答えたものである。片肘を立てて身を起こし、グランジュの唇に指を当てながら、賢しげに近間からまじまじと彼の顔をみつめて「ばかじゃないわ、でもちょっと単純ね」

昼食をしているあいだも、モーナは足を絡ませてくる。スプーンを口に運んだり砂糖壷を引き寄せたりする手に子犬のように噛みついてくる。「枝に止まったオウムみたいだね」そう言ってグランジュは笑い、滝のように流れ落ちているふさふさとした長い髪の毛のなかに手をさしこむのであった。「いつも脚や嘴で絡みついてきてさ」それを聞くといままでのやわらかな噛み方をがらっと変えて強く噛みつく。グランジュは彼女を抱き寄せ、興奮気味にその肌に爪を立てた。

血を見たい嗜欲がふときざしたのである。だがそれと同時に、壁に当たる黄ばんだ日の斑も眼に入っていた。日脚はすでに傾いてベッドのあたりへ届こうとしている。「時間がない」茫然としてグランジュは思う。「もうあまり時間がない」ベッドから跳び下りて急いで身支度をする。トラックがファリーズへ登って来る時刻なのだ。いまが戦争中であることを思い出させられると、モーナはいつも何か信じかねる驚きに襲われる。彼女はただなんとなく事実を受け入れているにすぎないのであったから。

「あんたに何ができるっていうの、あんなみっともない家のなかで」グランジュが服を着ているとき、そんな訊ね方をすることがあった。ベッドのはじのほうへ両肘を突き、両手に顎をささえて、何かむずかしい考えでも追うように額に皺を寄せながらグランジュを眺めているのだ。するとその言葉によってグランジュは突然モーナから引き離される。つながれていた岸から急に切り離されるのである。わが身を乗せる巨大な船体がすでに海の呼吸作用に巻きこまれて漂い出し、なにひとつとしてそれをとどめるものはないという思いになるのであった。

監視哨にもどっていると、グランジュの一日はさわやかに風の吹きとおるような空白の時間であった。別段モーナと会う約束のないときでも、彼女がいまにもそこへやって来るかもしれないという思いがまったくなくなることはなかった。モーナは部落からモリヤルメへ行く自動車に便乗するとか、森の散歩にジュリアを連れ出すとかするのであろう、風のように監視哨の階段を登ってくる小刻みなその足音を突然聞きつけることがあった。無意味な時間というものが自分の生活から消えてしまったようにグランジュには思われた。モーナの不在すら彼には軽やかだった。一日一日が風の吹きとおる海近い通りを歩いているような思い。海近い通りはほかの普通の街路よりも生き生きとしている。曲がり角に立つたびに通りの先の展望にふたたび海が現われるのではないかと思わず首を上げて見るというところがあるからだ。

糧食や郵便物と一緒に、トラックは新聞もモリヤルメから届けてきた。グランジュは、午後監視哨でモーナを待つときなど、遠くからその姿を見つけられるようよく窓際にすわっていることがあった。身をのり出せば道の遠くまで見通しが開けたからである。窓際にすわりひとまとめになつた新聞の束を開いてみる。なぜ新聞に興味をもつのか自分にも判然とはしなかった。新聞を読みながら生じてくるのは、むしろお品のいい人々を相手にしたときの倦怠の気分である。夏、猛暑の日々の空白を埋める時間つぶしにもそれは似ていた。だがなにかしらオーケストラにおける金管楽器のような音色もひそかに入りこんできてそこにアクセントをつけ、おかげで戸外スポーツに対する活発な嗜好を「身上相談欄」の最後の吐息に結びつけたりもするのであったけれども——「防空警備団長、ロリアン港で巡回中に溺死」「三十八歳までは恋愛ロマン、三十八歳以後は栄光の物語――コシュースコの英雄的、伝説的生涯」「なぜ英国国家の後にマルセイエーズを二、三小節演奏しないのか――スピアーズ代将下院にて質問」こうした病室での話題めいたおしゃべりが無内容のまわりにひしめいていると、無内容さも魅力的と言っていいほどになってくる。文中ある一節の終わりに突然なにやら奇妙に暗示的な文句でも出てきたりすると、二ページほどが削除されているらしいと考えさせられたりするのである。戦争は消えきっていない山火事のように、あちらこちらでちょろちょろと燃えくすぶっていた。突然風向きが変われば、火の粉は何百里を越えて遠く人跡稀なカレリアの森林のなかにまで飛び散ってゆく。フィンランドでの戦争にはいったいどんな意味があるのだろう。戦場から遠い自由な空気のなかでは、世界も平凡な日々の営みをただなんとなく続けているように思われる。ニュースといってもふだんとあまり変わりはないようだ。今度の戦争はちっとも生活に響いてこない、考えてみればなんともふしぎなことだと人は驚いてすらいるのである。ただその驚きの身ぶりは厚い舷窓(げんそう)をとおしてでも見るように、声なきしぐさにとどまっていた。まるでヨーロッパの心臓、世界の心臓の上に、巨大な釣鐘型潜水器が沈下してきたかのよう、人々はその潜水器のなかに閉じこめられたように感じている。澱んだ空気に顳顬(こめかみ)を圧迫され、軽い耳鳴りに襲われているのだ。グランジュはこういう声なき声に満ちた新聞からときおり眼を上げては森のほうを見やった。黄色く変色した一九一四年の新聞が思い浮かぶ。子供だった彼は、ときどき屋根裏部屋でその綴じ込みをめくって楽しんだものであった。白線の前で、長いこと蹄で地面を蹴りたてながら待ったあと、スターターの号砲一発、足踏みならす観衆の前へいっせいに放たれてすさまじいばかりのダッシュ——あのころの新聞はそうした感じの記事を満載していた。今度の戦争が、いまのような物憂い倦怠の病に世界を浸しているのはいったいなぜなのだろう。ときおり枯れ葉が枝を離れ、音もなく道路のあたりまで舞ってゆく。冷たく澄んだ大気のなかで、それは格別注意に値することでもない。だがこれから訪れようとしているのは冬の眠りではないのだ。むしろ思い合わされるのは終末の世である。終末の年が近づいたため牛馬を車から放し、いたるところ耙と鋤を手放して、死ぬほど悲しい思いを抱きながらひたすら予言された奇跡のあらわれを待ち受ける世界。いや、とグランジュは思う。今度の場合、人々は「黙示録」的終末の近づきを待ち受けているのではない。実のところなにごとも待ってなどいはしないのだ。待つとすればそれはただ一つの感覚、悪夢のなかで腹を薙ぐ風を受けながらさえぎるもののない虚空を落下してゆく——すでに漠然とした予感のうちにある——あの終極の感覚、さらに正確に言うとすれば——もちろんそれを求めているなどと人は感じてはいないけれども——おそらく「生の終極」とでも呼ばれる感覚であろう。いまやもっとも望ましいこととは、まさに酔いつぶれて砂浜に眠ることにほかなるまい。フランスが口に嘔吐を催しながらも、これほど荒々しい手つきで毛布を頭まで引っかぶってしまったことはかつてない。グランジュは新聞を読み終わると、ストーブの上の鍋にコーヒーを少し注ぎ、タバコに火をつけた。すぐには読書にもどろうとしない（軍用行李のなかには以前読んでいまままたあらためて読みかえしている数冊の推理小説と一緒にポケット版のシェイクスピア、近刊のジィドの『日記』それとスウェデンボルクの英訳版『回想録』を持ってきていた）。しばらくのあいだ、いずれ訪れる戦争の姿を考えてみようとしたのである。ということはほかでもない、この森の「キャンプ生活」がいつまでも続くことを可能にする、しかも現実にありそうな出来事の筋書きを作ってみようと努力したということである。まさに戦争が現実のものとなった場合、グランジュにとって気がかりなのは、それがもたらす危険というよりむしろ移動の問題であった。監視哨を去らなければならなくなるとしたら、これほど不幸なことはない。だが偶然というものにしたところで常識の外にはみ出すものではあるまい。ベルギー侵攻などは考慮の外に置いてよいことであろう。一度あればそれで十分。ドイツ軍はたぶんスイスを通って攻撃をかけてくるのではなかろうか。あるいはマジノ線を攻囲するかもしれない。そうなると戦争は長びく。多少とも古典的な砲兵戦の形をとることになるだろう。七〇年（訳注―一八七〇年普仏戦争）のパリ攻囲戦みたいにだ。当時は日曜日のミサ帰りに、着飾った家族連れが砲弾の破片を拾おうと砲塁めぐりをしたそうだ。

それとも飛行機による空中戦で事が決することになるであろうか。境界線のあちら側とこちら側で、両軍の歩哨がはてしなくいつまでも哨戒を続け合う図も二、三度頭に浮かんだ。境界線のあたりは茂りほうだいの草地のジャングルになっている。この考えがいちばんグランジュの気に入った。『コサック』の思い出がそこに一種詩的な味わいを添えるのだ。そうなれば野性の生活となる。長い酒盛りの宴、森のなかでの狩人たちの仲間づきあい、繁く行き交う動物どもに耳そばだてる待ち伏せの夜。長いあいだには、規則正しい暮らしのような一種の生活のリズムすらありえないものではなくなるだろう。だがより危険の多い、より脅威に満ちたものにはなる。銃声が必ずしも獲物の動物に向けられたものを意味するとはかぎらない。そういう場所でモーナと暮らすのだ。

「そう、どんなふうになるかわかりはしない」やみくもに胸を突き上げてくる喜びを抑えるように、少し瞼を細めながらそう思う。かつて体験したことのない喜び、ふとこわくなるような喜びだった。さっと指先で樅材のテーブルに触れる。何週間か前から迷信深くなっているのだ。だがそうしたことを考えていても、心はあまり安らかにはならなかった。走っている列車の軽い横揺れに一晩中絶えずバランスをとり続ける体の、眠りに入りきれない落ち着かなさに似るものがあったのである。

グランジュの陣取っている窓際からは、モーナが半里も先のファリーズ街道へ抜け出たとたんすぐにその姿を見てとることができた。ぽつんと小さな黒い人影が遠く生垣のあたりで一瞬ためらうような格好をし、やがて川沿いに道をとると流れるように監視哨のほうへ近づいて来る。それがモーナであることがグランジュにはわかっていた。林道にはある決まった時間にしか通行者はいなかったし、その人たちをグランジュはみんな知っていたからである。ときにはもう一つの人影――ジュリアがモーナと一緒にやって来る。グランジュは出来るかぎり遠くから、どちらがモーナか見分けようと努めたものだ。そして容姿の詳細は何もわからぬうちからでも、流れに任せる小舟のように、滑るように道筋を進んで来るあの自由な軽やかな身のこなしでそちらがモーナとわかるのであった。白々とした街道の両側には寂しい樹林がひろがっている。その樹林がいまや見渡すかぎり、ひろびろとした空の下で嵐を思わせる褐色に燃えたっていた。グランジュは自分を取り巻くこの不気味な森の姿にも似て、世界が暗々のうちに揺らいでいることを感じた。だが彼の前にはこの道がある。海のなかに開かれた道を通ってモーナが自分のもとへやって来るようにグランジュには思われたのである。

森の夜はいまや必ずしもそれほど静かではなくなっていた。モリヤルメから命令が届いて、夜間監視哨間を哨戒し、国境方面よりの不法な潜入を監視すべしということになっていたのである。

そして朝方やってくるトラックの運行のために、ファリーズのトーチカはしばしば警戒を命じられた。こうした夜間の見回りにはみんな進んで行きたがった。勤務が活動的になったことが嬉しかったのである。単調に過ぎる平穏さは格別何かいいことの約束となるものではなかったし、むしろこうして夜の見回りに出ることで危険の伴わぬ戦争のなかに公の形で身を置くことにもなったからだ。そのことで心が落ち着いたのである。グランジュが好んで巡回に連れて行く相手はエルヴーエであった。口数が少なく、猫のように身のこなしの軽いのが気に入っていたのである。二人はそっとトーチカを脱け出すと夜の闇のなかへ入って行く。あたりは静まりかえっているので、街道を歩いて行くとき、遠い谷間の教会で十一時の鐘の鳴るのが、はるかな距離にもかかわらず、豊かな音量で重たく響いてくる。次にはもっと近く、ベルギーの教会の鐘楼から多少ひびわれたような音がはっきりと聞こえた。二人は半里ほどは林道上を歩いて行く。角を一つ曲がると、周囲も頭上もにわかに木や枝が繁(しげ)く、両側よりがくんと下ったくぼみとなって道が続いている。苔の匂い、澱んだ水の匂いが暗闇に漂っていた。闇に包まれたこの小さな森の外側の縁が国境線となっていた。二人はそこに立ち止まってタバコに火をつけ、眠り入ったベルギー領のそばでしばらく無言のままタバコをふかしていた。小道をたどって散歩しているうちいつか崖際の行き止まりに行き着いてしまった人のように。森の闇は深かった。グランジュの足もとから何歩か離れれば、すべてが下草の茂みのなかに没しているし、下草は闇のなかでさらにいっそう黒々とした影を作っている。眼に映るのはぽつんと間近にある赤いタバコの火だけ。エルヴーエがピストルに弾丸をこめ、かちっと挿弾子の止め装置をかける音がした。するとあたりはただならぬ静けさでひそまりかえってゆく。闇に沈んだこの下草のなかで、自分のタバコの火が赤くなるたびに、グランジュは奇妙な感情に捉われていった。この世に自分を結びつけている繋索が次々とほどかれてゆくような気持がするのである。人の気を洗い落として贖い清められた世界、無人の大洋を揺り上げるあの恍惚としたうねりによって星々のいる空まで押し上げられ、近々と空に寄り添う世界に入って行く。「世界にはおれしかいない」身を涵す激越な歓喜を覚えながらグランジュはそう思うのだった。

ときどき、二人は黙りこくったままかなり長いあいだそこにとどまっていることがあった。国境の向こうの森からはかすかな物音が届いてくる。二人は思わず耳をそばだてるのであったが――それは海から岸辺の砂に打ち上げられるなんとも判じがたいこまごまとした漂着物、通りすがりの散策者がなにげなく眼をとめて過ぎる漂着物にもたとえられる雑多な音であった。非常哨戒のもとにある森は、あたかもじっと耳を澄ましてでもいるような静寂、なにかしら楽しく息づいていているような静寂にぴったりと接している。そうした場所でひっそりと緊張しているこの国境の縁辺はグランジュの心を惹き好奇心を唆った。エルヴーエはタバコを捨てると、水筒を傾けてごくごくと水を飲んだ。二人は林道を右にそれ、国境線のまぢかに沿う細い道に入って行った。そこから先は二人とも声を出すのをやめる。少し背をかがめて叢林の枝の茂みのなかに穴を穿ち、すでに古くから動物どもの通路になっているらしい道を進んで行く。朽ち葉におおわれたやわらかい土の上で足音もたたなかった。グランジュがちょっとの間懐中電燈で前を照らすと、光の円錐のなかにいきなり、両側からびっしりと伸び茂っている下枝が浮かび上がった。さしかわす枝は小道の上に天蓋をなしている。二人は毛脚のすじ目に落ちこんだ虫のようにそこを進んで行く。懐中電燈を消すと、暗黒の夜の底からかすかな燐光を帯びた長い一筋の明るみが、頭上にすけて見えてくる。両側の木の枝のはざまがそこにできているのだ。進んで行くにつれて闇も変化してゆく。眠りこけたように澱んだ深夜の大気が少しずつ木々の梢のほうへと昇ってゆき、もっと軽やかな夢の空気が、ほのかな香りに包まれた青さで下草のあたりを浸してゆく。月が上り、見渡すかぎり、大地は歩いて越えて行ける浅瀬のように光った。雨の晴れ間に乾いてゆく道のようにひっそりと輝いている。グランジュの背後には、枯れ枝を踏みしだくエルヴーエの足音、カチッという銃剣の鞘の音だけだった。エルヴーエが歩きながら水を飲もうとして手を離すたびに鳴るのである。左側、下草の奥のほうへと懐中電燈を向けると、地面すれすれに水玉をいっぱいつけて光っている電線が眼に入った。国境線に沿って走る鉄条網の杭も見える。光のなかで一瞬凝ったように何対かの目玉が光ったと思うと、かさこそと木の葉のあいだを走り抜ける兎の足音が聞こえた。右のほうを見ると、ムーズ川の支流に向かってなだれている森の長い斜面が眼に入ってくる。黒々とした森の上空の高みに荒涼とした月が浮かんでいた。炭焼きの煙が夜の冷気に打たれて重たく沈み、森の峡間の平地にいくところが灰色の団塊をなしている。それが闇の上に漂いながらゆっくりと動き、縁のあたりがやんわりとクラゲのようにうねって盛り上がったりする。グランジュは顔を緊張させ、それがどうなってゆくかを異常な注意をこめてみつめていた。平地の教会で十二時の鐘が鳴ってからすでに久しい。だが水気が精霊のように森から立ち昇ってゆくいま、霧の団塊に浸されおぼろな夢にぬれていずことも知れぬ沼地に変貌していることにこうして立っていることは、強烈な魅惑であった。エルヴーエに手を振って合図し、しばらく息を殺していると、周囲をとりまく森はるか遠くの気配が一種ざわめくような低音に運ばれて耳もとにまで迫ってくる。フレチュールのほうの樅(もみ)の樹林からやってくる潮騒のように長く重々しいざわめきである。それに重なるようにして、夜行動物の逃げ道に鳴る枝の音、泉の水のせせらぎ。あるいはときおり、靄にけぶる森の裾野のあたりから、満月に興奮した犬の吠え声などが立ち昇ってくる。おぼろな森の上には、見渡すかぎりうっすらと青い靄がかかっている。それは眠りを誘う曖昧朦朧の靄ではなく、むしろ脳髄を洗い清め、覚醒へのあらゆる道を眼前に舞わせる明晰と鼓舞の大気であった。物音の響き高い、乾いた夜が大きく眼を開いたまま眠っているのだ。暗々のうちに危険を感知している大地は、かつて騎士たちが柏の木の枝に楯を吊した時代のように、ふたたび予兆に満ちみちていた。

フレチュールの樅林の背後、細い谷地の小道を通って二人は本道へ出た。そして道端の草の上にすわりこんで、黙りこくったままタバコをふかす。やがて街道の曲がり角の向こうのアスファルトに、ビュッテのトーチカから登って来る哨戒班の足音が聞こえてくる時間までのことだ。グランジュは心がすがすがと空虚になっているのを感じた。夜明けの時とともに、骨まで沁みとおる寒さが大地から湧き出してくる。外套にくるまって草の上にじかに寝転ぶと、心にあるのはただもう熱いコーヒーの香りだけだった。もうじきラヴォー中尉、万事に気のつくあのラヴォー中尉が魔法瓶から注いでくれることだろう。戦争がこんなふうにじかな感覚のぶつかり合いという形で感じられるというのは、グランジュにとって不愉快ではなかった。ときどき、哨戒班のやって来るのが遅れたりすると、空腹をかかえながら霜の降りた草の上にしばらく眠りこむこともあった。眠るとすぐに夢を見る。ほとんどきまって林道の夢である。銃眼の前の林の道をトーチカに向かって進んでくる戦車の夢。それからどうなるかを夢に見るのだ。

夜が明るく、道が乾いているときには、帰りがけ柏の木立ちの下、小道の分岐点で別れ、グランジュはエルヴーエを一人で監視哨へもどらせた。彼は樅（もみ）の若木の林を抜けてファリーズまでもっとも近道になるもう一つの小道を通ってまっすぐに歩いて行く。この方面から行くと、道はサクランボウの果樹園とウマゴヤシの畑をつっきって村の空き地へ抜けているのだ。ウマゴヤシの畑では地ならしローラーが引っくりかえって長柄を月の光のなかに突き立てていた。グランジュは畑の垣を跳び越え、庭伝いに小さなモーナの家の門口に達する。モーナの目を覚まさないよう、扉を開く前に、田舎風の鉄製の掛け金をハンカチで包む。入口に立つと、月明かりに照らされて家具は甲鉄の反映のような光をたたえているが、その影は濃い闇となっている。ゆっくりとした軽い寝息が闇のなかから聞こえ、グランジュの疲労のうえにさわやかな息吹を伝えてくる。衣装簞笥からラベンダーの香りが流れていた。開いたままの戸口からは、門に通じる小道に植え込んだ梨の木が二、三本見える。月明かりのなかでまるで深海のサンゴのように枝は繁（しげ）くまた硬い張り方だった。モーナのそばに腰を下ろすと、床にずり落ちている赤い小さな肩掛けを肩に引きもどして夜の寒さから守ってやる。自分の寝床である籠のなかで、夢のうちにも爪をとぐ子猫のように、寝具をめちゃくちゃに引っ掻きまわしてからでないとふたたび明け方の眠りに入ってゆけないモーナの癖をグランジュは知っていたのだ。彼はモーナを揺り起こさなかった。モーナは闇のなかに隠れて、なにかしら失せた甘美さのなかに沈んでいる。その彼女にグランジュは眼を向けもしなかった。ただ腰のあたりに感じられるゆったりと静かな寝息を聞いていただけである。開け放した戸口から、フレチュールの海鳴りのような森のざわめきが聞こえてきたが、それとてもいまは遠いかすかな音になっている。グランジュは、自分の生を外界から隔てるいっさいの隔壁が取り払われているような気がした。そしてあらゆる事象が開いた戸口を通じて混然と命のなかに入りこんでくる。この戸口こそ眠りの時と昼の時間とをもつれさせ、眠りを忘れた戦争の夜の底から彼をモーナのもとへと投げてよこしたのだ。グランジュはしばらく眼をつぶり、長く尾を引く深い森のざわめきのなかで、二人の息がまじり合いながら闇に行き交うのを聞いていた。それは岩礁に砕ける波浪の唸りを遠くに置きながら、洞穴の奥に息づいている小波(さざなみ)の音にも似ていた。大地を流れる大きな潮のうねりが二人を揺り上げ、覚醒と眠りをともどもに運んでゆく。その家を去る前、グランジュは、モーナが眠ったまま差し出しているわずかに湿りを帯びた掌(てのひら)の窪にそっと指を触れただけであった。掌は何に対してとも知れず、無意識の同意を示すように上向きに開かれていて、グランジュの心を和ませたのである。

林道を通ってトーチカへもどる途中、ムーズの谷の上方、森の木のあわいで、幾筋もの照明がなお、かすかに白みそめた空に赤く光るのが見えた。いまや夜も昼も休みなく作業が続いている。

コンクリート打ちの工事はどんどん進捗していた。工兵部隊の分遣隊がビュッテの近くに駐屯していて、モリヤルメの本部の予告によれば、来月には林道破壊の装置が埋設され、かねて予定の監視哨周辺の地雷原敷設が行なわれるという。

アルデンヌに初雪が降ったのは十二月も末近いころであった。グランジュが眼を覚ますと、いつの世のものとも知れぬ白っぽい光が大地から滲み出し、十字形をした窓の桟の影をぼんやりと天井に投げかけていた。奇妙な明るさというよりはむしろふしぎな時の停止、グランジュが抱いた最初の印象はそれであった。彼ははじめ、目覚めかけてそのまま目覚めきらずにいるのではないかと思った。室ごと宿舎ごと浮遊しながら長い静寂の斜面を下降しているように思われる。快く味わい深い僧院のような静寂、もはやとどまるところも知らず降下してゆく。起き出して見るかぎり白一色の森を窓から眺めると、満足の思いに眼をしばたたきながら、物音一つない静かな室のなかでもう一度また床に入った。この豪華な光のなかで、静寂はひとしお微妙な形で周囲に息づいている。時は停止しているのだ。あらゆる道路をふさいでしまうであろういささかおとぎの国めいたこの雪は、「屋根地帯」の住人たちにとって長い休暇の始まりを意味するものであった。

モリヤルメとの連絡はたちまちにしてほとんど断たれてしまった。気息奄々（えんえん）とした民間徴発のトラックは、タイヤにチェーンを巻いたにもかかわらず、一、二度吹き溜まりの雪の深みにはまりこんでからというもの、薄氷におおわれたエクラトリーの坂道を越えて来ようとはほとんどしなくなった。グルキュフが一日おきにブランデーの小瓶をポケットに雑嚢を背負って大隊本部へ「降りて」行った。帰りはいつも遅い。郵便物や缶詰や堅パンの袋でいっぱいになった雑嚢を背に、したたか酔い、真赤な顔で帰って来るのである。砦の仲間たちは、千鳥足でグルキュフと知れる人影が夕闇の林道上に現われるのを、双眼鏡を構えて遠くから待ち受けている。最後の数百メートルともなれば、到着を前触れるよう、ブランデーの小瓶でいっせいに水筒をたたき、拍子をとって激励を送るのだった。

「がんばれ、グルキュフ、ガソリンが待ってるぞ」エルヴーエが叫ぶと、黒い人影はふしぎと足を速めて雪の上を揺れて来る。ムーズ川地区の軍隊では、隠語といえばほとんど自動車部隊のものしかなかった。

鉄梯子から食堂までグルキュフを引っぱり上げてくると、オリヴォンが彼を「融かして」やる。つまり、赤く熱したストーブを背にしてすわらせ、熱いグロッグをもう一本ぐいぐいとグルキュフの口のなかに注ぎこんでやるのだ。いまや鍋のなかにはコーヒーにかわりグロッグが入っていたのである。やがて濛々とした湯気がグルキュフの体から立ち昇り、すわっている椅子の下には水溜まりがひろがってゆく。それから彼が一種威厳のこもった様子でくしゃみをすると、とりどりの奇妙なエーテルが室のなかに発散するのであった。

「機関車より始末が悪いぜ、蒸気のたれながしだからな」グルキュフの背中をたたきながら、オリヴォンが感心したようにヒューと口笛を鳴らす。「もっとも、すっかり消耗してるってわけだろうからな……」

モリヤルメの執務室では、初雪以来ヴァランがますます陰鬱になっていた。はじめてのこの冬の厳しさに、もともと息切れの見えたこの軍隊の活気はいっそう失われ、夏場の大演習なら辛うじて役立つ程度のポンコツ車両のエンジンはすべてぴたりと動かなくなってしまったのである。三十センチの積雪のために、作業も移動も訓練も輸送も点呼も射撃も、軍隊機構の日々の回転はまるで魔法にかかったように停止してしまった。「屋根地帯」の屯営地はまさに「独立守備隊(グランド・コンパニー)」(訳注―百年戦争当時の傭兵。一三六〇年和議の後解雇されるや徒党をなしてフランス国内を荒らしまわった)の冬期宿舎となりはて、冬ごもりで体の動きの鈍った一党は小グループごとに、ストーブで温まった雪小屋のなかに逼塞(ひっそく)していたのである。発動されぬ命令のかずかずが大尉の机の上で封も開かれずに眠っていた。ヴァランは自信もないままに「スキー」や「山岳地帯諸要具」の使用をちょっと口にはしてみたが、その揚げ句両腕を挙げて伸びをすると、暗い嫌悪をこめて「食糧の現地調達」について語り出すのであった。大尉の口調にはナポレオン軍雪中のロシア退却について語るような調子があった。兵隊たちは手綱が緩んだのを感じて大喜びである。彼らは身に近づいてくる事態に頭を向けたがらなかった。結局は起こるであろう戦闘に向かい、長柄につながれた馬のように浮かぬ気持で歩んでいたのである。手綱が緩むのを感じると、彼らは道端の草に首をつっこみ、迫ってくる危険から眼をそらそうとする。そしてすべすべと大地に降り積み足跡も紛らしてしまったこのやわらかな雪の下に、わが身もかき消して運命を欺くこともできるのではないかと漠とした幻想を育てるのであった。

丈低く見栄えのしない木々の生い茂るこのアルデンヌの森に、積雪はある魅力を添えた。深山の大樹林にも、樹氷に輝くヴォージュ山中の樅林(もみばやし)にも見られない魅力である。叢林の短く固い小枝には風の力もおよばず、雪は何週間も崩れ落ちもせず白く毛虫の這うようにとどまっていた。融けて滴ろうとする雪は長い夜の寒気でそのまま凍りつき、ほっそりした棒状をなして枝から垂れていた。地上の凍てつきによって清浄を保つ大気のなかで、何日も何日も「屋根地帯」は白雪に覆われていた。あるいは重いあるいは軽い雪の塊を散りばめ、銀の小蜘蛛の糸を、霧氷の朝明けの白く長い氷の線細工をきらめかせていたのである。祝祭のような風景の上には濃い青をたたえた空がまばゆく澄んでいた。大気は清冽ながらほのかに温かい。真昼どき林道を歩いていると、積雪をきらめかせる陽光の滴りのなかで、どの小道からも雪の融ける鈍くくぐもった音が聞こえていた。だがムーズ川方面の地平が束の間の夕映えに赤みを帯びるころには、ふたたび寒気が魔法のような静止を「屋根地帯」にもたらす。凍りついた森は、沈黙の罠、透明なガラスの園に変容する。その閉じられた柵は亡霊の行き来の用にもどされるのだ。というのも、雪のためほの明かりはより遠くまでひろがり、ムーズ川一帯の高地は夜になると生気を帯びてきたのである。コンクリート打ち工事現場の光暈（こううん）の向こうに、月の明るい晩など、いまや対空防御の探照燈がしばしば森の上空を薙（な）ぐようにして、国境のかなたまで四筋の光を送っていた。遠く雪の山襞の上、黒々とした木の幹のあいだに青白い光が走っては消える。突然激しく燃えて綿を焼きはかなく消える炎にもそれは似ていた。その極光のような光、空虚な夜空を回転しながら寒気をいや増すように思われる冷たい光の輝きは、場所も季節も現実のものならぬ錯覚へと心を誘う。ときとして光芒はカーテンのない室の前をさっと走り、夜半にグランジュの眼を覚まさせることがあった。昔、眠れぬ夜を過ごしたあのブルターニュの島で、燈台の光が彼の室の窓ガラスをじかに薙（な）いで過ぎたのと似ていた。グランジュは起き出て窓に肘を突くと、一時（いっとき）異様な光芒がゆっくりと油断なく冬空に回転しているのを眺め入った。そうしていると子供のころの読書の記憶がよみがえってくる。ウェルズの作品で、茫然と空を見上げる田舎の人々の上に、意味不明の叫びを浴びせかける病んだ火星の巨人の話である。

だが夜明けとともにそれらもろもろの徴（しるし）が消えてゆくと、「屋根地帯」はもとの野性の生活にもどっていった。日の昇る前、窓の下に焚き火がさかんに燃えはじける音をグランジュは耳にする。毎朝、雪を融かそうとして、洗濯物の大鍋の下に、オリヴォンが火をつけるのである。兵隊たちはみな朝早くから、火のそばにしゃがみこんで体をあぶっている。ときにはファリーズの樵（きこり）が、仕事に出かける途中通りすがりに立ち寄ってその火に手をかざしてゆくこともあった。グランジュは自分の窓の下のこの朝のざわめきが好きだった。これからの一日に先立ち、わが家の生活がそこで音たてはじめるという思いがしたのである。初雪以来、彼とモリヤルメの本部との関係は、次第に君主と臣下——居城の天守の跳ね橋を思いのままに上げてしまい、君主とのあいだに距離を作るあの臣下小領主との関係に似てきていた。山砦はもはや下流の渓谷部に依存せずに生きていたのである。グルキュフがモリヤルメから運んでくる缶詰や堅パンがトーチカ内に積み上げられ、そこに一種私的な籠城用兵糧といった観を呈して並んでいる。そしてグランジュやオリヴォンが、ときどきその蓄積具合を見に行くのであった。

「これで備えは万全」食料置場に積まれた山を前にして、オリヴォンがひとりうなずきながら言う。それは流氷に閉じこめられた船のなかの食料貯蔵室を点検している積み荷監督の口調にも似ていた。ここにいる自分たちの存在が人々から忘れられてほしい——いつまでも……永久に——そんな魔法の力にでもすがるような願いがそこにはこもっていた。

グランジュは最初モリヤルメの駅へ着いたとき、カバンのなかにかなりな額の金を所持していた。トーチカ生活と軍の給与のおかげで、その額は月々にまた膨らんでいる。ファリーズの村は兵站(へいたん)部のかわりになった。ここにはパン屋も食料品店もなかったが、高地での長い冬に備えて各農家が食料を貯えており、自家用のパンを焼き、必需品はすべて供給してくれたのである。葡萄酒すら不足することはなかった。金は楽しげにグランジュの指のあいだから滑り出ていった。「金の貯えなんぞどうともなるがいい」肩をすくめながら彼はそう思う。「いまになってみろ、春になれば……」そして襟首のあたり、皮膚の真裏に、不安とも興奮ともつかぬうすら寒さを覚える。眼前まぢかに急降下して沈んでゆくレールの傾斜を見るジェットコースターの乗客のようなうそ寒さ。

グランジュはこの「屋根地帯」での冬ほど自分の生が拘束を免れ、自由で気楽なのを感じたことはかつてなかった。一冊の書物を途中で幾章かに分かつ深い断絶のようなもので、自分の生が過去からも未来からも切り離されているような気がする。現実のしがらみのなかに踏みこんだ覚えはほとんどなかったが、わが身にも認められたわずかの羈絆すら戦争によって断ち切られてしまった。一九一四年、出征兵士たちは「葡萄の収穫期」には帰って来るという気持で家を出て行ったという。おそらくそういうことはそれが最後であろう。一九三九年の兵隊たちは田舎の藁家での夜語りのかわりに映画を見る、それも郷里へ帰って見るのではなく。いずれ帰ることがあるとしても、戦火に焼かれた土地を見ることにしかなるまいと、心の底では思っている。かつて自分たちの生をつねに温かく包んでいた生活も、そこを離れるやいなや、たちまちとりかえしのつかない老衰にみまわれ、生きながらその場に立ち枯れて、早くも取り入れのために白んでいるのだ。眼の前のほうにはまだあの幕が下りている。だが空気の動きに揺れ、舞台の明かりも洩れていて、脚光はぱっとともってそこに照明を当てるのを待っている。二つの時のあわいにあって、来るべき時を迎えるには適していた。大地はふたたび軽々としてきている。養護院の立ち退きの後を追い、冬になると病人や老人が前後して森の部落を離れてムーズ川沿いにあえぎ走る列車の煙のなかを後方へと去って行った。「屋根地帯」は「役立たず」をおっぽり出した籠城前夜の都市のように若返っていた。軍人気質にはおよそ縁遠いと自分を思うものの、こうして不用物を取り払い滑らかに大地をならす荒々しい清掃行為のうちに、グランジュはわれにもあらず、味苦い、しかし心を鼓舞し高揚させる戦争の春が漂うのをつよく感ずるのであった。いまや前線の哨所を涵す大気は、船の前甲板で呼吸する空気よりもさらに凛冽としていた。

監視哨は雪でムーズ川から切り離されてしまったが、ファリーズ部落には以前より接近する形になった。壮年男子はとうから戦争に駆り出されているため、一族の老人たちが高地を立ち退いて行ったいま、雪の小路のあちこちには朝から気兼ねのない女たちの笑い声が甲高く聞こえている。そして事態は単純な推移をたどった。兵隊たちの気質から、砦の生活はむしろ堅実と安定を指向していたし、クリスマスの風景、長い冬の夜、未来に対する不安、オリヴォンやエルヴーエのなかに顕著に見られるまじめな農民的性格などもあって、兵隊たちは「家庭の女」に対して郷愁めいた思いを募らせていったのである。オリヴォンはカフェ〈プラタナス〉に足繁く「通い」、グルキュフも葡萄酒の瓶詰作業を手伝いに〈プラタナス〉へ出かけた。もっとも瓶詰作業のほうはかなり稀なことにはなっていた、というのも、冬の訪れとともにグランジュ以外ほとんどほかに客もなかったからである。午後のコーヒーを飲みに〈プラタナス〉へ入って行くと、グランジュは、生き残りの蠅が飛びまわる室のなか、みごとな葡萄の房を描いたビル酒の広告カレンダーの下に、ジュートの前掛けをしたオリヴォンの姿をしばしば見かけるのであった。(死んだ亭主の前掛けだな、とグランジュは思う。カフェの女主人は未亡人で、多少太り気味ではあるがいまもにこやかな笑顔を絶やさぬ感じのいい女であった）。オリヴォンは朝の新聞をひろげてテーブルにすわり、記事の中味を女主人のトラネさんに説明したりしていたのである。それはあながち無意味な仕事ではなかった。というのも、オリヴォンは第二面にある「県公報」を彼女のために解説してやるのであったから。この混乱した時代、酒類販売に対して「公報」はあれこれ深い落し穴を設けていたのである。エルヴーエはアルプス猟歩兵の後釜になって、ある農婦の家庭に入りこんだ。これは顔色の冴えない小柄な女で、子供は多く、時代の不幸のいっさいを背負いこんで身をすりへらしていた。したがって一家のささえになってやるエルヴーエのことを、ファリーズで悪く言う者はいなかった。マジュール部落などではむしろ、父親のない子供たちと寡婦のために献身する天から降って湧いた義人かなんぞのように見られていたのである。グランジュとしてはこういう道徳模範のような「身がわり行為」を見ていて、ときに多少の困惑を覚えぬではなかった。だが自分の受けている命令は、結局のところ、軍務以外には農耕の要求にできるだけ隊を自由に使用することを指示しているのだと思っては心をしずめた。エルヴーエは朝から力仕事にとりかかる。池の氷を割り、家の人が起き出さぬうちに戸口の前の雪かきをし、それから一日分の薪を割るのである。これは結局のところかなりまともな、むしろ立派なぐらいの、しかも必要性という大きな意味をもった働きである。エルヴーエのそうした姿を見ていると、それはいいかげんな指令よりはるかにまさるもの、命令はここでおのずから再調整されるのであって、エルヴーエの仕事はまさに正当なものなのだと考えることができるのであった。こうして自分をめぐる小さな世界の変貌ぶりを思うと、グランジュはちょっと感傷的な気分になりながらも、この世界がそれはそれなりにうまく「納まりがついている」と思わぬではなかった。気がかりなのはむしろグルキュフである。彼はエルヴーエに置き去りにされてしまうと何をしたらよいかもわからず、女っ気のない奇妙な身固さをアルコールの匂いに発散させながら監視哨周辺で威張りかえっていた。仕事に縛られない時間には、雪に埋もれた森の小道に入りこんで行く姿がよく見かけられた。いつも一人、いつも少し汗ばみ、そしていつも顔を真赤にして、頭にのせた帽子を怒ったようにぽかぽか握り拳でつぶしたり、外套の襟を立てた内側でなにやらぶつぶつとブルターニュ方言で罵ったりしていた。

「猟に行くんでさ……」オリヴォンがグランジュのほうへ意味ありげに眼配せしてみせる。その口調には、放蕩生活も清算し、身持ちの固くなった一家の父親のような同情の気持が示されていた。

グランジュにとって意外だったのは、こうした偶然の男女の結びつきから受ける印象が、放縦などとはおよそほど遠いものであったことである。また、監視哨内での家庭的秩序、そこに確立されていたかなり自由な一種の規律が、そのためになんら損なわれることがなかったというのも意外であった。森の砦は、空白になった場所を埋める役割をも果たしていたのである。柔和な雌の徘徊にゆだねられてしまった部落に、砦は雄の秩序をとりもどしていた。そこには稀に見るほどの風紀の厳格さすら欠けていなかったのである。というのは、雄的秩序というものはそれ自体のうちにベッドを包含するものであるとはいえ、夜の新聞の時間、靴をスリッパに履き替える時間の前には停止するものであるからだ。日脚の早い冬の夕暮れになると、この小班の兵士たちは革帯を締め直し、女の家の戸口で外套の塵を払い、あたかもカリブ人の部落のよう、楽しくさわやかな気分になって「男たちの家」へ夜を過ごしにもどって来たのである。帰ればすべて、まったく別の秩序のものとなる。言葉も、気質も、話題も、冗談も。そこには八方空無に面して宙吊りされた、もろく危ういけれどふしぎにも歯車の回り出す世界があった。ときとしてグランジュは、それまで止まっていたのに、地震の震動によって動き出した時計などを連想した。もっとも正時を過ぎて十五分しなければ鳴らないという時計ではあるけれども。一日で壊れてしまうような安物の――もろいばかばかしいメカニズムに対する趣味が、グランジュには昔からあった。そうしたメカニズムにあっても、偶然が一時必要を満たしてくれることがあったものである。自分に対して正直な気持になったときには、グランジュも、こうした恋愛――冬によって育まれ、家々の快い温みに触れて開花した動物の営みにも似る宿営地のこういう恋愛を見て、自分が心の安らぎを得ていることを思うのだった。そうした恋愛を見ていればこそ、モーナに対する自分の愛情もある安泰な秩序のほうへ向けられ、そこに安定と一種の未来が与えられるような気がするのであった。

生活のテンポが緩やかになり、しなければならないこともほんのわずかになっていたが、そのわずかな仕事をかたづけるために、グランジュはいまでは朝きわめて早く起きるようになっていた。日の出よりずっと先、大地よりさらに輝きのない汚れた水のような朝の明るみが森に滲透してくるころあいよりももっと前である。まだ暗い未明の闇に沈みながら、これから目覚めようとしている宿舎の姿が、彼に生への意欲をかきたてるのであった。オリヴォンに必要な指示を与えて外へ出れば、ほとんど一日中自由の身である。雪の地面は、表層の凍結の下で新たにきしきしと音をたてる。風一つないのに、闇は雪に吸いこまれでもするように森から薄れてゆく。ファリーズ街道へ近づく前、前方はるか道のかなた地平のあたりに、熱した鉄のような赤い太陽が昇ってくる。グランジュにはこの瞬間がつねに新鮮ですばらしいものに思えた。空気は、眠りから覚めて動き出す血液よりもさらに湧きたつように鮮烈である。世界の上にこれほどみずみずしく光がさしのぼったことはないと思われるほどであった。石突きをつけた棒の先端でモーナの家の扉をたたく。狩猟に出かける凍てついた朝のような快活な気分を、早朝のブランデーがさらに陽気にひきたてていた。モーナは羊皮の裏をつけた短いジャケットを着こみ大きなゴムのブーツをはいている。野宿でもしたように朝の髪は乱れていて、藁屑でもまだ少し振り落としはすまいかと思われるほどだ。赤タイルの床をすべて水洗いした家のような匂い、田舎の日曜日のようなさわやかで素朴ないい匂いを身に漂わせている。それが束子や馬櫛、水飼い場でふんだんに水を流した身づくろいを思わせるのであった。家の外から聞こえてくるのは、軒端に滴る雪融け水の音、朝の日をいっぱいに浴びて鳴きあげる鶏の声だけ。モーナはつねにいつでも身じまいの完了している女であった。水の引いてゆく河原の石のように、朝となれば毎日すがすがと明るく夜から脱け出してくるのである。

「年はいくつなの」ときにグランジュは指先でモーナの眉をなでながら訊いてみることがあった。彼女の美しさに、突風に襲われたよりさらに愕然として、明るすぎる光に眼をしばたたく思いだったのである。そんなときモーナは、例によって喉の奥で含み笑いを洩らし、指先で軽くグランジュの髪を乱している。だがグランジュは、自分の質問には意味もなく、この際年齢など若さとは無関係なのだということを知っていた。むしろこの人は一角獣と同じように、おとぎの国の種族にほかならないのだ。「見つけたのは森のなかだった」と思う。するとなんとも言えず鋭い喜びが湧いてくるのであった。モーナにはなにかしら運命の徴のようなものがあった。石の水槽に載せて海がおれのところまでこの女を運んできてくれたのだ。おれの手に与えられているのもほんの束の間のことではなかろうか。運んできたその波がふたたび遠く運び去ってしまうのであろう。

二人は植え込みのない庭や凍てついたキャベツ畑の縁を通る小道をたどってサンス・デ・フレチュールまで出た。ファリーズの部落を少し離れると付近一帯の眺望が開ける。森はベルギー領へとなだれる広い斜面をなし、小道は斜面の縁の崖上に続いている。家一軒煙一筋ない雪原の上に黒々とした森が地平までひろがり、その果てに小さな町が谷間の上の崖にしがみつくようにしているのが見えた。真白い家並みが日を受けて輝きながら、薄紫の霧のなかに浮かんでいる。雪の照り返しのために燐光のような光を帯びて、禁断の都市か約束の土地といったふうに見えた。日が上るにつれてどの木からも雨のように滴が落ちはじめた。だが二人がフレチュールのほうへ歩き続けるあいだも、その小さな町は地平のあたり、谷間の切れこみのほとりで、空の青と雪の白さのあわいにいつまでも燦然としてきらめいていた。スパの町だわとモーナが言った。駅の待合室のポスターでその町の名を知り、その名に魅せられて以来、ベルギー領アルデンヌにそれ以外の町があろうなどと彼女は考えてもみない。

「どうしてあそこへ連れてってくれないの」モーナはグランジュの腕を激しくゆさぶった。見たいと思う気持から、想像のなかに浮かべるらしい世界の新奇さに突然強く惹きつけられていることとをそのしぐさは示していた。若い身空でいちはやく倹約を身につけた賢（さか）しい少女のような分別臭さでうなずきながら、さらに言い添える。

「……ジュリアも一緒に来ると思うわ。ベルギーって、ねえ、あまりお金のかからないとこなのよ」

フレチュールの切りたった谷間の陰で、打ち捨てられた炭焼き小屋の戸口から夜の雪をかきのけると、二人はそこから小橇（リュージュ）を引っぱり出した。小橇といっても実はかなり粗雑な橇（そり）、冬のあいだ薪を運ぶのに使われたらしい一種橇様のものというにすぎない。手先の器用さをもとでに、ファリーズでは電気器具の取りつけから瀬戸物の修理まで一手に引き受けているビヨローの息子、「木の脚」と仇名された男の手で、この橇に籐で張った座部が作りつけられていた。頑丈でやや重かったが、二人は肩紐をかけ、樅（もみ）の木立ちを縫いながらこの橇を「フレチュールの標識」のところまで引き出してきた。「標識」は樹皮も剝がずに何本かの丸太を組み合わせた櫓（やぐら）で、円い小山の頂（いただき）の空き地にそそり立っている。午前十時の太陽はいたるところ凍てついた雪の表面をきらきらと輝かせていた。たがいに吐き出す熱い息が、同時に顔の前で大きく二つの白い形になるのを見て二人は笑い合った。「標識」のところへたどり着くと、ジュリアが用意してくれた弁当を二人でわけ合って食べた。モーナがリュックサックに入れて持って来たのである。モーナは馬をつなぐように必ず橇を櫓につないだ。戸口の扉を開け放しにしておいたり、突然親指で十字を切ったりするのと同じく、これも彼女の奇癖の一つである。なぜそうするのか、グランジュも理由を訊ねてみようとはしなかった。未開生活の魔術めいた宗礼の秘儀に彼女は通じているのかもしれないなどと、心の高まった折々にはそんなふうに思わぬでもなかった。モーナとの親密を深めていっても、彼女のすべてを知りつくすことになどなりはしない。依然として戸惑いを覚えさせられることが一再ならずあったのである。

急勾配の丘の斜面に、木を切り払った空き地があって、それが幅広くまっすぐな坂をなしてなだれている。橇は新雪の上を静かに滑り出し、やがて雪崩のように次第に速度を増しながら、切り株のあちこちに残る斜面を、その黒い切り株で腹をこすらんばかりにして急降下してゆく。日の光、雪煙、危険な暗礁をなすぬれた切り株、黒々と樅の木の立ち並ぶ近くの断崖、グランジュの眼底では、そのとき一切が轟々と耳をつんざく風の唸り、大地をその重みから解き放つかと思われる風音のなかに呑みこまれてゆく。ぴったりと身を寄せかけるモーナの乳房がグランジュの背にやんわりと押しつけられ、橇が揺れるたびにその圧はふっと消える。モーナは軽く、また重たくグランジュの肩に貼りついている。背に負って浅瀬を渡っているうちに、突然鉛のように重くなってくるあの小妖精にもそれは似ていた。しかもときには様子がさらに変わってくる。モーナの口が首筋に触れさわやかな歯を立てて嚙むのだ。その手がグランジュの腕に沿って滑り、橇を操る手首にまで伸びてくる。やんわりとした崖に突き当たって橇は転倒した。小さな流れに底を穿たれている雪の崖である。神経的な笑い声をあげながら雪の上に投げ出された二人は、手や膝を使ってたがいにつかまり合いもみ合う。とすぐまたグランジュの項を求めてくるモーナの歯が感じられるのだった。首根っこをつかまれて地面から持ち上げられる猫のように、突然全身から力が脱けてゆく。雪が肩のくぼみや腕に沿って入りこみ、快く焼けるような痛みに変わってゆく。二人が体をゆさぶって雪をふるい落とし、呼吸を整えようとしばらく橇の上にすわっているとき、グランジュは盗み見るようにしてモーナをみつめていた。きっちりとしたジャンパーに身を包み、いささか窮屈そうに細くくびれた胴まわり。ふと雀蜂を連想した。どこを刺せば相手を麻痺させることができるかを本能的に知っているあの蜂である。二人が口をつぐんでいると、眼をつぶればあたり一帯の森にひたひたと雪融けの水の滴る音が聞こえるばかりであった。ときおり遠くのほうで、雄鶏がただ一羽、鋭い鳴き声をあげて午前の陽光を研ぎすませていた。モーナの肩に頭をもたせていると、グランジュはもろもろの優しい事物に満ちあふれた世界が自分のもとへやって来るように感じられた。

　炭焼き小屋にもどって並んで橇の上に腰を下ろし、残りの弁当を食べているうち、早くも午後の日は闌けてゆく。森の地平は淡い紫の線をなしてくすみはじめていた。寒気が身に迫り、斜めの光のなかに憂わしい悲哀の色がまじってくる。短い毛皮のジャケットを着こんでモーナが震えている。その顔が突然、山間の空のようにみるみる暗くかげってゆく。身も心もすべて時と季節の促しにせきたてられているのである。

「私、日暮れどきってきらい」どうしたのかと訊ねるグランジュに、彼女は首を振って答えた。何を考えているのかという問いに――

「わからないわ。死のことかしら……」グランジュの肩に頭をあずけながら、ときに左右に首を振る。一時（いっとき）顔を押しつけて嗚咽を洩らした。四月の雨のように唐突な、思いがけない嗚咽である。寒気がはげしく身に沁みてくる。にわかに不透明な闇にみちた巫女、その巫女めいた口にのぼせられる言葉がグランジュはきらいだった。ファリーズへもどって来ると、冷えびえとした青い影が、家々の壁のなかほどにくっきりと浮かんでいる。軒の端に早くも凍てついた氷柱（つらら）が小路を静寂でみたしていた。まだ日は沈んでもいないのに、雪は灰色に変わりはじめている。大地が突然二人の周囲で色あせ凍りつくしているように見え、グランジュもまたモーナの予感にとらわれていった。暗黒の淵の底で一日が一挙に傾き、冷たい灰色の水が体内にたちのぼってくるかのよう、グランジュはその不味な味わいを口中に転がしていた。ジュリアがお茶を出して去ると、二人は不安にせきたてられるようにして服を脱いだ。田舎の夕暮れのもの寂しさにみちた薄暗い大きな部屋のなかで、二人はものも言わずに抱き合う。ときどきグランジュは、冷たいシーツのなかでなかば身を起こして枕にもたれた。まつわりつくモーナの指先を軽く押しやりながらぐっと眼を見開き、黒々と部屋に落ちている家具の影のほうへ視線をすべらせてゆく。「いったいこの気持はどうしたわけだ」重い心でそう思う。「もしかしたら、これが《たそがれの不安》というやつかもしれない」だがかつて一度としてこんな気分になったことのなかったのがふしぎである……。日が暮れて宿舎に帰って行く途中、ひしひしと重く孤独が感じられた。エルヴーエと一緒に帰ろうと、マジュールに立ち寄ることもよくあった。二人がやわらかく雪の積もった道に入りこむと足音は吸いこまれるように消える。林道へ抜け出ると、ムーズ川工事現場の明かりが、夕暮れの薄明かりが消えたあとに病んだ夜明けの光、擬似極光を積雪の表面に這わせていた。大地自体が見苦しい染まり方で黄ばみ、ときとともにじわじわと病熱に侵されているように思われた。その大地の上を、臭気を発しはじめた死体の上を行くようにして二人は歩いていた。

室にもどると、テーブルの上に郵便物を見かけることがしばしばあった。グルキュフが、あるいはときに小型トラックが大隊本部から運んでくるのである。思うとそれがまた帰りの気分を暗くした。下界のニュースに接するのはいまや嬉しいことではなくなっている。年老いた母か姉を残したまま土地を去って来た孤独な世捨て人のよう、日々家を後に散策に出てはたくみに郵便配達夫の眼をくらましているような気持だったのである。遅くなって帰ったときなど、自室に入る前から、食堂を通って行く際そこにある沈黙、必ずしもみんなのうたた寝によるものでない沈黙によって、モリヤルメから文書が届いているかどうかを判断することができた。二、三分もたたぬうちに、必ずオリヴォンがやって来てドアをノックする。表向きは「報告」をするためであったが（日ごろになくとってつけたように踵(かかと)を鳴らして不動の姿勢をとるのがそのことを示していて、思わずグランジュも笑ってしまう）実はただみんなを安心させる知らせを食堂に持ち帰るためなのである。「少尉殿も、機嫌が悪くなさそうだぜ」と。

だがこれといって何も心配することもなさそうだった。公文書のなかにも、一見したところ、なにひとつ「屋根地帯」に事態の変化を予想させるものはなかった。ときにはいささか楽観的気分も手伝い、まったく安心していいような徴候すらいくつか見いだすことができた。工兵部隊の通達などはまさにその例で、長い春の晴れ間を早くも約束するように、雪融け後、対戦車地雷を点検のために撤去、道路際に集積することを予告していた。ただし公文書の言葉の羅列、週を追うごとに増してくるこの不明確な多弁冗語のなかからなにかしら滲み出てくるものがあり、それが多少とも気分の平静を妨げるもとにはなったのである。ときとしてそれは眠りによって接続の悪くなった脳髄のようにも思われた。接続は悪くなっているものの重い思念にとりつかれている脳髄が、ときおりむずむずとした掻痒感を神経の末端にまで伝えてくるというような。冬も深まっているいま、グランジュにとって気になるように思われるのは戦車隊の動きである。ドイツ軍の侵攻が始まった場合、戦車隊が防衛線よりはるか前方に進出してベルギー領一帯に戦線を展開するよう定められていることはだれしも知っている（戦車隊の兵たち自身それを秘密にしてはいなかった）。だがファリーズに届いてくるきわめて断片的な種々の命令の意味を、できるかぎり解いてみようと試みるとき、ある一つの予想が浮かんできてグランジュの関心を捉えるのであった。どう考えてみても、防衛線より前面に戦車隊が出撃することより、いかにして防衛線まで後退するかというその方法のほうが問題になっているらしい。その点についての詳細な指示が、雪に埋もれたムーズ地区諸部隊の指揮官に毎週次から次へと届いてくる。そして後退の経路、隊列後退の時間的順序、道路破壊の権限を与えられた部隊指揮官などが克明に指定されてゆくのだ。各監視哨は、後退しつつ国境線を越えてもどる戦車隊の指揮下に入ることになっており、その指揮権の移管についてはとりわけ偏執的な詳細さで言及されていた。いくつかの見取り図がグランジュの手もとに届き、ムーズ川背後への戦車隊の退却を援護するために予定された、前進位置からする砲兵部隊の射撃範囲が詳細な図面の上に赤鉛筆で囲んであった。ムーズ川だって？　グランジュはふと思う。森に埋もれた監視哨まで、悪意を秘めた一筋の長い光芒が届き、禍々しい光でこれを明るみにひきだしでもしたような気分である。ムーズ川か。とするとここも多少は彼らの関心のなかにあるわけだ。

グランジュはテーブルに肘をつき、暗い窓をこつこつと指先でたたいていた。少なからず当惑の思いである。こうした不快な衝撃を胸に受けると、早速反射作用のように、気分立て直しのよすがともなる一連の思念が次々と湧いてくる。戦争がいつかこの監視哨にもおよんでくるなど、いかにも想像しにくいことだ。あらゆる鎹によって固く大地に結びつけられている軍隊というこの重たい機構のなかで、どこかへの移動を想像してみると、前もって長い準備をととのえた移転という例外的な形のものとして浮かんでくる。「それにだいたい、退却などということを口にするものがいるだろうか」肩をすくめながらそう思う。「そんなことをまともに考えるものなんかいやしない。モリヤルメで連中がおしゃべりしているときでさえ……」そこまで来て考えははたと止まる。ヴァランのことが思い出されるのだ（そうか、ヴァランだったら……と思う）。ただ、肩をすくめてみてもそれできれいさっぱりという気持にはならなかった。何か尾を引いて残るものがある。整理することも押し殺してしまうこともできない喉のつかえ。彼の机の上に「書類」が届いている晩、部下たちをなかなか寝つかれなくさせるあれと同じ心のしこりだとグランジュは思う。「アルデンヌ新聞」とこの監視哨まで届けられてくるパリの新聞のいくつかを読んでしまったあとなど、「新聞というのはなんてつまらないのだろう」とつくづく思う。いまやぬぐいがたいそうした印象がどこから生まれてくるのだろうとときとしてグランジュも考えてみることがあった。世になにごとも起こってていはしない。フィンランドの戦争が終息しかかっていることも明らかであった。一時しきりと話題にされていた中東諸国、そこもいまでは万事平穏の模様である。コーカサスの油田にしても、依然として、おいそれと燃え上がることはあるまい。予防戦争的な火の手が、一時ぼんやりと地平を赤らめはするが、次々とくすぶってはやがて消えてゆく。そしていまは東北部戦線にいささか騒々しい沈黙が生じかけている。軽い咳払いや床を鳴らす椅子の音に満ちた沈黙、「天使が通る」(訳注—一種気づまりな沈黙。会話がとぎれたときなどに言われる)とときに言われる沈黙、席についた会食者が前菜ともっと実質ある料理の現われるまでの時間が長びいていささか面白くないことをそれによって示すあの沈黙である。この沈黙はいまや不快に耳の神経に触れる。なぜならそれは一種の飢餓にほかならないから。そしていまや欠伸も退屈さを思わせるより、退屈を意味してあますなきすさまじい顎の開き具合を思い合わさせるのである。冬も終わりに近づいていた。氷が融けて日に日に小さくなってゆくジュール・ヴェルヌの流氷の島のように、冬の静かさにも亀裂の入りかけていることが感じられた。

夜とともにトーチカのなかに立ちもどってくるこうした喜びのない思い、みずからわが魑魅魍魎と称している想念と闘ったあと、グランジュは床につく前、ベッドの頭のほうに画鋲でとめてあるベルギー地図に眼をやることがあった。「アルデンヌ新聞」の付録として配られた地図である。周囲の余白にはフランス、ドイツ、ベルギーの国旗がいくつも印刷されていて、必要なときには切り抜いて使えるよう点線が打ってある。それを見るたびにグランジュは不快になった。チーズの周りに、蠅帳のどけられるのを待って群がっている蠅のようだと、少し眉をひそめながら思うのである。地図の片隅にある縮尺表と爪鑢を使って、あちこちいくつかの距離をゆっくりと測ってみた。要するにベルギー領土には厚みが欠けているのだ。ドイツ国境からムーズ川まで百キロ足らずしかない。さして急がなくとも三時間の行程である。ただ幸いなのは、それが軍隊というものにアレルギー的反発を示すアルデンヌの道だということだ。それはだれしも言えるであろう。一九一四年、ジョッフルはここの戦いに破れた。その教訓はまだ失われてはいない。グランジュは一種晴ればれとした思いで生気ある広大な緑のひろがりを眺めやった。森はあちこちで細く分岐しながらも、リエージュ周辺のムーズ川流域の向こうまで触手をのばしている。森のこととなると、まさに真剣な眼差しになって見てしまう。それに、ファリーズの正面ほど森が密になっているところはないことにグランジュは気づいた。「木を伐採した空き地など一つもない」心ひそかな満足の思いでひとりでに口の端が緩む。もっともこれには昔の証言もある。「小さな木々の生い立つ広大な森林」とミシュレも書いているではないか。そういう明々白々とした大きな事実について思い違いをする軍隊もあるまい。結局のところ森より始末に終えぬもの、密林なのだ。その上ベルギー軍隊だって勘定に入れなければならないだろう。十七個師団だ。ベルギー軍がすでに用意している破壊個所も膨大な数にのぼる。「森林中の道路はどうだ」むずかしい顔になってまた考える。「何個所か木を倒して障害が作ってある……」困るのは、とふいに思い当たるのは、まさにその木がいかにも小さいということである。だが有利さを何から何までこちらに独占するというのもむりな相談であろう。グランジュは毛布にくるまりながら、なおしばらくベルギー軍のこと、森のこと、爆破個所のこと、歴史の教訓などについて思いをはせていた。ムーズ川地区のフランス軍のことが奇妙にもそこでは忘れられていた。だれかにそれを指摘されたらグランジュもいささか驚いたことであろう。たしかに彼はムーズ地区部隊のことを考えていなかった。ただそれだけのことである。そしてそれは奇異なことではあった。理由を考えてみるなど、おそらく彼はしたくもなかったであろう。うとうととまどろみかけるころにはすでに気分もおさまり、森の成育の物音にじっと聞き入っていたのである。

道路の通行をいっさい遮断する降雪が何度かあったあと、一月の半ばごろ天候が明るみ、ある日昼食どき近くにドイツ軍偵察機が一機、ムーズ川上空を下流から上流に向かって飛んだ。ほんの小さな銀色の小片と言ったようなもので、距離を置いて見るせいか動きはきわめて緩慢、ときおり日を受けてきらりきらりと輝いていた。球状の雲の断片が飛行機の後ろにかなりの間をあけて長く尾を引いている。次々にふわっとやわらかく「ぽっ」と音たてるようにして航跡のなかに花開いてゆくのである。グランジュにはその光景がいささかも戦争の実感を伴わず、むしろ装飾のように優美なものと映った。高射砲弾がいかにも規則正しい間隔を置いて次々に炸裂し、まるで天上のシャベルを使い晴れ渡った午前の空に次々と花が植えられてでもゆくようであった。飛行機は一週間のあいだほとんど毎日のようにやって来た。雪のために、ムーズ川地区陣地で進行中の土木工事がいっそうはっきりと見てとれるようになっているので、この機を利して写真でも撮っているのであろうとグランジュは思った。コーヒーの時間、高く低く異様な唸りが聞こえてくると、トーチカのなかでみんなの顔がいっせいに窓のほうへ向けられた。

「あの音だ……」斜めに飛行機のほうを見上げ、眼をすぼめながらグルキュフがつぶやく。鉄兜を目深にかぶって眼を覆っている格好は滑稽に見えたが、自分では日光がまぶしいからだと言っていた。実際は、ときどき宿舎のスレート屋根に当たって音をたてる高射砲弾の破片がこわかったのである。しかし対空砲火が的に当たることは決してなかった。それは老朽化した七十五サンチ砲で、前大戦の際ドイツ軍単葉機をねらったしろものなのである。

「お古い品さね」コーヒー茶碗を手に取り直しながら、オリヴォンが味方贔屓もせずうんざりしたように言う。「どーん、どーん」と鈍くくぐもるような音が、なおしばらく耳に面白く、公式の祝砲のように悠長なテンポで静かな青空に打ち上げられているのが聞こえた。

「ヴァランはさぞかしやきもきしているだろう」とグランジュは思う。偵察飛行があったからには、近日中に攻撃が始まるものと予想しているにちがいない。両手を後ろ手に組んで本部事務所のなかをあっちこっち大股に歩きまわっている大尉が眼に浮かぶ。鼻孔をうごめかし唇の端をねじ曲げながら、話し相手の前に突然つったつようにするあの人を食った態度も——「まだわからんのかね」。監視哨より後方のことは、グランジュにとって完全に霧のなかに消え失せてしまう日もあったが、ヴァランだけはちがっていた。彼の面影は恐ろしいばかりありありと残っていた。おそらくヴァランの事務机の上にあるニッケルメッキを施した電話機とあの手——猫の爪よりもすばやく受話器を取り上げ、ちんと鳴るやただちに信号音を断ち切ってしまうあの神経質な手のせいであったかもしれない。「容易ならぬ事態」を想像してみようとするとき、グランジュに浮かんでくるのはただ漠然としたイメージだけであったが、ただ一つ例外として異常なばかりの精細さで眼に浮かぶものはあった。受話器の上に置かれる筋ばったヴァランの手である。そして電話機の上にかがめた顔のなかでこれだけが動きを見せる唇のあたりの、食い入るように緊張した、神経質なあの震えである。なぜ自分にはこのイメージばかりこんなにもはっきりと浮かび、しかも不愉快きわまりないのだろうと思ってしまう。ときとしてグランジュは子供っぽい喜びを覚えながらこれから起こるかもしれぬ事態を夢想することがあった。だって、考えてみれば、戦争下にあって、爆撃を予想することは不自然なことではないのだから——もしもいつか、世界が幽霊と驚異の手にゆだねられてしまい、その世界の縁辺に埋もれた監視哨のはるか後方で、ヴァランの電話が切断されてしまったらどういうことになるだろう。

その週の週末近く、雪融けの間近さを感じさせる靄が「屋根地帯」を包んだ。ドイツ軍の偵察飛行はやんだ。それから空はふたたびすっきりと乾いて晴れ渡り、二日続きのものすごい寒気が高地を襲った。道路はすっかり凍てつき、監視哨からファリーズへの往復もほとんど閉ざされてしまった。砦のなかには、無風のため航行不能におちいった船の乗組員に見られるようないらついた気分が醸されていった。三日目の早朝、グランジュは寒さに震えながら着衣しているとき、窓越しにビュッテ監視哨の兵隊を見つけてびっくりした。腰まで届く雪をかきわけながら森の細道を抜け出して来る。直接ファリーズには届けられないモリヤルメの通達を、ビュッテが受けて至急に回してよこしたのである。それは警戒態勢をとるべしという指示であった。非常命令第一号である。

「ともかくラジオは何も言わないし……」納得がゆきかねるという顔で兵士は何度もそれをくりかえす——「それにこの雪ですから……」だがテーブルの上に置かれた白い四角の小さな紙片を見れば、急に雪など問題ではなくなってしまう。ラジオの沈黙もなにやら罠のような感じもした。戦争のなかにあっては、一つの命令、一つの情報いや単なる風説さえ、突如あらゆるものに予兆的な光をまとわせる。そして世界を新しい季節のなかへと傾けてしまうのだ。仕切りの壁の向こうでは、遊底をはずした銃尾が卓の樅材(もみざい)に当たってがたがたと音をたてていた（万一の場合を考えて武器の点検を命じてあったのである）。その音が部下たちの重苦しい気分をグランジュの神経にまで伝えてくる。警戒態勢に入れという命令を、彼らはあまり本気に受けとめてはいなかったが、それでも神経を極度にいらだたせてはいるのだろう。それは双六遊びの「振り出しに戻れ」の目にも等しかったのだ。平穏安楽の夢想の貯え、一日一日貯めこみ築きあげてきた安穏への見通しという資本が洗いざらい一挙に煙と化してしまう。ふたたびゼロからやりなおすことになるのである。それにまたムーズ川背後の内部遠隔にいたるまで、軍隊は身震いし情報を交わし合い全神経を張りつめて国境沿いにざわめきだしているのであった。正午近く、ヴァラン大尉が監視哨の前に降り立つ姿が見えた。

「いまオリヴォンにコーヒーを温めさせますから」二人で椅子にかけるとグランジュは言った。

「けさビュッテのほうから警戒態勢をとれという命令が届けられましたが……」咳払いをし、あまり控え目にせず顔を上げる。大尉は肩をすくめてみせた。

「おれだってきみ、きみ同様何も知らんのだよ。それでも、今度にかぎっては、まさかという気がするんだがね。エクラトリーを登って来る途中で三度もエンコしたよ」

雪に埋もれた道路のほうに向いてさも不愉快だと言わんばかりの身振りをした。

「万事うまくいってるかね、きみのとこでは」言いながら心はそこにないといった調子。

「ご承知と思いますが、銃眼の枠が取りつけてありません。相変わらず届けてもらえませんので」

大尉はふたたび肩をすくめた。不足している各種部品を早く探して来いと、三か月来彼がなりたてていることは、モリヤルメで知らぬ者はない。大尉にしてみれば、自分の指揮下のトーチカに「眼瞼」の欠けていることは、まるで手足をもがれたように気になっていたのである。

「わかってる。だがおれには造れんのでな」口のあたりを苦々しげにひくひくさせて言った。

出されたコーヒーを、大尉は黙りこくったまままちびちびと飲んでいた。腹に何かを持っているなとグランジュは思う。口に出そうとしてためらっているのだ。大尉は茶碗を置くと、ここを訪れるだれもがつい思わずそうするように、窓越しに視線を投げた。瞬く間に、森の静寂がとどめようもなく流れこみ、海底深く横たわる破船に水が浸み入るようにひっそりと室を満たしてゆく。

「下へ降りてみよう」ぶっきらぼうな調子であった。トーチカ内部は、雪融けごろの滲みるような寒さで耐えがたいばかりである。空き瓶が何本か、セメントの床の上、地下壕入口の揚げ蓋のそばに転がっていた。地下庫の明かり取りから来るような、埃っぽい色の乏しい光、あせた灰色の光が、銃眼をとおして雪の戸外からむきだしのコンクリートの上にさしこんでいる。

「雪融け前に、弾薬箱の下に木枠を用意せんといかんだろうな」大尉の声には疲労が滲んでいた。「コンクリートというやつは錆の巣窟なんだ、冬ともなるとな。今度の非常命令の裏にもし何かあるとすれば、さてどんなことが起こるかわからんし」

大尉は銃眼をとおしてじっと道路を見やりながら、まるで寝言でもつぶやくように続ける――

「みんな眠りこんでいやがる。仕事なんてものは手を抜けば抜くほどますますやる気がなくなるものだ。そして武器の注油となるとほったらかしというわけさ。このじめついた雪融け後ということになったら、トーチカの防衛線で発射可能な砲は二つに一つもなくなるぜ」

グランジュは対戦車砲の遊底を開いてみせ、それからまた閉めた。閉まるときがちっと小さな音がした。

「こんなことをきみに対して言ってるわけじゃない。総体的な割合さ。もし錆びついた砲しかなかったら……」思いに沈む調子で言った。

大尉は指先につまんだしなやかな革手袋をばしっとゲートルに当てて鳴らし、顎をしゃくりながらシニカルな態度で鼻孔をひくつかせる。

「だめな軍隊さね、きみ、そしておれに言わせれば遠からず敗残軍になるつもりでいる。まあいいさ、おれたちの知ったこっちゃない」大尉は言葉を切った。非情な快活さをとりもどし、それが元気な調子を彼に与える。「ところでグランジュ、これはまた別のことだが」眼を伏せて手袋をはめながらしばらく口をつぐみ、それから言葉を継いだ。「連隊本部へ配置変えになるのはどうかね、きみの気持として」

「連隊本部ですか」

「司令部付き中隊なんだが。現在定員補充をしている。きみらが来て以来、幹部候補生はおれがたくさん抱えこんでるということになっているらしい。特攻向けの要員についてはね、ご親切にもおれに人選を任せてるというわけさ」

グランジュは大尉の顔を見たが、突然自分の顔の赤らむのを覚えた。司令部付き中隊となればもっとも安全な部署である。

「さあ、それはちょっと……」一瞬間を置いてから、にこりともせずに言う。「せめてどんなところを認められてそういうことになるのか教えていただかないと……」

「いや、グランジュ、どうもおれの言い方がまずかったようだ」大尉はグランジュの肩にちょっと手を置いた。「もしおれが選ぶんだったらきみを手放しはしない」

「では申しますが、私にはその意志はありません」指先で何かを払いのけるようなしぐさをした。

「絶対に?」

「はあ、絶対に」

大尉は眉をしかめて咳払いをした。靴先で空き瓶をつつき地下壕の揚げ蓋のほうへ転がす。困惑し思いを決めかねている様子である。

「この件では名誉だなんだということは無関係だぜ」グランジュのほうに向き直るとそっけない

調子でそう言った。「名誉の問題とはまったく関係ない。規定による移動であってそれだけのことだ。ここはきみにふさわしいという部署じゃない。下士官だってかわりは務まるだろう」

「そんなことはありません」声はやや低かった。

ふたたび沈黙が落ちる。

「女かね」かすかににやっとするように顔がゆがんだ。それが彼なりの好色の表わし方なのだろうとグランジュは思った。

「いいえ」ちょっと沈黙の間を置いてからグランジュは言った。「ちがいます、ほんとに」

「じゃあ、なぜ」

「大尉殿の指揮下にいたいと思います」

「まさか」大尉はピストルのケースを指先でたたいていた。冷やかしまじりの好奇心をこめてグランジュをみつめている。その様子にグランジュも多少気が楽になった。「まさか、そんなことじゃないだろう……本気にはできんぜ」

トーチカ内の点検のあとは、二人とも階段を登り、しばらくグランジュの室で過ごした。大尉はグランジュの手に二、三通の文書を渡した。さっと眼を通してみると、いつものお題目とほとんど変わりはない。グランジュが「税関」と呼んでいるものだ。すなわち、トーチカ内物資の維持保全、国境監視の強化、破壊個所および鉄条網設置個所の適正化などの指示である。ただし目新しいものもないではなかった。ドイツ軍戦車の型を集録した小冊子である。しばらく冊子のページを繰っていたが、グランジュはふと思いにふけった。いまやもう、ジークフリート線など問題ではない。相も変わらぬ公式文書の辞句の背後で、急速に戦機は熟している。新しい年とともに、いつの間にか様相は一変してしまったのだ。

「いや、まったく」グランジュの肩越しに向こうを見やっていた大尉が言った。「やつらも多少本気になりだしたってわけさ……」大尉の言う「やつら」がドイツ軍を指すことは決してなかった。ただ統帥権中枢の周辺、軍の「お偉方」をだけ意味するのである。そしてそういう上層部に対し、彼はひそかに乖離の気持を深めていた。要するに反逆天使(ルシフア)なのだ、大尉に惹かれる共感をみずからいぶかしみながら、ときにグランジュはそんなふうに思ってみる。ただ軍隊という特殊領域での反逆天使――なぜなら彼は金筋入りの袖章をつけた将軍連を神と見ているのだから。

「時期はいつごろになるかもちろんご存じなんでしょう」グランジュは微笑を浮かべようとしたが顔がゆがんだだけだった。二人のあいだの気まずさが不意によみがえってきて、またしても大尉をいらだたせてしまった。

「およその見当はな……」大尉は平静をよそおってタバコに火をつけた。例の小冊子を手袋の先で傍らに押しやる。

「……いいかね、おれにはあえて危険を求める気はない。だがその時期はツバメの来るころにはやって来るだろうな」

二人は手持ちぶさたにしばらく窓から外へ眼をやった。それからまたコーヒーをすする。正午の陽光は早くも幾分かは強さを増してきていた。林道ではところどころ褐色の地肌があらわれている。雪融けの水が滴となって庇（ひさし）から鶏小屋の上にぽとぽと降り落ちている音が聞こえた。

「ここへ残ろうというのはどういう気持なんだね」だしぬけにヴァランが言った。「いや、待ってくれ」グランジュの言葉を抑えるように手を振る。「危険志願の勇士というのはおれの性に合わなくてな。実際はそれがどんなものか知ってもいるし。第一線で戦うためだなんて言うなら、きみに対する評価も下がるわけさ。それに、本気には受けとれんし」

「いや、そういうことではありません。ここが好きなんです」

大尉はグランジュの口から出る言葉にじっと耳を傾け、突然そんなに詳しく聞かされて驚いている様子だった。

「うん、まあそれはそうだろうな」ちょっとした沈黙のあと大尉は言った。そしてふたたび道の遠くをじっと眺めている。「おかしな男だな、きみも」自信なげな笑い声をたてた。

立ち上がって別れを告げると、大尉は鉄兜の顎紐をきっちりと締めた。顔つきが急にまたいかめしく立派になる。堂々とした猛禽のような鼻、濃い隈のできた眼、疲労で頬がそげている。

「じゃあ、話は決まったわけだ」グランジュに手を差しのべながら締めくくるように言う。その言い方にはじめて何か親しみのようなものがこもっていた。「《再読のうえ、意見の変更なし》というやつだな、予審調書流に言えば」

「変更ありません。あまりお気に入らないようには思いますが」

「いや、それは思い違いだ」またタバコに火をつけながらヴァランはまじめな顔で言った。「おれは自分なりの《脱走》の仕方を選んだ連中と一緒に戦争するのはいやじゃないよ」

夕刻、グランジュはちょっと散歩に出た。大尉と話し合って神経がたかぶっていたので、外の空気が吸いたくなったのである。ここに残っていたいと、突然のまるで動物めいた願望をさきほど表明したが、その要因としてモーナのことはほとんど関係ないことに、大尉と話しながらいきなり気がついて、それがわれながらふしぎであった。

「ここで暮らすということのためか」声に出して言ってみる。入り組んだ裸の木々をすかして宿舎の小屋を眺めやった。ところどころに錆が流れて縞(しま)模様になり、その縞がいまでは鉄条網のあたりまで垂れ下がっている。狭い庭には缶詰の空き缶が植えこまれ、鶏小屋はむさ苦しく崩れかかっている。グランジュはふと肩をすくめた。ここだろうとここでなかろうと、宿営地ならどこでもよかったのだ。いや、問題はそれともちがう。ファリーズでの生活にはある快い興奮が伴うのだ。かつて覚えのないほどさわやかに呼吸しているように思われる高揚感。これにもっとも近いものとして思い出されるのは子供のころの夏の休み、海辺に吹きしく風のなかに降り立ったときのことだ。海浜からまだ二、三キロは隔たっているのに、木々が発育悪く矮小化してゆくのを汽車の窓から眺めているうち心をとらえてきたあの興奮、ホテルの室はもしかしたらじかに海の波に面しているのではないだろうか、そう考えただけでもいきなり胸を締めつけてきたあの戦き。あすは砂のお城も作れるだろう。そこに立っているというだけで、ほかの場所より胸は激しく鼓動したものだ。間もなくそこに潮の満ちてくることはわかっていたし、わかっていながら信じかねる思いがあったから。

その晩、何通かの手紙を手早く書き上げ——手紙を書くことはグランジュにとって次第に苦役となってきていた。こちらの気持をわかってもらうには障壁となるものが多すぎたのである——その日の報告日誌に署名してしまうと、グランジュは早々と床に就いた。冬の夜長、薄い仕切りをとおしてくる食堂の、うたた寝のいびきなど耳にしながら、ベッドにもぐりこんで本など読んでいるのがグランジュは好きだった。身をめぐる監視哨全体がハッチを閉じた船のように、完全に内部に閉じられた物体として水を排し、進行隊形をとって夜の闇のなかに漂い出てゆく——ベッドの頭のほうへ鍵を引っかけたまま、そのように感じられるのが楽しかったのである。だがその夜彼は、本のかわりに大尉がナイトテーブルの上に置いていった戦車図録を取り上げて、長いことそのページをめくっていた。灰色をした重たげな戦車の図は、こうして複写されたのをかつて見たことがなかっただけに、異様にエキゾチックな、別世界のもののように見えた。ドイツ兵器一流のあの誇張された異様な、同時にまた陰惨な側面をすべてもっている。技術上の要請からもあろうけれど、どこか北欧神の竜(ハーフニル)にも似ていた。Weird(きみわるい)とグランジュは思う。この場合フランス語には適当な言葉がなかったのだ。嫌悪と魅力のまじり合う奇妙な感じを抱きながら、グランジュはそこから眼を離すことができなかった。夜更けになってから、外ではアルデンヌ特有の激しい雨が降りだしていたが、積雪のために音は消されている。食堂から届いてくる物音にときどき思わず聞き耳を立てた。まるで猥褻な写真集でも見ているように、不意にだれかが室に入って来はすまいかと心配だったのである。

冬の終わりごろ、グランジュに休暇が下りた。雨にぬれた夜明けのパリは、暗く薄汚れていてとりつくしまもないほど冷たく眼に映った。案内されたホテルでは、青色塗料を塗りつけた電球が、病院のように荒涼と冷たい光をベッドの上に落としていた。その光のために物の手ざわりも心もとなく手探るような感じになる。地下酒場や小さな芝居小屋には明かりがともっていて、人がたがいに体をすり合わせるようにしてすわっている。そういう場所へ出向くとはじめてほんとうの温もりがもどってくるのであった。人間の生活圏が、まるで氷河期のようにいつの間にか地下に押しこめられてしまったという感じである。グランジュは偶然立ち寄ったあちこちのカフェで居合わせた客とあわただしい友誼を交わすことはあったが、そこにはもはやこころというものが存在していなかった。そしてそれが都会のこころだったのである。パリはもはや一つの駅にすぎない。列車待つ間の一時を過ごす待合室。夜になると両側にそそりたつ黒く煤けた家並みに薄暗い標識の明かりがまたたいていた。まだ肌寒い春先のことで、それでも散策の人があちらこちら辻公園のベンチに腰を下ろしている。腕を組んで、手持ちぶさたなそれでいて気遣わしげな——引っ越しの前日、あす去ってゆく自分の家を眺めるような——どんよりとした眼差しを街に投げていた。街の明かりが暗くなってしまったいまでは、産毛のような光暈がそこから失われ、人は固いその核に直接肌を触れているのである。つまりこれだけは昔から変わらぬ諸街道の結節点に。だがそれとても衰頽期ローマ帝国の都市のように、いまかたや軍隊かたや地方に散らばった疎開別荘地との中間にあって痩せ細り、ただ戦中の臨時雇いや官庁徴用定員だけの貧しい血でわずかに脈打つばかり、人気ない巷の底で、折々国境方面に立ち昇る漠とした嵐のどよめきに耳傾けているだけであった。

グランジュは退屈を覚え、田舎へ向かう汽車の客となった。ヴィエンヌ川は急激な雪融けのために水かさを増している。川水は唾液のような泡を浮かべながら、早くも緑の萌えそめた低地の草原にあふれていた。だがシノンの谷間には、いたるところ丘々の上にトゥレーヌ地方特有の淡青の靄がかかっていた。白亜質の斜面にある雑木林のなかで、冬枯れの木立ちの枝の上にところどころ浅い緑が火花か火矢のように走っている。グランジュはいつも朝早く宿を出た。右手には長く棚引く朝靄の向こう、まだ裸木のポプラ並木のあいだにヴィエンヌ川が見える。とある谷間の道を折れると、突然橋の向こう側に、祈禱書のような形をした小さな町が、なだらかな丘の中腹に寄りかかるようにして朝の日差しとともにくっきりと姿を現わす。粉をまいたように白い道が町を抱くようにして走っている。魚鱗のように青い瓦でびっしり覆われた家々の屋根が、川沙魚(はぜ)の魚群よりもっと深い真珠母色をたたえて朝靄のなかに浮き出ている。そしてその家々よりもはるかに高く城館の塁壁が、古代の王の巻き頭巾をせいいっぱいひろげたように大きく長々と延びていた。グランジュは市場へ入りはじめる百姓たちの荷車と一緒に橋を渡る。戸口に檀（まゆみ）の鉢植えをいくつか置いてほの暗くした小さなカフェに早々と入りこみ、ヴィエンヌ流域の丘からとれるロゼの小瓶を、ときには何も食べていない空きっ腹に流しこむのであった。そして狭い上り勾配の街路を行く、鉄輪をつけた小さな荷車の音や、丸い舗石の上に酒樽を転がす音に耳を澄ましている。

　この町はグランジュの気分を重苦しくしなかった。時間の流れから切り離され、現実離れしたエピナールの画像にならって単純化されているような感じ。かつて見たこともないふしぎな光が、一瞬十五世紀の街角にたゆたう。シノンのお城の墜格子（おとしごうし）が引き揚げられ——タロットゲームのあっと驚く絵札続きのように、廃塔のアキタニア公がジャンヌ・ダルクと青髭を左右に、供大勢を従えて、ラッパの響き高らかに城門のアーケードから出てくるのが眼に見える。世界はあちこち主要な関節が緩んでしまった。突如として心は躍り「可能性」がはじけ出る。諸方の街道は一時（いっとき）「好ましからざる大物」の通行のため開かれているのだ。

　この地方でグランジュが好ましく思ったのは石、あの多孔質の白亜であった。日に乾いて罅（ひび）割れそうになっていたかと思うと、あるときは葦原のところどころ、鏡面のような水に浸って軟化し表層を剥落させている。きわめて微妙な灰色の斑（まだら）を帯び、吸取紙のようなざらついた滲透性、その凹凸のなかはロックフォールチーズを思わせる微細な黴に侵食されている。これは女性的材質と言うべきものであろう。厚みある鋭敏な肌を持ってやわらかく、微妙な空気の作用によって全面産毛におおわれている。シノンからの戻り道には、ヴィエンヌ川沿いに家並みのある側をグランジュはぶらついた。葡萄酒とリエットのすてきな朝食で気分は上乗、柵格子を閉じて人目をはばかるようにひっそりとしずまる都人の別荘を気楽に眺めてゆく。庭には古ぼけた花壇などあり、なかにところどころ花のない立葵が紡錘の形をして立っていた。いまというこの時に他にも増して調和した家々で、庭に立つ女性のように、泡立つやわらかな光のなかで静かに輝いていたのである。

それにまたここの人々は戦争のことをほとんど話題にしなかった。戦争に格別の関心を寄せているというふりさえしなかったのである。いささか息の詰まるパリの雰囲気、あまりにも明確な形をとった重苦しいパリの不安感が、ここでは薄らいでいて、話はおのずからこの季節にはつきもののあの天候不順のほうへと向いてゆく。こういうことならば農民的知恵のなかに体験もあれば対処の心得もあったからだ。盛り上がる心も歌もない戦争、一つに融け合う群衆の高揚感を作りえなかった今度の戦争では、人それぞれおのれの胸のなかでひそかに「おれは」と思っても「われわれは」と思うことは決してない。めいめいが自分一個の小世界に閉じこもっているのだ。それもあって大都市に比べ田舎の人は困惑の度合がはるかに少なかった。日ごろのものの考え方が戦争のために制約されることがなかったからである。利己的な目先の打算、もともと不確かな未来とのいささか非合理な、あきらめを持ったかかわり方。人手が多少異常な減少ぶりを示したという以外、この地には格別なんの変化もなかったようだ。致命的な打撃をもたらす戦争前夜というより、思い合わされるのはむしろ、長期の軍事力増強のため、いささかあらわに過ぎる進行ぶりで、ゆっくりと装備も重く大量の青年層を移住させたというどこかの国のことであった。「この電撃戦の時代に、軍隊でなく開拓義勇軍などが国境地帯に移住するなんて奇妙なことだ。やがて一年か二年したら、その集団は現地に子孫を増やしてゆくだろう。最近の徴候として、すでにモリヤルメやほかのところでも、将校のうち三分の一は女房を呼び寄せたという。このおれにしても……」ヴィエンヌ川のポプラ並木を見晴らす明るい部屋、籐の小机に向かってすわり、グランジュは手持ちぶさたのまま、アルデンヌの高地にいたときのように好きな夢想に沈んでいった。今度の戦争はこれまでの戦争と何から何まで似たところは一つもない。この戦争は緩慢な衰頽の歩み、平和のたそがれがきりもなく長引いているだけだ。その長引き方たるや、この奇妙な春が過ぎたら白夜――切れ目なく今日から明日へとつながってゆくあの白夜の光のなかに入ってゆくのではないかとつい思われるほどだ。おそらく国は、今後何年にもわたって無益な移民を国境地帯へ送り続けるのであろう。日々の食糧を地方民に依存する怠惰で粗暴な特権的軍隊——ついには周辺耕作地から貢ぎをとりたてる砂漠の武装流浪民のように、地方民の食糧をすら要求するようになる軍隊を。さし迫った危険を前に、だがその危険ともなれ合って、物質面での煩労を免れて生きる彼らさまざまな種族の辺境流浪民、ひたすら予言された奇跡のあらわれや予兆にのみ心を向ける黙示録の放浪者たち、海辺に見られる往昔の見張りの塔の住人のように、彼らはもはや模糊とした憶測の大異変にしかかかわりを持とうとしない。だが結局それもまた一つの生き方ではないか、次第に深く夢想に沈みながらグランジュはそう思うのであった。

ときどき、いささか子供っぽい調子の短い手紙をモーナに書いた。モーナがあれほどはっきりした形で持っている向日性の側面、潑剌としてまっすぐに生きてゆくあの生き方、これがまたこれで思わずグランジュの心を晴れやかな気分に誘ってくれる。陽光を浴びる樹木がねじれたみずからの枝ぶりを恥ずる心をもたないように、モーナの光に照らされると、人知れぬ自身の心の襞に対する恥じらいを覚えなくなるのだ。あるのはただざえぎるものもない空間を落下してゆくあの奇妙な感覚、グランジュにとってひそかな快楽ともなっている、あの虚空に漂う不安感だけ。この感覚についてモーナに語ったことはなく、彼女もこの感覚のことを知らされてはいない。おそらくこの感覚こそもっとも重要なものなのであろうけれども。それは、この軽い眩暈にみまわれるとき、彼が「トーチカのなかへ降りて行く」と言っているものにほかならなかった。だがそのほかのことに関しては、たまたま開封の憂き目に遭うかもしれぬ軍の検閲を思っては筆の渋るのを感ずるにつけ、彼女に対して自分が裸の心になっているのがいっそうよくわかるのであった。

出発の前の晩、モーナのことで奇妙に淫猥な夢をみた。彼は絞首台か木の枝か、いずれにせよ非常に高いところに吊されていた。日が照っていた。そしてその姿勢、少なくとも快適とは言えぬその姿勢もさしあたり不都合な事態を招くようには思われなかった。だいいち、明るく日に照らされた風景、はるか下方に丸みを帯びて映る木々の梢を、彼はことのほか楽しい思いで眺め下ろしていたのである。だが身内にある感覚的な喜びの中心はもっとずっと近くにあった。彼の下方、素足がときおりブロンドの髪の毛に触れそうになるほど近くにモーナも吊されていて、その首にかかった細紐が彼の踝(くるぶし)を締めつけていたのである。快くさわやかな大気のなかで二人の体は静かに風に揺れていた。そしてモーナの首を絞めている綱を通じて、とりわけ彼女が軽い痙攣にみまわれて両肩を揺り上げるときなど、結び合わされた彼の踝に、また次第に綱の締めつけの増してくる首のあたりにも、生きた裸のモーナの「重み」がなんとも言えぬ甘美な感覚を伝えてくる。その重みが彼を引っぱり体を貫き心をいっぱいに満たしていた。その結果、彼はかつて覚えたこともない快美感を感じ、この微妙な動きは、縊死者に特徴的とされている最後の淫猥現象によって終わりを告げたのである。

こういう奇妙に変わった夢をみた翌日、おかげでグランジュは午前中いっぱい、まつわりついて疲労を誘う一種の興奮のうちに漂う思いであった。それにしてもふしぎな、切なく胸に沁みる愛の夢だったとグランジュは思う。ほんとうに身も世もないほどの親愛にうちとけた夢であった。あの静かさ、あの高み、あの潮騒の響き、あれは海風に木々を削がれてはや岩石だけになっている丘の頂のものだ。それとも町の中心部を眼下に見下ろす非常に高い断崖の上であろうか。

モリヤルメに降り立ったとき、「屋根地帯」がもはや以前と一変しているように思われた。ムーズ川沿いにコンクリートの防壁が完成してその型枠が取りはずされている。どこを見てもコンクリートのこの新しいむきだしの灰色が眼をとらえ眼を刺激した。この小さな町に以前にも増して多くの部隊が群がっている。ムーズ川防衛線は兵員に満ちあふれているのだ。あちこちに散在する宿営地のあいだ、かつて「屋根地帯」の静寂が占めていた場所にはすべて、戦車隊が川を越えて監視哨の線まで前進してきていた。「屋根地帯」にも春は訪れていた。明らかにトゥレーヌの春よりは遅い、だがすでに輝き匂うばかりの春。砦への道でも、西風に洗われた空気のさわやかさはなんとも言えず快かった。両側の草土手にはさまれて奥へ奥へと入りこんで行くのである。新しい草は枯れ葉や小鳥を舞い立たせながら道の小砂利のあたりまで侵食してきてる。だがそれは病んだ、異常な春であった。雪融けの水が乾く間もなくこうして春が「屋根地帯」に押し寄せているのを見ると、この春は早くもあの酷熱の夏にこづかれ急き立てられてでもいるように感じられる。燃え上がった森の木々のはじけ割れる音に満たされ、干からびた大地の底まで一木一草もこそぎ取らずにはおかぬ炎熱の夏に。時機尚早の復活祭のように、春はまだ冷えびえとしたこの空の下には似合わぬほど早々と来てしまったのだ。グランジュはこういう息せき切った慌ただしい季節の到来に驚きながら周囲を眺めまわした。見知らぬ町にでも入って行く思いである。家々のバルコニーはいたるところ花で飾られ、街路には明け方からはや敷物がひろげられている。だれか重要な人物でも迎えようとしているかのようであった。

グランジュは部下の兵たちが陰気になっているように思った。春はいささか慌ただしく騒然としていた。師団射撃場がムーズ川の向こう側に豪勢とも言えるほどの形で整備された。トロッコに載って走る移動標的もある。いまやエルヴーエとグルキュフは週に二回、ほかのトーチカの対戦車砲の砲手仲間と一緒にそこへ訓練に通っていた。

「忙しくなっちまって」オリヴォンが口をとがらせて言う。グランジュが休暇からもどって来ると早速、二、三日、ふたたび国境地帯に警戒態勢が敷かれた。ドイツ軍がノルウェーに侵攻したのである。今度こそまさに雪融けのためであろう。監視哨にもようやく電話が通じ、グランジュは前より頻繁にモリヤルメへ呼び出された。昼下がり、黄色い家並みの壁伝いに、歩道からふわっと、時期には早い暑気がたちのぼってくる。この小さな町は谷間の底、饐え腐れた湿気のなかで暑さに悩まされていた。いまや人声のわんわんとする本部事務室、耳ざわりな町の騒音、モリヤルメはグランジュにとっていたたまれぬ思いの町になっていた。災厄を宿した町。多少ともさわやかな空気に出会えるのは、ようやく「屋根地帯」へ通じる坂の上、木々の影が突然道をおおってくるあたりからである。エクラトリーまでたどり着くと、グランジュはしばらく道をはずれて断崖の端まで行ってみる。ふたたび道を続ける前に、すでに黄ばんだ光を浴びながら一時そこで石のベンチにすわりこむのだ。青霞のような暑熱と水族館めいたやわらかな光にみたされた広大な森の圏谷の中央、谷間のずうっと底のほうに、灰色がかった石の発散する熱気のなかに抱かれている小さな町のたたずまいが見えるだけだ。そしてムーズ川が、養魚池の底に身をひそめる鯉のように、緑の薄明かりのなかでかすかに動いている。

「ここに何が起こるのだろう」とグランジュは思う。するとよく知っているあの胸のむかつくような生温かく気の抜けた水の味わいが口もとにのぼってきた。世界が突然なんとも言えずよそよそしく冷淡な、自分とは遠く隔たったものに思えてくる。眼下にしているすべてのものが溶け失せ、いまはまだ無傷のままのその外観を、濁った、油のような川の流れにこっそりと流し去ってしまうように思われてくるのだ。ふたたび帰ることなく、とどまることなく消え去ってしまう。

五月になった。当初の暑さはすぐに夕立模様となって崩れた。だがはっきりと雨にはならず、午後の間中「屋根地帯」の上空に厚い雲となって垂れこめ、森の木々に付着したかのようにあたりを動きまわっていた。ヴァランは絶えず電話をかけてよこすのであったが、グランジュはいまでは哨舎にとどまっている気になれなかった（大尉はいまや餌に食いついた魚をしばらく泳がせておく釣師のように、各部署の責任者を電話線の端につなぎとめていた。ときには糸を伸ばして自由であるような錯覚を与えることすらしたのである）。砦の家が肩に重たくのしかかり、戸外へ出てはじめてほっと息をつくのである。午後はたいていフレチュールの工事現場を見に行った。フレチュールでは鉄条網の敷設作業が終わりに近づいていた。切り残した最後の松の木立ちを見下ろす頂上の高みに登り、人気ない沼地（ファーニュ）（訳注—アルデンヌ地方で丘の頂にある泥炭質の沼地）のひろがり、風が吹き渡り雲が走り過ぎる開かれた空間を周囲に感ずると、甲板上に抜け出した水夫のように、突然胸のすく思いを覚えたのである。この高原の沼地は、水蘚（みずごけ）や湿地性の茶の木の生えている荒れ地で、土地のせり上がっている縁辺のあたりにはハリエニシダの黄色い炎のような花が見える。小波(さざなみ)立つ濁り水の小沼は極地にでもありそうなネズミ色がかった小丘、苔や腐れ藁のような色の「小山(モルヌ)」のあちこちを、錫(すず)メッキでもしたように光らせている。沼地のはずれの、まだ小さい木々が密に並んで生い茂っているあたりに、上着を脱いでシャツ一枚になった兵隊が数人、人気のない荒れ地に散らばって杭打ちをしたり、のんびりと有刺鉄線の糸巻きをほぐしたりしていた。鶴嘴(つるはし)やスコップや大鋏(おおばさみ)などを使う同じ仕事の騒ぎのけだるい物音が、空間を渡るあいだに弱まりながら聞こえてくる。そうした物音が、なにか町はずれの小庭の仕事が夏の夕べから月明かりの晩にでも続いてゆくというような感じを与えていた。魔女の夜宴の開かれるこの荒れ地のなかに、自分たちの葡萄園の垣根の杭を打ちこんでいる小さな姿の日曜大工たちの周囲に、重い蒸気を含んで音もなく垂れこめた広い空が虚ろな空間を、そして異様な静寂を作り出していた。グランジュはその無意味な仕事場のお人よしな「無為安逸(ファルニエンテ)」を、落ち着かない気分で長いこと見下ろしていた。この広い空、圧倒的に広大な森の地平を眼のあたりにしていると、腹のあたりになにやら得体の知れぬ動物めいた疑惑が湧いてくる。そしてなにかの計算で、どういうわけか大幅に単位を読みちがえていたことが、ここへきていまや突然明らかになったとでもいうように狼狽を覚えたのである。「要するに、アレジア（訳注―ヴェルサンジェトリクスの率いるガリアの軍がたてこもった山上の砦。シーザーによって破られる）の攻囲だって解かれるんだ。やっぱり」困惑しながらそう思う。そう思って肩をすくめたが、ふとヴァランのことが頭に浮かび、胃の腑の下、いつもいやな予感の結ばれるあたりに不快なしこりができるのであった。すぐにでもだれかに急を知らせなければ、警報を鳴らさなければ、まるでそんな気分である。兵隊たちが仕事をしている場所から少し離れたあたり、荒れ地のまんなかに立っている杭に軽機関銃が一丁ぶらさげてあった。「牧羊杖のジム」という仇名のある機銃手が草の上に大の字に寝転び、両手を枕にひとり口笛を吹いている。「あいつらにはわかっていないのだ」とグランジュは思う。腹立たしく憂鬱な気持だった。一瞬、ヴァランのこと、戦車隊の少尉のこと、ノルウェーのこと、まだ到着しない銃眼の覆いのことなどが一緒くたにどろどろと、水洗便所の放水のように頭のなかを駆けめぐった。

五月第一週も終わりに近づいたある晩、夕食が早く済んだので、グランジュはエルヴーエを連れて空き地になっている四〇三高地の視察に出かけた。最近工兵隊が来て新たな伐採区域を開いた場所である。夕暮れどきの大気は明るいけれども重苦しかった。森にはそよとの風もない。二人は野生のキイチゴが両側を縁どるように生えている曲がりくねった小道を歩いて行った。会話がとぎれると思わず耳を澄まし、終わったはずのこの一日が、動物どもの寝に就いたいまも死者の瞼のように大きく開かれたままなお続いていることに驚くのだった。エルヴーエはほとんどものを言わなかった。こそりとも動きを見せぬ樹林はこのあたりでは非常に丈高く、すでに暗くなっている芝草の上に木洩れ日の斑（まだら）が重たげに降り落ちている。そこを歩いて行くときには知らず知らず二人とも大股になり、哨戒勤務中のように黙りこくっていた。耳に聞こえるのは冷たい草がきりもなく膝に当たって擦れる音だけ。奇妙な思いがグランジュの心に浮かんだ。ただならぬ気配を帯びたこの森のなかを歩くのが、まるで自分の人生のなかを歩んでいるような気がしたのである。世界は恐れたり予感したりすることに疲れ、不安や疲労にも飽いて橄欖（かんらん）の丘のように寝入ってしまっていた。だがこの一日はまだ消え果てずにグランジュとともにある。冷たく澄んだ豪華なばかりの光が残っているのだ。人々の憂いの後にも残り、人々の立ち退いた空虚な世界の上に、ただみずからのためにだけ燃えているかに思われるこの光。あの虚ろな夜禽（やきん）の瞳もある。時刻より早くわずかに開いてぼんやりとどこかをみつめているようだ。まだ日は暮れていない。それは恐れや欲望を洗い落とした奇妙な冥府の昼、死に滅びた天体をただ照らすだけ、温めることはしない光にも似て清らかな光であった。

二人が雑木を伐採した円丘に近づいて行ったときにも、あたりはまだかなり明るかった。最近の雷雨で水溜まりになっている轍（わだち）に、斜めの光がさしこみ、二筋の濁り水のレールを沈めていた。

生気をとりもどした大地の匂い、山葵田のような冷気が道端の若草からたちのぼってくる。伐採地の奥、立ち並ぶ森の木々の向こうから、ときおりカッコウの声が一声あがってはやむ。大きな雲の動いている空のはるかな高みに、ノスリが一羽悠々と旋回しているのをエルヴーエが見つけてグランジュに告げた。巨大な火炎の上に舞う焼け焦げた紙片のように、熱い森から立ち昇る上昇気流に乗って運ばれ、ほとんど生きて動いているとも見えない。はばたきもせずじっと地上をうかがう姿は、静まりかえった森の静寂に一抹毒ある風情を添えている。エルヴーエが肩を一揺すりして、小銃の負い革に手を滑りこませるのをグランジュは見た。

「ばかな真似はよせ」そう言ってエルヴーエの腕を抑える。「森で小銃を打っぱなしなんぞしたら、獲物どころか、山のような文書がモリヤルメから押し寄せてくるぞ」

エルヴーエは肩を揺すって小銃を担ぎ直し、轍のなかに唾を吐いた。その態度は落ち着いていた。

「森番のやつらめ」暗く顔をしかめている。

「戦争が終わったら好きなだけ撃つさ。ここではな、文句を言わずにほっといてくれとは言えないんだよ」

「そんなことは言いません」どう言ったらよいかわからない困惑を見せながら打たれた犬のような眼つきをしている……。「むしろ逆なんで……」

「戦闘をしたいっていうのか」

「急ぎはせんのです、少尉殿」肩をすくめてまともにグランジュのほうを見る……。「ちっとも急ぎはせんのです。ただ、ここにいて、しまいにはおかしなことになってしまうと……」

エルヴーエは森閑とした森のほうを向いてちょっと身振りをし頭を振った。

「……頼りなくて……」

二人は伐採区域を足早に歩きまわった。伐採の斧の入っている雑木林はまだほんの若木にすぎない。すでに樹皮を剝がれて荒削りされた杭はほとんどどれ一つとして所定の長さに達していない。もっとも仕事のほうも、まことになげやりな形で進行していることがはっきりと見てとれた。細い丸太を積み重ねたそばに、急造の藁ぶき小屋が雑木林に接して建っている。二人はなかへ入ってみた。四角に削った切り株が三つ四つ椅子がわりになっていた。なかの一つの上にトランプ札が一組と葡萄酒の空き瓶が二本置いてあってたぶんに象徴的であった。いまや日向ぼっこで冬ごもり中のこの戦争を示す「静物画」という趣だったのである。グランジュはポケットに手を突っ込んだまま腰を下ろしもせず、このみすぼらしい小屋に一種ヴァラン的な渋面を向けるのであった。

「《国立授産所》ってとこだな……」歯のあいだから押し出すような声で言う。「結局、支払うものと言ったって、たかが……」

グランジュは何かを払いのけるように手を振った。この眠りの森の軍隊の午睡に自分はほとんど関係ないような気がする。それでいて、心の底の片隅ではある共感によってその眠りに結ばれている自分をも感じていたのである。舵も捨て次いで櫂もほうり出してしまったこの酩酊船のなかに寝そべっていると、得体の知れぬ強力な魅惑、「流れに身をゆだねている」ようなふしぎな魅惑がそこにあるのだった。

二人は切り株の腰かけにすわってタバコに火をつけたが押し黙ったままである。西空には夕立雨を含んだ雲が重たげに棚引いていて、日はまさにそこへ沈もうとしていた。小屋にいて聞こえるのは塒にもどるツグミがときたま木の葉を鳴らす音、それにすぐ近くの茂みのなかで、兎が巣穴から跳び出す音だけだった。ベルギー領の方角では、青みを帯びた遠景がもうすぐ夕闇に変わろうとしている。重く垂れこめた頭上の雲も少しずつ動いていた。森の地平の端に深まってゆく闇のなかに稲妻がまたたきだしている。宵の静かさは眠りではない。大地は遠稲妻の閃光に照らされながら、高く空のほうへと刻々立ち昇ってゆく重い雲にしか注意を向けてはいないように見えた。トタン屋根にぱらぱらと雨粒の降り落ちる音がしたと思うとすぐにやんだ。埃っぽく焦げるような匂いが地面から立ち昇り、激しい熱気を鼻孔に運んでくる。

「おかしな春だ」グランジュは上着のホックをはずした。「草の上でも眠れそうだな」

「まったく。帰る気もせんです」

「サンス・ド・ブレーまで行ってみよう。鉄条網をちょっと見ておきたい」

国境に通ずる――密輸商人の抜け道でしかないような――小道に入りこむと、青臭い強烈な匂いのなかに二人は鼻のあたりまで沈みこんだ。間近い夜が地表近くへとおしつけてくる。刈りたての秣(まぐさ)よりもっとむせかえるような匂いである。ときどき冷たい空気の層がふっと顔のあたりまで立ち昇っていきなり両の顳顬(こめかみ)を冷やりとなでる。最近の雷雨で溜まった雨水がまだ道の凹所にあふれているのだ。二人の頭上、両側の木の枝のあいだに黄色い明るみが細々と筋をなしていたが、それもたちまち黒々とした雷雲に呑みこまれてゆく。そうやって曲がりくねる道をたどって行くうちに、たちまち方向感覚は失われてしまった。かつて覚えのある甘美な愉悦の感覚がグランジュの心に滲み入ってくる。森の闇のなかに歩を進めるたびに、何か自由と無拘束のなかに入りこんでゆく思いだったのである。

「着いたようです、少尉殿」

二人は空き缶の鳴る音を聞いた。曲がり角で鉄条網が小道を遮断している。鉄条網に突き当たってそれがわかったのである。国境線の向こう側では、道は浅い凹地のほうへと下っている。凹地にはすでに夕靄が葉巻の煙のようにねばつこく、濃淡のない一様さで棚引いていた。ベルギー領の斜面はすぐに上り勾配になってなだらかな丘をなしている。頂（いただき）のあたりの木は切られて草原になっているが、ところどころに樅（もみ）の若木が植えられていた。空に昇った月はまだ雲に隠されることもなく、その仄（ほの）明かりがなだらかな丘にさして昼の残光とまじり合っていた。そのために夕靄の沈んだ向こう、黒々と円錐の影を作っている樅の木々の背後の空き地は、多少とも魔法の国の禁断の土地、妖精のそぞろ歩きの場所とも魔女の夜宴の広場ともいった感じに見えるのだった。登り斜面になった草地の頂の向こう、木々のあいだにきわめて軒の低い一軒の屋根の頂上がくっきりと浮き出ている。おそらく炭焼きか樵（きこり）の小屋であろう。

「いまどきでも、なんとか仕事がやってけるんですね」言いながらエルヴーエがその屋根を顎で指した。「鉄条網は、やっぱり、やつらの邪魔になるでしょうな」

「あの小屋か?」

「密出国の手引き人でさ。密輸商人の隠れ家ですよ」

グランジュは自分がなぜエルヴーエを夜の巡回に連れて来たいと思うのか次第にわかってきていた。国境線に心を魅せられていたのだ。エルヴーエはこの国境地帯の粗末な、しかし気の利いた隠れ家を詳しく知っていたし、夜目も利いた。巣穴の動物の立てるかすかな物音も聞きわけられたのである。一緒に巡回をするとき、二人はときどき、沈黙によってとぎれる声をひそめた会話を交わし、闇のなかで橋の欄干でも探るように手袋をはめた手で鉄条網の針金に触れたりしながら、じっと暗黒の夜に耳をそばだてたりしていたのである。そういうことがなによりも二人の気持を結びつけるのをグランジュは感じていた。それは重たい夜の闇のなかにただ一つぴんと張り渡された生命の糸なのだった。

「あの商売も、いまじゃ儲かりません」エルヴーエが顔をしかめながらまた言った。「それにあいつらもほかのことで体がふさがってるでしょうし」

「呼びもどされたかな」グランジュは顔を上げたが格別驚いたふうもなかった。国境を越える者が異常に少なくなっていることはモリヤルメの本部を通じて知っていたのである。

「そうです。国境住民や、それにほかの連中も。何かあるらしいですな。ここんとこずっと、大勢呼びもどされてます。ヴァルニーだけでも……」

「しかし非常警戒はまだ出ていないんだが」そう言ったもののグランジュも自信なさそうであった。

「自分の考えですが、あいつらやっぱり何か知ってますよ。少尉殿」エルヴーエはひとりでこっくりうなずいて見せる。「あいつらのほうがわれわれより近くにいるんですから。それに、どうしたってそういうことになるでしょう。季節ですから」

二人はしばらく黙ってタバコをふかした。外気は温かかった。雲が散ってゆく。ベルギー領の地平の向こうで二つ三つ弱々しく雷が鳴った。夕立の終わり際の穏やかな鳴り方である。空にはすっきりと月が出ていた。木々のトンネルの向こうに、空き地の斜面が霜でも降りたように冷たい鉱物的な光で輝いていた。草地の上に樅(もみ)の若木の影が点々と黒い斑(まだら)を作っている。人里離れた森のなかに住んでいるという思いを、グランジュはこの晩ほど強く抱いたことはなかった。魔法の森の心臓がその泉の周囲で鼓動するように、アルデンヌ全域の広大なひろがりがこの幻想めいた森の空き地のなかに息づいていた。人員配備もない樹林の空隙、まどろみがちなこの警戒態勢が心を乱してくる。エルヴーエの口にのぼった意外な言葉が思い浮かんだ——「何か頼りなくて」。われわれの背後に残してきているもの、われわれが防衛すると思われているもの、それは実際にはもはやどうでもよい。絆は断たれてしまっているのだ。事の予感に充満したこの闇のなかにあって、「存在理由」などというものは失われている。「おそらくこんなことは初めてのことだろう」とグランジュは思う。「おれはいまこうして夢みる軍隊に動員されているのだ。おれはここで夢みている。われわれみんなそうだ。だがいったい何を？」周囲のあらゆるものが混濁し、ゆらめき、とらえどころない。人間たちによって織り成されていた世界が一目一目解けほぐれてでもゆくようだ。残るのはただ待つことだけ、そうしていわば星々の夜が、人里遠い森が、地平のかなたに膨らみ盛り上がる巨大な夜の波濤が、荒々しくわれわれの衣服を剝ぎ取ってくれるだろう。砂丘のかなたの潮鳴りの音が突然裸形になりたい願望を与えるように。

二人はしばらくエルヴーエの休暇のことを話し合った。休暇の順番が近づいていたのである。いまごろはブリエール川の水量も少なくなっていることだろうとグランジュは思った。海水を導く掘割の溝と溝とのあいだに、絨毯を敷きつめたような一面灰褐色の干潟が異様にはっきりと眼に浮かぶ。泥炭の火から立ち昇り決して完全に消え失せることのない薄靄、その靄のために干潟はかぎりなく拡大されて見えるのだ。夏になると大地をそのもっとも深い位層でとらえるあのふしぎな病患、あの緩慢な熱病をグランジュは思い出す。炎も立てず熱もなく草の下で燃え、泥炭土を棒の先で突きでもしたらそれだけで、あたかも牙をむき出す犬のようにぱちぱちと火花を散らすあのふしぎな病患を。

「そんなふうでしたな……」どうでもいいといったふうに、エルヴーエが話の締めくくりをつけた。いつか知らず、二人は故郷のことをまるで殖民以前のアフリカのことでも話すようにしてしゃべっていたのである。旅行を想像するのは楽しいけれど、本気で行く気はない土地のように。

「マジュールを離れるのは寂しくないか」グランジュが軽くエルヴーエの肩に手を触れて言った。

「マジュールにゃもうだれもいないすよ」エルヴーエはグランジュのほうを見なかった。「一昨日引き揚げちまいました」

肩をすくめてさらに言う。

「こっちのほうもそんなふうだし、もう、女なんて言ってるときじゃないです」

二人は黙ったまま伐採区域へともどった。月明かりでいまや靄がかすみ、ぼんやりとおぼろな叢林のようになっている。ひろがった空き地の奥に、びっしり並び立つ森の木々が、冷えびえとした月光を浴びて、小揺ぎもせずあたかも人間のようにじっと立っていた。

「先に帰ってくれ」グランジュはエルヴーエに言った。「おれはファリーズへ寄って行かなければならないから」

モーナの小さな家にはまだ明かりがともっていた。グランジュは軋る掛け金を二、三度がたがたと鳴らした。モーナがまだ眠っていないときにはそれが訪問を告げる合図と、かねて取り決めていたのである。モーナは素足のままベッドに腹這いに寝転んで本を読んでいた。青いジーンズをはきジュリアのブラウスを引っかけただけの姿である。

「こっちへ来てすわって……」寝たまま体を回して横向きになり、腹部をへこませてベッドの上にグランジュのすわる場所をあけた。グランジュに対して示す、いつもきまったこの盲人のようなしぐさ、これほどモーナとの絆を彼に感じさせるものはなかった。

「……どうしたのよ」肘を突いて体を起こしながらモーナは言った。多少ともふだんとちがう気配を感じとったようにまじまじとグランジュの顔を見ている。

「戦争だよ……」慣れたいつものしぐさで衣装箪笥の取っ手に鉄兜をかけながら、ふっと大きく疲労を吐き出すような吐息をした。ちょっとした驚きが胸をかすめる。顎紐で吊られた鉄兜がそのたびにいつもしばらく揺れるので、ワックスを塗った扉の上にとうとう細く弧を描いたように傷をつけてしまっていたのだ。

「ばかねえ」言いながらモーナはグランジュを自分の口もとのほうへ引き寄せる。だがすぐに二人は唇を離した。女の口に触れたグランジュの唇には陰気な病熱の感じ、すえたような味気なさがあった。

「あんた病気よ。きっとマラリアだわ」言いながらグランジュの手首をつかみ、さもわかったふうないつものうなずき方をしている。「ジュリアがいつも言ってるわ。あんたみたいに巡回とやらで沼地のあたりへ夜出かけて行くのはとってもも体に悪いんだって」

「ちがうんだ、モーナ。ほんとだよ。ほんとうに戦争なんだ。きみはここから逃げなくちゃいけない」言いながら彼女のほうへ顔を向けたものの、その調子は意図したほどに確信のこもったものではなかった。

「つまんない人ね、あんたって」モーナは小さく溜息をついた。こういう溜息のあとどういうことになるかグランジュはよく知っている。「お眠む」の時間というわけだ。眠りが彼女をまったく無防備の姿勢のままベッドの上に倒れこませる。四つ足を縛られた雌山羊といった姿になるのだ。この眠りはときとして巧妙な自衛の方便でもあった。危険を前にしたあの弱い動物たちが死んだ振りをするのにも似ていたのである。

　グランジュはモーナの肩をつかんでちょっと揺すってみた。

「逃げなければいけないんだ。モーナ、わかるね」声には真剣な気持がこもっていた。

「だっていったいどうしたっていうの」

　腰に弾みをつけて起き直ると、悪夢でも見ているような眼つきでグランジュをみつめる。

「ジュリアに知らせるんだ」グランジュは無意識にモーナの指を自分の手のなかに握りしめる。

「あすにでもすぐ……」グランジュの眼は厳しく緊張しながら何を見るともない放心を示している。時間に肩先をつかまれて前へ前へと押し促されるのを感じていた。夜の引き明けの駅のホームが胸に浮かぶ。別離は虚無の味わいを持っていることだろう。だが朝まだきの風はなんとも言えずさわやかにちがいない。わずかではあれいまなお彼女が自分の生の重荷になっていることを、そしていまや一刻も早く孤独になりたいのだということを、さすがにモーナには告げかねていた。長いあいだモーナは泣いた。小さく重い頭を右に左に回しながらグランジュの肩にこすりつけ、顔はべったりと涙にぬれている。だがグランジュの心には悲しみも呵責もなかった。その涙のなかに陶酔的な若さが匂うのを感じていたのである。四月の雨のようなもの、若木が樹液にぬれているようなものなのだ。すすり泣きの声がやむと、開け放した戸口から入ってくる森のざわめきに二人して一緒に耳を澄ましていた。いつしか、夕立雨の滴りやんだ樹木の呼吸のような、モーナの穏やかな夜の寝息がふたたび始まるのをグランジュは傍らに感じた。「まるまる一つの季節だった」と思う。おれはいったい彼女を愛したのだろうか。そこまではいかなかった、そしてそれ以上だった。彼女のための場所しか心になかったのだから。

五月の九日から十日にかけて、グランジュ見習士官は寝苦しい夜を過ごした。寝ついたときは頭が重く、季節には早すぎる暑さに窓は全部開け放っておいたのだが、夜更けても気温は下がらなかったのである。明け方眼覚めたときには、ずいぶんたくさんの夢を見ていたような気がした。

頭のなかはわんわんと異様な雑音に満ちている。それが執拗にまつわりついて離れなかった。湿気を含む冷たい大気が、すぐそばの窓から体の上に流れ入ってくるのがはっきりと意識にはある。だがその空気は昆虫の羽の震えからでも成っているように、顫動（せんどう）する楽音めいた特殊な感触で顔に触れてゆくのだ。茫漠とした夢見心地のなかで、グランジュはしばらくひたすら快いばかりの感情を味わった。あらゆる時間が混交し、森の夜明けが蟬の声にみちみちた炎熱の真昼とまじり合っているような思いであった。やがて次第に印象が正確になってゆき、室の窓ガラスが一枚、パテが剝落しているために頰のまぢかで絶えまなく震えていることがわかった。「おれの室の窓だ。オリヴォンに一言言っておかなければ」そう思いながらもう一度枕のなかに頭を沈めた。だが同時に、おぼろな意識の底では、必ずしも窓ガラスの震えとは関係なく、なにやら急迫した鋭い音が朝の大気のなかにあるのを感じてもいた。音は刻々と膨らんでくる。あたかもいま始まるこの一日をまざまざとはらんででもゆくように。頭上の屋根の軽いこと、気味悪いほど薄いことがこれまた奇妙にも意識のなかにあった。吹き飛んででもゆきそうに感じられる。ふたたびベッドのなかに身を縮めてはみたが、安らかな気分にはなれなかった。空を流れてひろがってくる唸りのなかに裸のままさらされてでもいるような思いである。扉に二度、ノックの音が聞こえて今度ははっきりと眼が覚めた。

「とうとう来ました。ショ尉殿」扉の向こうからオリヴォンの声がした。
喉にかかった奇妙な声である。平静を装ってはいるが少しかすれている。信じかねる気持と狼狽とのあいだで戸惑っている声。

兵隊たちはすでに窓際に寄っていた。髪は乱れ、素足のまま慌ててズボンのバンドを締めている。日はまだ昇っていなかったが、東のほうは白みはじめていて、ベルギー領の海のような広大な森の地平をすでに灰色に明るませている。湿った夜明けの大気は冷えびえとしていた。コンクリートの地肌の上で足裏は凍りつくようだ。ゆっくりと天に昇ってゆく大きな唸りが、開け放した窓から入ってくる。それは大地から響いてくるようには思われなかった。天空一面に谺し、途端に空は硬い「水晶の天蓋」となって薄い銅板のように顫動しだしたのだ。はじめはむしろ何か気象上の異変かとも思われた。もしや北極光——それがなぜとも知れず光のかわりに音響を発しているのではないか。その印象を強めさせたのは、夜の底に沈んだ大地の反応である。人影らしいものはなにひとつそこに動いてはいなかったのに、大地は動物たちの声を借りて不安を示し、なにごとが起こったのか紛然とあちこちで訊ね合っていた。ビュッテのほうでは音響のよく透る凍てついた闇のなかで、何匹もの犬が満月に吠えるようにこやみなく吠えたてている。低く単調な唸りの音とは別に、ときおりすぐ近くの下草のなかから、不安を押し殺した用心深い鳥の声が飛び立っていった。地平のほうから新たな轟音が湧き出るように響きはじめる。それはひろがり、静かな天頂目指してゆっくりと立ち昇り、天空を伝って荘重に流れだす。と今度は急に犬どもが沈黙した。やがて遠雷のような音がひそまってゆく。なめらかな波のような力強く単調な響きが失われ、しゃくりあげるような音、ばらばらになって断続する唸りが諸方に残る。すると茫然自失した空虚な大地、無人の森のなかで、夕立の終わりを告げるように鶏どもがけたたましく鬨(とき)を作った。日が昇りはじめている。

彼らは急に寒さが身に沁みるのを感じたが、窓を閉めようとはしなかった。耳をそばだてて、森の上に風が運んできだしたかすかな音響をうかがっている。オリヴォンがコーヒーをいれた。熱っぽい議論が始まる。ドイツ爆撃からもどって行く英国機の爆音だと、ただ一人オリヴォンが言い張った。

「やつらがねらってるのはヒトラーの海軍だけです。ショ尉殿。イギリス人の頭にあるのはそればっかり、ほかのことはどうでもいいんでさ」

イギリスの政策が話題になると、兵隊たちのあいだで無遠慮に眼配せが交わされるのにグランジュはいつも驚いていた。彼らに言わせるとそれは「腹黒い行為」の最たるもの、陰険狡猾を絵にしたような不可解な謎にほかならなかったのである。

「いずれ新聞でわかるさ」議論を締めくくるようにグルキュフが言った。だが疑念は残っているらしく、朝も早いというのに赤葡萄酒の栓など抜いている。

しかしこの一日がそんなに早くもとの平穏におさまりそうもないことは間もなく明らかとなった。轟々とした唸りがふたたび地平のほうにひろがったのである。今度は前ほどに大きな音ではなく、かなり北のほうへずれてもいる。森すれすれの高さを滑るようにかなりゆっくりと動いてきた一連の黒点が、突然ひらりともっと明るい空のなかへ跳ね上がりはじめた。二つ、三つ、四つ、大きな爆発音が朝の大気を震わせた。すると遠く戦車隊の駐屯地の方角で、揺り動かされた大地の横腹から、いきりたった機銃の発射音が断続して立ち昇る。今度は食堂にふっと沈黙が落ちた。灰色の煙――あれほどの大音響のあとにしては気抜けするほどみすぼらしい煙が一筋、遠く森の木立ちの上にねじれながらゆっくりとうすれてゆく。みんなものも言わずに長いことじっとそれをみつめていた。

「着衣せにゃあ」ようやくグルキュフが静かな口調で言った。

電話が鳴った。

「きみかね、グランジュ」

声は低く、少ししゃがれている。グランジュが思っていたほど皮肉な調子でもなかった。電話の声は、耳慣れぬ騒音のまじるなかでしゃべっている。今朝、大尉の事務所に戦闘準備命令があったという。

「非常警戒命令、第一号を伝える……」

ヴァランの声はなんとか諧謔をこめようとするように第一号を強調した。

「……いずれこれは文書でもって伝えるがね」

声に親しみが増し、冷やかすような口調を帯びる。おおかた公務連絡かなにかに来た相手を厄介払いしてしまったのであろう。

「第一号だぜ。よく頭に入れとけよ。第二号じゃないぞ、なにしろわが軍は几帳面だからな。そして前線にはいつも遅れて到着するというわけだ。今朝のはもちろん、ほんのわずかな手付け金にすぎんぜ。ラジオはそっちにあるか」

「いや、故障しています」

「残念だ、きみ、残念だよ。なにしろ今朝はすごかったからな。やつらがオランダ、ベルギー、ルクセンブルクに入りこんで来たんだ」

大尉はもとの忠告調にもどった。

「……それじゃ、きみの部下を二名、国境線まで行かせるんだな。武器も携行だぞ。ベルギー軍も今朝からバリケードを撤去するだろう。たぶん援護を必要とするはずだ」

「すぐに行かせます」

大尉は電話を切らなかった。

「うまくいってるか」ちょっと沈黙したあとで言う。声の調子が変わっていてはにかんでもいるようなところがある。

「もちろんです」

「おれの言う意味はだな……」大尉は急に困惑してばつの悪そうな様子を示す。「つまり、ともかくきみにとっては面白い体験だろう」

大尉に聞いたニュースを知らせても、部下たちは格別衝撃を受けた様子もなかった。偽りの戦争という霧が晴れて、あまりにも見通しのはっきりした楽しみのない先行きの展望が開けてきたというだけの話なのだ。だが未知の部分も残っていて、すべてがまだそこにまつわりそこに吸い込まれてゆくことも可能だった。ノルウェーに比べれば、ベルギー、オランダはたしかにずっと近い。だが多少とも頭を働かせてみれば、予測を越えて漠とした部分を考えることもまだできたのである。

「どっちみち、ここにいれば、おれたちは気楽なもんさね」言いながらオリヴォンは、宿舎の家主よろしく情のこもった眼差しで食堂を見まわした。「戦車隊とはちがうからな。あいつらはこれからたいへんだぜ」心にもなく同情をこめた口調である。

午前中はじめのうち、食堂の気分は眼に見えてはりきっていった。エルヴーエとグルキュフが水筒にジンを満たして国境からもどって来る。ポケットにはタバコやベルギーの小旗がいっぱい詰めこんであった。ヴァルニーの町長がみずから足を運んでバリケードを開きに来たというのだ。女たちも大勢いた。ベルギー人たちの興奮が二人に強い印象を与えたらしい。これまでは大きな動乱とはいえ身に遠いニュースとして彼らの関心は眠ったままだったのである。ほとんどたちまちのうちに国境にまではねかえってきた衝撃を眼のあたりにして、動乱の大きさが推し測られたのであろう。

「ドイツの野郎ども、じきにやっつけられちまわあな」グルキュフがそんなことを言ってのける。すでに顔を真赤にして汗を滲ませ、そして楽観的な気分になっていた。

八時近く、林道がざわめきだした。二台のサイドカーとオートバイが一台、国境線に向かって全速力で走り過ぎた。そのあとに小旗を掲げた自動車と工兵の分遣隊が続く。監視哨の裏手、戦車隊宿営地のほうで、次第に強くエンジンの唸りが高まっていた。グランジュ、オリヴォン、グルキュフ、そしてエルヴーエの四人はいまや七月十四日の革命記念日の朝のように、窓へ出て窓枠に腰をかけ、壁面に沿って足をぶらぶらさせている。太陽はじりじりと照りつけ、朝の空には雲もなかった。九時ごろ西のほうに広大な範囲で連続的な激しい爆発音のようなものが聞こえたと思うと、やがて一面轟々たる唸りと化して戦車隊が進発しはじめた。

騒音がすべてを覆っていた。振動する鉄板、鎖、ブリキ缶、無限軌道、装甲板などの重く突き刺さるような大音響が人の首根っ子を押さえつけたまま離れてゆかない。道路端にはあちらに一塊こちらに一塊というふうに民間人の群れが――人気もなかった森のなかから、部隊の進撃が始まるとともに魔法のように姿を現わしてきて――装甲車に向かって歓声をあげていた。だがそれもはじめのうちだけで、たちまち元気も失せてやめてしまった。いまではこのいささか場所ふさげな物資輸送の車の列が早く通過し終わるのを待っているだけである。兵隊たちは、梯子のそばに並んですわった消防夫たちのように、車両の上に押し黙ったまま無関心な態度で群衆の前を通り過ぎて行く。その兵士たちの態度はなんとなく寓意的に見えた。太陽はすでに装甲板を熱く焼きつけている。乗っている兵士はシャツ一枚、なかには上半身裸になっている者もいた。庇(ひさし)のない鉄兜の重たげな膨らみの下に玉の汗を滴らせている顔は、どれもみな異様に若く見えた。だがそれは熱を病み、内部からむしばまれやつれた若さにほかならない。篩(ふるい)にかけられる穀物の穂、あるいは採掘した鉱石の堆積に見かけられる若さ、機械にしゃくり上げられるべく大量乱雑に投げ出されているものの若さに似ていた。銃を手にした一九一四年の精鋭というより、むしろ、ぎらぎら光るくぼんだ眼の上に大きな眼鏡を引き上げた急行列車の機関士、石炭倉庫で働く荷揚げ労働者を思わせる。そして、耳を聾する騒音もさることながら、道路端の人々の群れをにわかに声もなくたたずませたのは、そういう暗く威嚇的な兵士たちの沈黙でもあったのである。油に汚れ、鋼鉄の内部に半身を没した青い戦闘服の異様な人間集団の流れを前にして、人々は言葉を呑んで立ちつくしていたのだった。

隊列は雑木林の上に灰色の埃を濛々とまきあげながらいつまでも続いた。その間何度となく号笛が鳴らされ、停止があり、金属の軋み、キーンというブレーキの音、そして車体は激しく前後に揺れる。監視哨の兵士たちはすでに長いこと黙りこんでいた。意識にあるのはもはやじりじりと照りつける太陽、喉につかえた埃がからからに乾いた不快さ、熱した鋼鉄の軋みと蹂躙される砂利の音だけである。十時近くなると車両の間隔が間遠になってきた。糧秣（りょうまつ）輸送、連絡業務、後方との往復はもっと交通の容易な幹線道路に頼ることになったものらしい。それでもときおりサイドカーが単独で通ることがあり、前後をふさぐもののない道を速力を上げて走り過ぎて行った。見ものは終わったという感じがみなにあった。あちこちに寄り固まっていた人垣も崩れ、まだ茫然とした様子を見せながらもゆっくりと街道を遠ざかって行く。先行部隊を追いかけて通る車両にぼんやりと手を振るぐらいのことはしたが、先頭集団にとり残された走者に向かってするような感じで、格別立ち止まるでもなかった。

それからずっと二時間というもの通過する者はなかった。正午近く、歩兵の一個中隊がベルギー領を指して道を登って行った。いくつかの小隊にわかれ、隊と隊とのあいだには相等な距離をあけながら一人一人の間隔はできるだけせばめ、一列になって道路の片側をぴったり木陰に寄り添うようにして歩いて行く。これまでと急に様子が変わり、今度の隊列は波乱に満ちた運命への旅立ちといった感じを見る者に与えた。敵機の襲撃を招かぬようにとの配慮から、歩兵部隊は時代を遡り、さながら密輸の塩の輸送隊、生垣のあいだに散らばって戦ったミミズク党、「最後のモヒカン族」のように、森の小道を忍んで進む部隊になりおおせていたのである。

最後尾の小隊とともに通りかかった少尉とその部下、すでに汗まみれになった兵隊たちに、グランジュは水を出してやった。彼らを眼の前にしたとき、グランジュはありあまるほど葡萄酒を貯蔵した監視哨の地下庫が突然少し恥ずかしくなったのである。それにこの朝は、道行く者にはだれと言わず接触し言葉を交わしたかった。街道のざわめきに思わず吸い寄せられるような思いだったのである。歩兵大隊が戦車師団の援軍として登って来るという。少尉の話では、ベルギー領へ進出して戦車隊にかわって橋梁守備につくということであった。

「ただ、彼らにはエンジンがあるけど、こちらは自分の足だけでね」笑顔で言いながらコップを片手に頬を紅潮させている。だが少し息を切らしていた。「あちらで何か混乱が起こっているらしい。宿営地との連絡がなかなかできずにいるんだ」

兵士たちはふたたび出発して行った。ムーズ川沿いの彼らの宿営地は朝の機銃掃射を受けたという。奇妙な動きを見せながら遠ざかって行く。雑木林に身をすり寄せるようにしながら、幾分首を曲げ、鉄兜の庇（ひさし）を上げてときどきちらっと頭上の木の葉の隙間に空を見上げたりしているのだ。

午後になると別の一団が逆方向を指して道に現われた。ファリーズに残っていた最後の住民たちが緊急立ち退きを命じられ、ムーズ川沿いの各駅へ向かって発って行くのである。一行は暗い顔つきで軍隊のような整然とした様子を示していた。突然の恐慌に農地を見捨て、破れた羽根布団から雌鶏の羽毛を庭に散らかしてきたのだが、利に執するいやらしい悲愴感のようなものはなかった。ファリーズに残っていたのはほんのわずかな人数である。老人と子供は冬になるとすぐ大きな荷物を持って立ち去っていた。これら国境地帯の人々が古い昔の辺塞の住民であることも感じられた。彼らの暦には、もともと降霜や霰（あられ）とは別な不慮の出来事も勘定に入れられているのである。立ち退きを命じられれば、天にも訴えず怒りも見せずむしろ堂々として去って行くのだ。射撃場の敷地内でわずかな土地の耕作を軍から許可されている連中のように、いささか短い予告期間を置くだけで解約される運命に慣らされていたのである。女たちはほとんどが若かったが、きっちりと敷布にくるんだ下着の包みに腰を下ろし、声もたてずに泣いていた。男たちは黙々と、しかししっかりとした足取りで荷車のそばを歩いて行く。ビヨローの息子まで義足で突っかけるように道を蹴りながら、足をひきひき馬と並んで歩いていた。自分の荷馬車にはトラネ夫人を乗せている。夫人は赤いハンカチで髪を結んでいた。荷台の横木に寄りかかり、汗と車の動揺のためすでに容色は見るかげもなく色あせて老女のようなありさま。心労と塵埃が薄膜のようにこのささやかな一行を包んで道路と同じ色合いに仕立てている。にわかに人々の顔を老けこませているのは単に不安だけではない。強力な一つの手が運命の札をかきまぜているのだ。人々は短く取り交わす別離の言葉の世界、ふたたびの会いを期しがたい別れの世界に入ろうとしているのだ。一行はいま眼の前を通りながら、早くも色あせ傷んだ追憶の色合いを帯びている。オリヴォンがトラネ夫人を抱きしめた。だが場所柄も人の眼も邪魔になり、最後の瞬間彼女の頬に百姓風な垢抜けない接吻をしただけであった。

「戸口の上に鍵を置いてきましたからね」手を振って兵隊たちに合図しながら彼女は静かに言った。「コーヒーは知ってるでしょ、あの……」

彼らは黙って手を握り合った。

「戦争が終わったらな。ヒトラーが吊し首になったらな」グルキュフが自信なげな調子でそう声をあげた。だがその言葉はまるで卑猥な冗談のように落ちただけ、返ってくる声もなく笑いもまき起こさなかった。一行は遠ざかって行った。トラネ夫人はハンカチを髪からはずしてしまっている。ときおり荷台の枠につかまりながら手を振っていた。男たちは長い道中に備えて無益な疲労を招かぬ足取り、重たく肩を落として振り返りもせず歩いて行く。

朝のうち戦車隊の堂々たる行進に興奮していたトーチカの面々も、ファリーズの人々が一斉に立ち去って行ったあとはにわかにむっつりと陰気になった。午後も遅くになって、南の方角はるか遠くで、鈍い、ほとんど地平から響くような爆発音がたてつづけに聞こえた。今度の爆発は窓ガラスを揺さぶらず、コンクリートの床から立ち昇ってくるように感じられた。足もとの床がたたかれた鉄床のように揺れたのである。揺らぐ地底の最深部で、重たい意味を担う晦渋なメッセージが交錯しているような感じであった。兵隊たちは食堂に寄り集まり、時間をつぶすために物を食べ、ちびちびとパンやチョコレートのかけらを齧(かじ)っていた。ほんとうの戦争が歯をかみ合わせるその咀嚼の音とともに始まっていたのだと認めることができるであろう。いま一段落した小康状態の静けさのなかに単調なもの音が聞こえていた。だが爆弾の炸裂した衝撃を感ずると、彼らはびくっとして食べるのをやめ、ぼんやりと不安の色を浮かべて音のしたほうへ顔を上げるのだった。それは神経質な馬が牧場の草から頭を上げて突然耳をそばだてるさまにも似ていた。わずかに大地が揺れてふたたび静寂がもどってくると、窓のすぐ近く、雑木林の茂みのなかで甲高い小鳥のさえずりが聞こえた。足もとには、震動のために空き瓶がころころと少し床の上に転がる音がした。そしてみんなはそれぞれの内部にできた新しい耳で、さらに遠く深部の騒擾(そうじょう)を聞きとろうとしてなおいつまでも注意を凝らしていたのである。

夕刻、グランジュはファリーズ部落まで行かなければならなくなった。工兵隊がしまっておいた有刺鉄線を取り出すためである。トーチカの鉄条網を至急補強すべしというモリヤルメからの指令があったのだ。さきほどまで聞こえていた飛行機の爆音もいまは沈黙している。夕方の大気のなかにはなにやら閑散としたのどかさがあった。終わろうとしている一日が、ひそかに甲冑を脱ぎ捨て、強く張りつめすぎていた緊張から身を解きほぐしてでもいるようだった。キツツキが柏の幹をつつく鈍い音が遠く聞こえる。木の陰を飛ぶときにはその鳴き声も響いた。戦争の波は完全に引き去っている。ただし灌木の藪にはその灰色の泡を残していたけれども。というのも、ファリーズへ行く路上には、空き瓶や給油缶や缶詰の空き缶などが道端に散乱し、キャタピラの圧を受けた軟らかいアスファルトはきらきら光る薄い鋳型のような模様を残していたのである。

グランジュが森を出はずれたとき、放牧地の上には森の縁辺の影が長く伸びて落ちていた。蜜のような琥珀色の光のなかで、檀(まゆみ)の生垣の内側にある養護院の窓がすべて燃えたつように輝いている。納屋の並んでいるあたりまで来ると、グランジュは不安になって立ち止まり、道端の草のなかにほうり出してあるロードローラーに腰を下ろしてしばらく息をひそめた。あたりの静かさにじっと耳を澄ます。しんまりと空虚な静寂。日差しのなかで細やかな綿でも耳に詰めこまれたように感じられる。雪の降るときの、あるいは鳥の羽毛が散乱しコウモリが飛び交うかの廃墟の夕暮れにも似た静寂であった。街道のほうから来ると、あたかも垣根の向こう側へでも転落するようにしていきなりこの静寂のなかへ沈みこんでしまう。目印もなにもないまま、だれかに肩をぽんとたたかれるのを多少とも期待するような思いであった。

「ここにおれはたった一人。ほんとにそんなことってあるのか」茫然としてグランジュは思った。背に気味悪い戦慄が走るのを覚えて思わず後ろを振り返る。黒々として丈高い周囲の草に眼を走らせると、草は早くも冷気をたたえていて、そこに地ならしローラーが埋もれていた。がらんとした無人の通りが小さく見える。家々は扉も窓も敵意でも含むようにぴったりと閉ざされ、夕暮れの風がうっすらと音もなく埃をまわせている。養護院の窓ガラスに当たっていた光がつと消えると、急にあたりが暗くなったように思われた。灰色の壁の上に、すでに色あせた瓦や鎧戸(よろいど)や扉の上に細かな塵が降りかかっている。

　グランジュは表の道を離れて家並みの背後に沿う小路に入りこんだ。キャベツ畑や燕麦の殻を積んだ山、エンドウの蔓（つる）のささえなどのあいだを縫うようにしてモーナの家の前まで歩いて行く。モーナが立ち去ってからここへ来たことはなかった。鉄の掛け金を無意識のうちに二、三度まわしてみる。先刻よりさらに強い不安にとらわれてまたしても後ろを振り返ってみた。六、七羽の白い雌鶏が燕麦の殻を掻きまわすのをやめ、うかがうようにしてこちらを見ている。片足上げてコッコッと低い鳴き声をあげながら横向きに赤い眼でグランジュの顔をじっとみつめているのだ。日暮れどき、この小さな生きものたちは、声をひそめた用心深い打明話の調子で、人間たちの消え去った寂しさを訴えてでもいるようだった。掛け金をはずして扉を押すと、扉は静かに開いた。時刻も遅く、窓の鎧戸（よろいど）もしまっているので、部屋のなかは非常に暗かった。わずかに銅の小卓が暗がりのなかで光っている。ワックスで磨かれた衣装戸棚の板が、半開きにした戸口の光線を受けてさらに弱々しい光を帯びていた。部屋のなかは、いつものものすごい乱雑ぶりが消えていた。ハンモックはきれいに畳まれ、あちこちむやみと張り回されていた紐の類も姿を消している。いかめしい家具やむきだしの壁から、いつの世のものとも知れぬ隠棲の物悲しさが漂ってくる。冷えびえとした黴（かび）の匂いが長かった冬を思わせて滲み、箪笥のなかに畳んで重ねられた手ざわり粗いシーツ類の蠟のような匂いと混じり合っている。日の光に驚いて大きな青蠅がカーテンの上で眼をさまし、澱んだ空気のなかにぶんぶんと唸りはじめた。

「そう、ここだったな……」狼狽を覚えながらグランジュは思った。すぐにも出て行きたい気持が動く。静寂が顳顬（こめかみ）のあたりを異常に圧迫してくるのだ。こもった空気、鎧戸の隙間や欄間から洩れてくる衰えきった白濁した光にむかつくような不快感が湧いた。グランジュは戸口をすっかり開けひろげた。雌鶏が一羽敷居際に寄ってくると、首をのばして薄暗がりのなかを覗きこんだ。だが絨毯が敷いてあるのを見て勝手が違ったらしい。一瞬とまどったあとは尊大にかまえてコッコッと鳴きながらもとの燕麦の殻のほうへ消えていった。夜の眠りのために〈プラタナス〉の栗の木に集まっている小鳥たちの鳴き声が、いまやとぎれがちになりながらもどんよりとした空気が伝わってまだ聞こえている。グランジュは思いにふけるような格好でしばらくベッドの上に腰を下ろしていた。その重みでベッドは耳慣れたバネの軋み音をたてながらやわらかく沈む。そこに横たわっていたい、夢も思考もさっぱりと頭から追い出し、壁に顔を向けていたいという思いが突然グランジュをとらえた。一時間もすれば開け放した戸口から森の夜が忍び入ってくるだろう。病熱のにおう世界をその闇のなかに併呑（へいどん）しながら、野性の香りや生きものたちの立てる音と一緒に入ってくる。静謐の沼、さわやかな暗黒の淵が、夜とともにこの閉じられた家の空間に滲み入ってくるさまを、グランジュは渇望するように思い描く。彼の内部にある何かが、夢中になってそこで渇きを癒そうとすることだろう。ひりひりと喉が渇く。グランジュは神経質に肩をすくめた。鍵は錠にさしこんだままだ。しっかりと錠をしめると、グランジュはポケットに鍵をしまった。外へ出るとまだ明るかったが、すでに空気は冷えている。桃や桜の木のあわいから、やさしく繊細な黄色い光の縞が野菜畑にさし入っていた。

　有刺鉄線の置場はすぐに見つかった。養護院の裏手にある南京錠をかけた物置のなかである。あとはもうファリーズですることもなかったが、グランジュはそのまま帰って行く気になれなかった。いずれ重苦しく不安な夜になってゆきそうな気配が濃い。たぶんヴァランがトーチカへ電話をかけてきていることだろう。それを思うと心は暗くかげった。グランジュはふたたび小路のほうへ入って行き、思い迷うような足どりで〈プラタナス〉の方向へ坂を登りだした。通りに面した窓には、いくつか鎧戸の欠けているものもある。そういう窓の無言の眼差しが、何か自由な気分を妨げて窮屈であったけれども、一方ではまたそこに気持を引きつけられもした。無人の通りを右に左にジグザグを描くように歩いて行く。小さな窓ガラスに眼を押し当てるようにして見ると、むきだしの赤タイルや寝具をとりはずしたクルミ材のベッドがある。煤けた壁面にはしみのついた鏡や家族の写真を取りはずした跡の四角い面がそこだけ明るく眼に映った。ときどきベッドの上方に、十字架の形が白く残っている家もあった。黄楊の小枝（訳注―枝の主日を祝うための）がまだ生きいきとして釘に吊されていたり、ネズミ色の縞模様をした布製マットレス敷きの上に散らばったりしている。荒廃の印象をとくに強く与えるのは壁面にあるあの色の薄れたしみである。そのために昼日中になって夜の豆ランプがいまそこで消えたとでもいうように、家は打ち捨てられて自然にゆだねられたままという感じになっていた。グランジュはときどき思わず立ち止まって耳を澄ました。小鳥の鳴き声はおさまっている。聞こえるのは〈プラタナス〉の栗の木のなかで塒につく楽しげなそのざわめき、そして遠く家並みの後ろのほうで、森のはずれへと連れを呼ぶツグミの声だけだ。家々の小庭の前では、そよとも動きのなくなった大気のなかに、空木やリラ、藤の花などの香りがそれぞれはっきりと層をなして漂っていた。カフェ〈プラタナス〉の前へ来ると、グランジュはふとトラネ夫人の言った言葉を思い出した。

「要するにあれは、ここへ来てくれという一種の招きだったのだ」大胆になってそう思った。パラソルは失くなっていたが、庭用の椅子やテーブルはもとのままである。栗の木はいまやひそまろうとしている小鳥どものざわめきを梢のほうに宿しながら、黒々とした影を庭に落としていた。一段高くなっている狭いテラスは芝居の書割のよう、奥へ通じる扉は月の光がさしさえすればそれだけで開きそうな感じであった。グランジュは扉を押し開けると、懐中電燈でガラス戸棚のなかを調べ、一本のコニャックの瓶に手を伸ばした。急に激しい渇きを覚える。小広場の井戸へ行って釣瓶(つるべ)の水桶を引っぱった。砂漠のような静寂のなかで、滑車が周囲にそぐわぬけたたましい軋みの音をたてる。それを責めるようなざわめきが栗の木のなかに起こったが、それも押し殺したつぶやきのよう、すでに夜の声であった。「ここにいたら、おれは小鳥たちにもしゃべりかけたい気持になるだろう」グランジュはそう思った。西空はまだ光が残ってすっかり黄色くなっている。見下ろす下のほうでは、校舎のガラス窓をとおして、教室の机がいまや地をかすめる斜光を返して一つ一つ鏡面のように光っていた。グランジュは肘掛椅子のくぼみに腰を落ちつけ、テーブルの上にどっかりと足を投げ出した。黒猫が一匹通りに現われ、一足一足用心深げに足を運びながら斜(はす)かいに横切ろうとしている。一瞬こっそりグランジュをみつめると、それからじっくり思案をめぐらした末テラスのほうへ近づいて来た。グランジュはその首根っ子の皮をつかまえた。いまにも逃げ出しそうな格好をしていたくせに、膝に乗せられるとたちまち節操もなく喉を鳴らしはじめる。まるで占領された小都市同然であった。グランジュはちびちびと飲んだ。得体の知れぬ興奮が身内を満たしている。「何をしても許される」という、不安な、そしていささか陶酔を誘う喜びもあった。物を破壊し夜の乱痴気騒ぎをやってみたいひそかな願望もある。さわやかな夕べの大気から流れてくる純粋な愉楽の思いもあった。そしてさらに奥には、《審判》のラッパを夢みるようなこの静寂のなかで、ある漠とした動物的不安も醸されていた。ただ眠っている温かい小さな生命が膝の上にあって安心を与えてくれるのであった。

部落の入口でエルヴーエの声がした。まるで真暗な森の底からでも湧いてくるように遠く呼び上げる声。だいぶ暗さを増した夕闇のなかで、ときどき懐中電燈の助けを借りながら二人は次々と物置小屋のなかを探しまわった。その揚げ句ようやく古い手押し車を見つけると糸巻きに巻いた有刺鉄線をそれに積みこんだ。二人になると、幽界めいたこの村の寂しさもただ快いだけのものになっている。二人はのびのびと大胆な気分、なんでもござれという気持になっていった。持ち物全部自分と一緒に運んでいることも嬉しい。そこを去る前にもう一度栗の木の下へ立ち寄り、さらに一本新しいコニャックを空けて飲んだ。すっかり夜になっている。静かな明るい夜だ。頭上には栗の木が、ぎざぎざの縁をもつ重い黒雲のような輪郭を空に画し、その形がさらにいっそう黒々とした影を作ってテラスの上に落ちている。だが葉叢の縁のあたりには、いや葉叢の隙間にまで、無数の星々が輝いていた。二人はときどき沈黙の間を置きながら、低い声で静かに語り合った。人気もない荒涼感、森の匂い、広大な森の茂みのビロードのような影、この死に絶えた村の幻めいた気品、そうしたものがグランジュには奇妙に豪奢な感じで受け取れるのであった。

大地は野性にたちもどっている。丈高い草の匂い、夜営の匂いによってすっかり新鮮さをとりもどし、広々とした空間に宿りするという未開の気質を取り戻している。さわやかな静寂が耳に触れ、その静寂のなかで人間の内なるなにものかが解き放たれて快活をとりもどしている。空は新しい星宿に満ちてでもいるようだ。木々の影のなかで、二人のタバコの先端だけが赤い点となってわずかに動きを見せていた。その影のなかにひそんだまま、二人は青い闇にひたされた小路で家々の屋根が月光に濡れはじめるのを眺めていた。栗の木のめぐりを飛びまわっていたコウモリもいまは姿を消している。すぐ近い森の縁辺の木立ちから、まるで誰何(すいか)でもするような、奇妙なフクロウの声が聞こえていた。

翌日の午前はきわめて静かだった。ファリーズへ行く道には人影もなく、森は本来の寂寥のなかにもどっていた。とはいえ「屋根地帯」一帯の静けさはもはや以前と同じものではない。時間が重くのしかかってきた。胃の下には棒のようなしこりができ、手にも足にも何か狂騒に走り出したいようなうずうずとしたものが走る。みんな顔を窓ガラスに寄せ、立ったまま食事をすませたがった。日中は暑く空気も重苦しかった。そよぎも見せぬ木の葉の上に昨日の埃がそのまま残っている。ただ陽炎（かげろう）だけが砂利道の上にゆらめいていた。

午後もだいぶたったころ、突如舞台に変化が生じた。ムーズ川のほうに、むっとする熱気とともに鈍い爆発音が立ち昇ったのである。すると西側の地平に半円の弧を描くようにまき散らされて、続けざま、ほとんどいっせいに大きな爆裂音が上がった。だが今度は、煙が森の地平線の上に灰色をなしてゆっくりと昇ってゆく。はじめに三筋、次いで七筋、八筋、十、十五。煙はなんら劇的な感じを伴ってはいない。危険感すら抱かせるものではなかった。だがそれにしても、到来した新しい季節のように、もとの姿にもどしようもなく風景を一変させつつ煙はそこにあった。好むと好まざるとにかかわらずもはやあの煙なしに生きることはできなくなったことをみなが感じた。「屋根地帯」の周辺に、一つのすばやい手がフットライトをともして走り去ったのである。

「戦争の芝居だ……」とグランジュは思った。「われながらうまい表現だな」だが舞台を設けるためのあのだしぬけの大仰さ、殷々（いんいん）轟々の騒音、そしてそれに続くこの忘却、がらんどうのような静寂は意外であった。酔漢がまずはともあれどんと卓を割らんばかりにたたいておいて、そのあといったい腹を立てている相手はだれなのか、朦朧とした意識の底で思い出そうと努めてでもいるような感じである。

「そうだ、あれはムーズ川地区だけの爆撃にすぎないのだ」少ししてグランジュはそう思ったがやはり動揺はしていた。「当然すぎるほど当然の爆撃だ。来なかったらむしろそのほうが驚くべきことだろう。なにしろベルギーへ通ずる道路も鉄道もみんなあそこを通っているのだから……」頭の整理がつかぬまま、窓越しに煙のなびく地平を見やると、二筋三筋は早くも薄れかかっている。見ているうちに一つの考えが頭のなかで形をとりはじめた。まだ漠然とはしているがいささか不吉な考え、それがにおいのようにしつこくまつわってくる。歩兵の大隊のあとベルギーへ向かって通過した部隊は一つもなかった。そのことにはつとに気がついていささかそれを怪訝にも思っていた。昨夜来林道は森閑としている。戦車隊の後に歩兵部隊がついて行っていないみたいではないか。

「おかしいぞ」グランジュはじっと考えこんだ。「何を待っているのだろう。それに……ヴァランも大隊本部もたぶん攻撃を受けただろうに」磁石を使ってモリヤルメの方角を見定めようとした。森の向こうでモリヤルメが特に眼につく煙を上げているように思えたのである。だがそれも気休めにすぎないことにぼんやりと思い当たって驚く。眼に映る地平はせばまっているのだ。そのことによってもまた、ついに戦争が始まってしまっていることが理解されるのであった。

部下の兵隊たちが鉄条網を張り終わった。彼らは爆撃に顔をしかめはしたものの、仕事はそのためにいっそう早くはかどった。ものを考えたりなどしているひまがなかったからである。木の大槌（おおづち）を振り上げ振り下ろすあいだ、グルキュフはなにやら不機嫌にぶつぶつ口のなかで言っている。もっとも鉄線は有刺ですらなかった。工兵隊がファリーズにはつまらないものしか残していかなかったのだ。それはブラン鉄線で、ニッケルメッキをしたその太い巻き鉄線は引き伸ばして張り渡すと、監視哨の周囲にまるで幼児向け運動会場をしつらえたようにしか見えなかった。

「何か足りんものがあるようですな、ショ尉殿。そうは思われんですか」敷設作業が終わるとオリヴォンが言った。彼は何歩か後ろへさがって全体を見渡せるように眼をすぼめると、妙な格好をしてみすぼらしい垣根を眺めていたのである。「〈猛犬注意〉とでも貼り紙を出さんといかんですな」

夕刻、モリヤルメから電話があった。鉄条網敷設の確認をとると同時に、弾薬貯蔵、信号用信管の作動状態、貯蔵食糧など万端遺漏なきよう点検せよとの指令である。

「信号用拳銃の予備を一丁トラックで届けさせよう」ヴァランが付け加えるように言った。「信号用拳銃ってやつは決してうまく作動しないもんだ、決してな」

電話線のこちら側で、グランジュはあの一種独特な鼻孔のひくつきをつい思い浮かべた。だが大尉にはほかに用事ができたらしい。プリネ伍長がかわって電話器を取った。

「そちらは爆撃を受けましたか」グランジュが礼儀正しく訊ねる。

「たいしたことはありません、少尉殿。馬が何頭かやられました。家も何軒か。ガラス工場と……」

「新しい情報は？」

グランジュはさりげない調子をとろうとしたが声には多少の不安がまじっていた。一瞬ためらいを示したあとプリネが言った。

「はっきりしたことは何も。ドイツ軍がアルベール運河を越えたとラジオでは言ってますが」

地名がいまやどれほど重く響いたり軽く感じられたりするのかふしぎなほどであった。アルベール運河といえばはるかに北のほうだ。エスコー川の下流ではないか。他人ごとである。

「こっちのほうはどうかね」

「わかりません。戦車隊がベルギー領へ行っています」

「戦車隊単独で？」

「ええと……そう、と思いますが」プリネはほっとした様子である。「ともかくこっちのほうは動き出しそうな気配はありません。待機中です」

プリネの声の背後で、事務室のなかのラジオが小さくブラバンソンヌ（訳注―ベルギー国歌）を流しはじめた。突然そこに惑星が痙攣でもするようにふしぎな雑音が入りこむ。貝殻を耳に当てたときの海の音だ。外では、開けひろげた窓の向こうで、小さな雲の影が羽毛のように道を横切り、敏捷な動物にも似たしなやかな動きで雑木林を登ってゆく。穏やかな小鳥どものざわめきが聞こえていた。

日暮れどき、夕食のあと砦の面々は道端の草の上にすわりこみ、タバコを吸いながらしゃべりこんだ。いまでは閉めきった室にいると、砂浜に釣り上げられた魚のように息苦しさを覚えたのである。グランジュはまだほんの幼かったとき――一九一四年八月二日、町の人たちが大規模な野外夕食会のために、各自皿を膝にして川沿いの土手に集まっていたのを思い出す。どの家からも窓越しに椅子が運び出されていた。「しるし」の現われを見逃さないようにするためである。月のなかに旗を見る者もあった。海嘯（かいしょう）が川をのぼってくると話している者もいた。それはふしぎな爆薬――チュルパン火薬の性能試験だったのである。自分の生涯のなかですばらしい思い出の一つとしてグランジュはその夕べのことを覚えていた。その晩は親たちも、彼を寝かせることなど忘れ果てていた。みんなが子供のような頭脳にもどっていたのである。

話は昼間の爆撃のことに集中していった。午後、エルヴーエはビュッテ監視哨の兵隊が一人、ムーズ川のほうからもどって来るのに出会ったという。思ったより大きな被害が出たらしい。川岸ではいくつものトーチカが攻撃を受けた。爆弾投下をするために、飛行機はサイレンのような唸りを上げながら目標に直進してきたと、ビュッテ監視哨の兵隊は言っていたという。とりわけこのサイレンの話は明らかにショックを与えた。みんなが腹を立てた。爆破しようとする瞬間、相手の恐怖を利用しようとする欺瞞行為、その陰惨ないたずらは、彼らの心にある内密の規範に抵触したのである。それは精神的頽廃の象徴であり、卑劣きわまる攻撃、禁じられた戦闘法の最たるものだ。

「性質(たち)の悪さが体にしみついてる連中なんだ」言いながらグルキュフがうなずくように首を振った。

いま日暮れどきになって飛行機がふたたびムーズ川地区に飛来したが、今度は爆弾を投下するでもなくただぐずぐずと飛び回っている。おそらく午後の爆撃による火災状況でも写真に撮っているのであろう。彼らはすでに露にぬれはじめた暗い草地に肘を突いて横たわりながら、タバコに火をつけ、黙りこんだまましばらく戦闘の模様をうかがった。戦いは冷たい星空のもと、はるか遠く地平線に消えてゆく村祭りの最後の提燈(ちょうちん)にも似ていた。谷間から曳光弾の打ち上げられるのが見える。大きな重たげな光のあぶく、一つまた一つと空に放たれ、ゆっくりと前のあぶくを追いながら緩慢な夜気の流れのなかに吸いこまれてゆく。そのあと短く戦闘機の機銃掃射の音が抽選器の軋りのように聞こえてきた。

一同が監視哨へもどって来るとき、モリヤルメからやって来た小型トラックが照明を全部消して道端に止まった。運転してきた兵士が口をきわめて道路の悪さを罵っている。戦車隊が通過したためあちこち穴ができてしまったのだ。午後の爆撃による動揺からまだ立ち直れずにいるこの兵隊の口からぽつりぽつり洩らされる情報によると、モリヤルメの空気は以前に増して重苦しいものになっていることが推察された。工兵隊がムーズ左岸にボートや平底船を集めているらしい。橋梁破壊班が配置され、避難民は駅前や街路に天幕を張って屯(たむろ)しているという。待っていても汽車は到着せず、早くも飢えを訴えているようだ。

「民間人が行っちまったら……」運転の兵はむずかしげな顔をとがらせる。「いや、ある意味じゃ、あれは避難民とは言えんでしょうな。こっちのほうにいたんじゃや、少尉殿、よくはわからんでしょう。戦車隊の負傷兵が通るのをごらんになってはいないでしょうし」

トラックは林道を遠ざかって行った。ヘッドライトを点(とも)しブレーキの音を軋ませて大揺れに揺れながらビュッテに通じる小道に入って行く。音を聞いていると、静かな夜のなかをはるかに遠くまでその動きを追うことができた。ライトの揺れ動く森の闇は、その小さな光のために俄然ひとしお広大に、そして危険にみちたものに感じられる。海のように茫漠として方途も見失われそうな思いを誘うのであった。

グランジュが床に就こうとしていたとき、モリヤルメから電話がかかってきた。監視哨の守備隊がいまやすべて戦車隊の指導下に移ったことを念を押してしつこくくりかえす。

「わかりました」グランジュはいささか不意を突かれたように言う。「十分承知しました」

「命令をまだ受けていないのか」

「まだです」

電話の向こうでは一瞬びっくりしたように押し黙る。

「よろしい」しぶしぶながら事実を認める口調であるが、その声には強い不安がこもっていた。「もし何も命令を受け取らなかったら、あす朝早くこちらへ電話をよこしたまえ。必ずだぞ」

グランジュは何かわけがわからないままベッドに横になった。見知らぬ電話の主の声には、着衣はそのまま脱がずにいたほうがいいと判断させるものがあった。「何が起こったのだろう」重い頭のなかで考える。「何があってモリヤルメの連中は眠れずにいるのだ」同時にまた一つの言葉が頭のなかで旋回している。「戦車隊の負傷兵」という、重たく沈んで刺すような――毒物めいた後味を残している言葉である。飛行機にせよ爆弾にせよ、これまで彼の想像力を不安に揺さぶってくることなどまったくなかった。いきなり硝煙がぱっと花開いた「屋根地帯」の情景すら、グランジュの眼にはなにかしら自然天然の光景といった感じを失ってはいなかったのである。だが「戦車隊の負傷兵」という言葉は突然こころに突き刺さった。この言葉が始動メカニズムの止め装置をはずして、一つの扉を新しい天地に向かって押しひろげたのだ。「ここらへんもそうなるのだろうか」茫然と、そして漠とした憤りを覚えながらそう思う。森のほうをちらと見やって肩をすくめた。「アルデンヌが?・」信じかねる思いで心にくりかえす。この言葉が安心を与えてくれる、厄を払ってくれるとでもいうように――「アルデンヌ」。気がおかしくなったのにちがいない。

未明二時近くに眼が覚めた。冷気に身震いする思いであった。冷気は窓から入りこんでくる。グランジュは窓を閉めに立った。夜の闇は音もなく静まりかえっている。だが完全に眠りこんでいるわけではなかった。地平の森の果て、わずかに黒みのまさった線に眼を注いでいると、その線の上方の空には、ときどき長い間を置いて、すばやくほんのかすかな光の瞬きがある。それはぴかりとそれだけに終わる短い瞬きである。遠稲妻(とおいなずま)のようなふわっとした動きはまったくない。むしろ地平の彼方の巨大な鉄床の上で、重たいハンマーが灼熱した鉄を一定のリズムでたたいてでもいるようだった。グランジュは夜のざわめきのほうへしばらく耳をそばだてた。緩やかな風が高みの枝を動かしている。ムーズ川の方角から、遠く輸送車両の音がかすかに響いていた。そうしている間にいつか最前のにかわって新しい光の瞬きが生じていた。先刻よりかなり右へとずれている。グランジュは得体の知れぬ暗い不安に心を乱されながら、夜の駅を思わせるふしぎな空をじっと眺めた。いまや空はほんのりと赤みを帯び、ひっそりと森の上方に閃光を瞬かせている。グランジュは電燈をともした。狭い梯子を伝って屋根裏部屋めいた小室まで行き、その揚げ蓋を押し上げる。天窓から、雑木林の枝越しに眼を走らせると、突然閃光の源が見てとれた。ほんの小さなしかしきわめて明るい一点の火である。視界に入るかぎりのもっとも遠い地の果てで、一定の緩慢な間を置きながらそれがぱっと強く燃え立っている。そのゆったりとしたリズム、しんと動かぬ空気、そしてあたりの静寂は、まさにその場所へ夜の穹窿（きゅうりゅう）からときどきゆっくりと滴り落ちる水滴、ぱっと散って石筍（せきじゅん）の先端にふりかかる水滴を思わせた。じっと眼を凝らしていると火の周囲にうっすら赤みを帯びた弱々しいあぶくが一時（いっとき）明るくなって漂うのが見える。夜の静寂はしんねりと重苦しかった。開け放した天窓の縁に身を寄せて、グランジュはもはや寒さも感じなかった。両手に顎をささえて、いかにも不思議に大地に衝撃を与えている物憂げな火の滲出を、魅せられたように眺めていた。

「ずっと遠くだな。ブイヨンの方角だ。たぶんフロランヴィルのほうだろう。それにしてもあれは何だろう」ときどき、毛布の端を肩のほうへ掻き寄せる。二時半近くなって火のきらめきは間遠になり、やがてその奇妙な流星は完全に消えてなくなった。急に夜がうっとうしい闇に塗りこめられ、植物の匂いのなかにとっぷりと沈みこんだように思われる。グランジュはにわかに寒さを覚えた。下へ寝に降りたが、気持は茫然としていた。半開きになった食堂のドアの前を通るとき、一瞬兵隊たちの寝息に聞き耳を立てた。不吉な閃光の瞬いているこのあまりにもひそまりかえった夜の重たさを、その寝息が軽く和めてくれるように思われたのである。彼らが深く眠り入っていると思うと心も安らぐのであった。

闇に閉ざされた大地に、突然重く大きな掌(てのひら)が押し当てられでもするような時間がある。屠殺の斧を振るう前に、牛の額を一瞬なでさする優しげな、だが胸のむかつくような手にもそれは似ている。その手に触れられるや大地すら事を悟って激しく身をひきつらせるのだ。いま光すら饐(す)え腐れ、朝は大地の上にふやけた熱い息をその汚い鼻面から吐きかけているようだ。明確に読みとれる徴（しるし）はなにひとつ現われてはいない。だが重苦しい不安は、そこ、病者の伏せる室のよう、にわかに澱みを増した空気のなかにあった。人はもはや渇きも飢えも覚えはしない。ただ腹の底から気力の抜けてゆくのが感じられるだけだ。世界が自分の心臓の上で回転でもしているように、鼻孔に出入りするみずからの呼吸の音が聞こえている。

「今日は日曜日だ」色あせた曙光が窓ガラスに当たるのを見て、グランジュは格別喜びもなく欠伸（あくび）をしながら思った。眠りは終始浅かった。監視哨はいささか息苦しい、死んだような静寂のなかに沈んでいる。僧院のような、澱んだ沼のような静寂。グランジュはふと無意識に、人っ子一人いない道のほうへ眼をやった。気分はどうも落ち着かない。戦場のすぐ後方というのにこの空虚、人も通らぬ眠ったような道路、それは異様であってほとんどありえぬこと、いささか魔法の世界じみているではないか。たとえば〈眠りの森の姫〉の館に通じる道とでもいうようだ。グランジュは鉄梯子を降りながらタバコに火をつけた。朝の空気の味は気が抜けていて水っぽい。だが草に覆われた道端の土手にはすでにひどく冷たい露がおりていた。オリヴォンの作ってくれる熱いコーヒーのことが頭に浮かび、ふと道を引き返しそうになったが、朝食前に林道の爆破予定地まで足を延ばしてみようとすでに心に決めてあった。かねて工兵隊が監視哨への道の前方に地雷敷設溝を作ってくれてある。そこへ行けば工兵隊の哨所があるとグランジュは思っていた。

たぶんなにか情報も得られるだろう。

人はだれもいなかった。地雷敷設溝の上では道路が少しくぼみを見せている。かぶせた土がやわらかすぎたのであろう。キャタピラで穿たれた轍のなかにあちこち小さな水溜まりができ、緑の森影をそこに沈めて黒ずんでいた。ちょっと先には地面に露出している導火線の、裸にされた両端部分が小石の山の上にほうり出されていた。

「おかしいぞ……」困惑を覚えながらグランジュは考える。不機嫌になって砂利の山に腰を下ろした。一里四方の森にはまるで物音ひとつないと言っていい。グランジュは小鳥の姿も見えぬ雑木林のほうへじっと耳をそばだてた。こうして奇妙にも人影が消えさり、ストライキ中にも似てひっそりと夢みるようなこの工事現場の様子に漠然と不安を掻きたてられたのである。ふたたびタバコに火をつけようとしたとき、頭上はるかの高みで突然空気を切り裂くような異様な物音がした。レールを揺り動かし、転轍軌道の上で音たてながら天空を行く急行列車のような轟々たる音響がひとしきり続く。ムーズ川地区の重砲部隊がベルギー領へ向けて砲撃を開始したのだ。

そのあとはきわめて速やかに事態が進行したように思われる。砦へもどる道の半ばにも達しないうち、ものすごいエンジンの唸りが四方八方からいっせいに地を揺るがし森にどよもして響きはじめた。一群の勢子たちが茂みのなかに押し入ってでも行くような傍若無人の響き。そして「屋根地帯」はたちまち爆弾と機銃音の轟々とした喧噪に包まれていったのである。グランジュはしばらく茫然としていた。森は鑿岩機の騒音に揺さぶられる街路のように振動している。得体の知れぬ激しい振動に横面を張られて突き飛ばされるような感じ、振動は足裏からも両の耳からも同時に体内に突き入ってくるのだった。グランジュは横跳びに森の小道に身を投げた。葉の茂った枝々が両側から頭上にかぶさり、わずかに細く白っぽい空が帯状にのぞいている。人に見られる場所から身を隠したと感ずると、激しかった喧噪もそれほどとは思えなくなった。あの騒音も爆弾の炸裂音よりはるかにエンジンの爆音のほうが主であったこともわかる。音はしばらく鎮まっていることもある。グランジュはほっとして、騒音のなかを一瞬監視哨に向かって帰ろうとさえしかけた。だがこちらのほうの林道を舗装してある古いアスファルトが、眼の前十メートルほどのところで突然奇妙な音を立てはじめた。自分が機銃掃射を受けているとわかるまで一秒か二秒かかった。グランジュは転げるように森の小道へもどる。そこでふたたびタバコを吸いはじめたが、気分は先刻よりはるかに落ち着いていた。騒音がむしろ心を和ませるのだ。ときどき一面に爆音の響きわたるなかで、小道の上に細くのぞく空をさっと黒いマントのようなものが横切って行く。ほかにはなにひとつ見分けがつかなかった。視界を求めようとして表の道まで出て行くと、林道上の幾分開けた空に、かなりの間隔を保って散らばった飛行機が貼りつくようにして浮遊している。高空を異常なばかりゆっくりと、まるで流れに逆らってでもいるよう、ほとんど進むこともなく泳いでいるふうに見えた。はっと眼を見張ったのは、水中の魚のように穏やかなその動きである。高空でいとも気楽に相互の距離を保ちながら僚機の存在も知らぬげなそのありさま。すれちがって行き交いながらたがいの存在を知らぬ魚ども、沖合はるか透明の海のなかで上行くもの下行くものの層をなしながらもそれぞれにわがことだけにかまけて遊泳する魚群のようであった。その姿は水や空気——そういう自然の要素の晴朗にして無為天然の営みという思いをすら抱かせる。ただときおり、硝煙のなかを突き抜ける荒々しい急行列車の音響が、それらふうわりとした星座の漂う大気の岸辺を、絹を裂くように引き裂きながら力強く天心に向かって沈んでいった。

　あたかも風向きの変化に運ばれるように、飛行機はやって来たときと同様急に姿を消してしまった。むっとするような埃のにおいが森の上に漂っている。グランジュは鞭の先緒（さきお）のように細く筋を穿（うが）たれた道の上で、きらきらとした合金の、充実した大きさをもつ弾丸を一個拾った。自分が銃火にさらされていたことを思うと、ありえざる奇妙なことのような気がした。監視哨は攻撃を受けていなかった。部下の兵隊たちは哨舎のなかにいた。少し蒼ざめた顔で手に手にコップを持ち、木箱の上に腰を下ろしていたのである。

「やれやれ」言いながらグルキュフが首を振った。オリヴォンが無言のままグランジュのコップになみなみと葡萄酒を注ぐ。機銃弾が手から手へと渡された。銃弾はきらきらと光を放ちながら重い手応えを掌(てのひら)に感じさせる。グランジュは電話の送話器を手に取った。モリヤルメからの応答がない。信じかねる思いで声の入ってこない受話器を耳に当てたままちょっと揺すってみた。だが兵隊たちが急に自分のほうへ眼を上げて見るので、すぐに受話器をもとにもどした。電話線は切断されているのだ。

「さて、顔でも洗うか……」ぶっきらぼうな口調でグランジュは言った。「下へ引っ越すぞ」

　耐火性建築のトーチカ内には可燃性のものはほとんどなかった。兵隊たちは二枚の藁布団と寝具を少し運びこみ、そのあと鉄梯子を使って粗末な家具類を下ろしはじめた。だがそうした仕事にはたちまち飽きてしまう。テーブルも椅子も、小さな樅材(もみざい)の箪笥まで、窓から鉄条網を越えて飛んでいった。めりめりと木材の砕ける音が張り合いになって、この仕事には彼らもせっせと精を出した。

「すっかりかたづきました」こうしたことでは心得があると言いたげな調子でオリヴォンが言った。「それにある意味では、このほうが偽装には自然ですからな。撤収しちまったみたいな格好になるし」

トーチカのなかに落ち着くと、彼らは缶詰を開けて少し食べたが、食欲も湧かない様子であった。ときどき顔を上げ、居心地悪そうにくんくんと鼻を鳴らして黴くさいあたりの空気を吸ってみたり、地下壕の揚げ蓋を開いたところから昇ってくる木の根や土の匂いをかいでみたりしている。ファリーズ部落からグランジュが連れ帰った猫が、うんざりしたように冷たいコンクリートの上に足の先を下ろしたと思う間もなく、ぴょんと木箱の上に飛び移った。兵隊たちはすぐに防弾扉を開けて外へ出てしまった。みんなが道端に腰を下ろしていると、ベルギー領のほうから一台のサイドカーが林道に姿を現わした。やがて何台もの自動車が一団となって疾風のように道路を走り抜けて行く。歩兵部隊のトラック、大砲をつないだ牽引車、無限軌道式小型自動車、装甲車。それら車両の剝落した塗装部分にははっきりと弾痕が見てとれた。車輪の泥除けには、いたるところ異様な風体で自転車に乗った兵隊がそこに触れ合わんばかりにして脱兎のありさま、濛々たる埃のなかに半身を立ててズボンの股もさけよと懸命にペダルを踏んでいる。ステップというステップには鈴なりの避難民。この狂ったような隊列のなかには食肉運搬車まで混じっていて、汚らしく土埃にまみれた肉屋一軒分ほどの牛肉を揺さぶりながら走っていた。巻き上げる砂塵のなかを轟々と地響きたてて、すべてがひとつらなりの土色の動き、重い流れとなってムーズ川へと走って行く。ジャングルの火事に追われ、ひしめき合いながらまっしぐらに河の浅瀬へと駆け下りる水牛の群れにもそれは似ていた。

「じゃあ、戦車隊さんは退却かよう」エルヴーエが声をあげたがあまり響かなかった。車両の連中は道端の兵士たちを眼にしながらはっきりと顔を向けるでもなく、またものを言いかけるでもなく、ただリングのロープにつかまったボクサーさながら、ひきつるように口をゆがめて年寄りくさい笑いを浮かべるだけであった。

車両の波はあっと言う間に引いていった。そのあと土埃もまだおさまりきらぬうち、機関銃を搭載した装甲車が一台だけ、銃口を後方に向け、がたがたと揺れながら先行の一団より遅い速度で監視哨の前を通過した。通り過ぎたと思うとすぐにブレーキをかけて停止する。砲塔から革の顎紐を締めた鉄兜が現われ、メガホンのように両手を口に当てると、あっけにとられた様子で監視哨のほうへ向かって叫んだ。

「おまえたちそんなとこで虚勢を張ってるんじゃやない。十分もしたらドイツ野郎がやって来るんだぞ」

装甲車はギアを入れた。グランジュは部下のほうを振り返る。部下たちの顔が血の気を失って灰色に見えた。突然背後からがんと一発襟首を張られたような思いであった。装甲車の男の声に向かって、彼は無意識のうちに手を上げた。「いま何時だろう」茫然として考えてみる。「十一時ごろかな」この日はじめてグランジュは腕時計に眼をやった。午後の四時である。森の向こうでかちっと信管のとぶ音がして、ムーズ川の橋梁が次々と爆破されていった。

彼らは一跳びにトーチカへ駆けもどるとがちゃりと防弾扉を閉めた。しばらくは恐慌状態である。指は震えながら神経質に、腰掛けた木箱の締め金に触れていた。脂を塗った鋼鉄の締め金のかちかちという音が一瞬やむと、熱いスープを吹いて冷ますような長い吐息が聞こえるだけだった。グランジュは頭が少しぼっとなり眼がひりひりと痛んだ。だが同時に辛辣な笑いが脇腹のあたりからいらいらと皮肉にこみあげてくる。それがかえって気持を引き立てた。
「まさに『滑稽な兵士』(訳注—兵隊物軽喜劇)中の人物だな」一人つぶやくように言う。「それもいいや」すると急に暗い喜びで思わず薄笑いが浮かんだ。食肉運搬車も一緒とはな。やつらこれからここでおれが何をすればいいと思っているのだろう。グランジュは毅然とした態度を示したかった……。銃火の洗礼を受けたことのない部下三人と一緒にだ……。道路の予定地はまだ爆破されてもいないのに。なぜか知らず爆破予定地のことがとりわけ腹立たしくなってくる。グランジュは執務室から運び出しておいた古い書類を足で蹴りつけた。足の一撃で鬱憤を晴らすのだ。「ばかなやつら、どうしようもないばかども」うんざりしはてた後の寛大な公平さでそう思う。何を頭に置いてのことか自分でもあまり判然とはしていなかった。愚かな許しこそがむしろ世界の真の訴えをはねつけることにつながり、全体として世界を混沌へと突きもどすことになるのだ。

武器の整備がすむと、グルキュフが自分の水筒の水をみんなのコップに注いだ。グランジュはタバコに火をつけ、消えているエルヴーエの吸いさしのほうへとそれを近づけた。相手の口が一生懸命すぱすぱと煙をむさぼって吸うのがたがいに感じられた。そのあとトーチカの一隅に積んであった土嚢を使い、なんとか銃眼の隙間をふさいだ。急に内部が暗くなった。森のざわめきももはや聞こえてこない。ただ一筋、白っぽい光線だけが室の奥まで荒々しく入りこんでいた。トーチカ全体が地中に重く沈んでゆくような感じがする。グランジュが扉をまた大きく開け放った。不安より暗闇のほうがむしろ息苦しくなったのである。森の小鳥のさえずりがふたたび耳に入ってきた。

「やって来るのを見る暇ぐらいはあるだろう」突然の明るさに眼をしばたたきながらグランジュが言った。戸口から入ってくる静かな森のざわめきに一瞬みんなが耳を澄ます。すがすがしい空気の流れは顔に快く、ざわめきは耳に快かった。

「何も聞こえませんな」言いながらエルヴーエが首を振る。「まったくなんにも」

光が少し黄ばみかけている。戸口の四角い空間から見えるのは下草ばかりである。こちらの側では、下草がトーチカにはりつかんばかり近くにある。露に濡れて乱れ茂り、やさしい光をたたえていた。

「ワラビだ。あれはワラビだぞ」とグランジュは思った。はじめてワラビを見るような気がする。それをワラビと見てとれたことが妙に嬉しかった。まるで動物をその名前で呼んだときのような気持である。晴れ間よりさらに温かい感じで戸口から入りこんでくる静寂に、またしてもみんないつまでもじっと耳を傾ける。

「撤収しなければなるまいが」決断のつかない戸惑いを覚えながらグランジュは思う。「命令を待っていたらどうなる……。おれを収容するはずだった戦車隊はどうやら命令を忘れてしまったらしい。そうにちがいない」だが彼はここを立ち去りたくなかった。陽光燦々と降り注ぐここの静寂は捨てがたいのだ。汗まみれの疲れきった兵隊がごったがえすモリヤルメの情景が思い浮かぶ。機械の類が陰鬱な軋みの音をあげているにちがいない。それを考えただけでも胸が悪くなった。しかもいまや不安の霧も少し晴れ、心和ませる快活な思いが湧きはじめている。電話線が切れているのは幸運——なんと言ってもやはりほんとうに幸運なことであった。

「要するに、事はきわめて明瞭だ」突然気も軽くなってグランジュは迷いに決着をつけた。「命令はない。彼らがなんとか命令出してくれるのを期待しよう。だが現実の問題として命令は出ていない。したがって撤退もない」

われとみずからさらに完全に気持を落ち着かせようと、いささか申しわけめいた考えもつけ加えた——

「それに何も命令が来なければ、グルキュフをモリヤルメまで使いに出したっていい」

ふたたび腕時計を覗いてみた。五時に近い。兵隊たちは一人また一人トーチカの外へ脱け出し、温まったコンクリートに寄りかかって日を浴びている。午後の終わりの空気はたいへん温かかった。闌けた、果汁のような光が早くも道の上に影を這わせている。

「戦車隊のやつら、おれたちのことなんか気に留めてもいやしねえ」エルヴーエはペッと地面に唾を吐いた。

グランジュは風に向かって何歩か道を歩いた。モリヤルメのほうにもベルギー領のほうにも、林道にはまったく人影がない。ただ一歩宿舎から外へ出ると、まるで静寂圏から脱け出たようだった。ずっと遠くはあるけれども、突然きわめてはっきりと砲声の重い轟きが耳に響きはじめるのである。それは彼らの背後、やや北寄りの谷間のほうから聞こえてくる。ベルギー領のほうは魔法にでもかかったようにひそまりかえっていた。一段一段灰色斑(まだら)の波を打ちながら地平まで続いている森を、見渡すかぎり日の光が災厄を思わせる黄色に染め上げている。グランジュは手を振って宿舎のほうへ合図した。四人の男は道の中央に集まり、ゆっくりと首を回して、匂いで獣の塒(ねぐら)を探す猟人のように音の方角を長いこと耳で探った。

「ムーズ川のほうです」ようやくエルヴーエが口を開いた。事実を突きとめたといった調子である。「ブローの方角です」

またもや不安がもどってきた。それはもはや先刻彼らに宿舎の内壁にぴったり身をはりつけさせた熱く荒々しい動物の息吹のような恐慌ではない。魅惑を含むと言ってもいいほどのいささかふしぎな恐怖感で、グランジュの心にはそれが幼年期のなか、妖精物語の記憶の底から湧き上がってくる。夕暮れの森に迷った子供の恐怖、七里の道をひとまたぎする靴の恐るべき踵(かかと)の下で、遠く柏の幹が踏みつぶされる音を聞いている子供の恐怖なのだ。

彼らはそのままじっと時を待ちはじめた。一度聞きとってしまうとどこへ行っても砲声が耳から消えることはなかった。もはや砲声の轟きしかない。この大地の一角の生きとし生けるもののことごとくがその目覚めている唯一の地帯へ向かって逃げ去り走り去ってでもゆくようだ。道路の上に開けている空間はあちこちで森の木立ちにさえぎられ、わずかに立ち昇る硝煙も眼には隠されていた。グランジュは指でしばらく耳をふさいでみた。すると宿舎から表の道までの通路はすべてさながら快い春の息吹の流れである。流れは早くも金色の靄のなかをはるかに遠い青霞のほうへとえも言えぬ心地良さで温かく去ってゆく。時がたつにつれ、グランジュは現実離れした安全感が自分の内部にひろがってゆくのを感じた。奇妙なことにその安全感は、戦闘という巨人の足が自分たちの上をまたぎ越して行ったことから生まれていたのである。空気が気持よく冷えてきた。夕べの森の木々をかすめてさす落日の光はいかにも豊饒(ほうじょう)で異様なばかりの美しさ、そこに身を浸しそこに身を沈めたいという願望が突然抗いがたく胸に湧いた。

「かまやしない」かつて知らぬ混沌とした歓喜の情を覚えながらそう思った。「橋は切断されてしまった。ここにいるのはおれだけ。おれはしたいことをするのだ」

グランジュはタバコに火をつけると、ポケットに手を突っ込んで道の中央を歩きだした。「そのままそこにいろよ。いま見てくるから」トーチカに向かって叫んだ。砲声は弱まりだしている。音のやんでいる時間も長くなったようだ。その間は柏の森で鳥どもの騒ぐ声も聞こえてくる。「ムーズ川の東側には、おそらくフランス人はもう一人もいないだろう」歩くみちみち考えてみる。「何が起こっているかわかりはしない。もしかしたらもうなにごともないんじゃないか」間違いのないところと自分に思われるそうした考えが浮かぶと、ひそかな興奮に心臓は波打ってきた。自分の心が破局の水面に軽々と漂うように感じられる。「おそらくもうなにごとも起こりはしない」大地が大洪水のあとのように美しく汚れないものに映ってくる。二羽のカササギが妖精物語の小鳥のように眼の前の道端に並んでとまり、長い尾を丹念に草の上でなでつけていた。「こんなふうにしてどこまで歩いて行けるだろう」茫然としながらまたそんなことを考えてみる。眼が痛いほど強く眼窩に押しつけられているような気がした。この世界には人知れぬ《空隙》や地下水脈があるのにちがいない。いったんそこへ身を滑り込ませさえすればいいのだ。グランジュはときどき立ち止まっては耳を澄ました。何分ものあいだずっとなんにも聞こえてこなかった。物憂げに肩を一揺すりして人間どもを振り落としてしまうと、世界はふたたび眠り入ってしまったようだ。「もしかしたらおれは《向こう側》の世界にいるのかもしれない」純一な喜びに身を震わせながらグランジュはそう思った。自分の内部がかつてこれほど矛盾なく融け合う思いを抱いたことはない。細く口笛を鳴らしながら鉄兜を脱いだ。手提げ籠を下げるように、顎紐をつかんで鉄兜を体のわきに揺らして行く。ときどき蓋を開いておいたケースのなかに手を入れて拳銃の銃床に触れてみた。危険を覚える気持はすでに跡形もなく消えていたが、武器にさわる感触が指にさわやかだったのである。自分だけでやっていける、すべてを身につけて持っている、突然生まれてきたそういう奇妙な感情を彼は鋭く研ぎすましていた。「ステッキ片手に、か……」浮き浮きするような思いでヴァランのことを考える。次いで新緑の香りとともにモーナの思い出が頭をよぎった。以前ヴァランが彼なりの流儀で何を見抜いていたか、モーナがみずからは知らず彼の生のなかに何を解き放ったのかわかるような気がしてくる。一つ一つ束縛を断ち切ってゆきたいということの欲求、積み荷をほうり出してゆく思い、心弾ませるこの深い軽快感、「一切放下」の感情にほかならなかったのだ。「おれはいつも腐った糸で縛られていた」そう思いかすかに喉の奥で笑った。ときどき路上の小石を蹴り立てる。「森は……おれは森のなかにいる」それ以上詳しく言うことはできなかった。より美しい光を受け入れるために思考のほうは眠りこんでしまうのだ。歩いているだけで十分だった。進むにつれて世界は浅い川瀬のように静かに開かれてゆく。「ドイツ兵なんかいやしねえ」急に声に出して言いながらうなずくように首を振る。人差し指を眼の前に突き出し、意識して酔漢のような酩酊の声だ。事実、いささか酔っ払っているようにも感じられる。ただしあらゆる《座標軸》が突然いっせいに身内を貫くゆえに蹣跚とよろめいているのだ。要するにいま、立法者であり審判者であり、不死身でありあらゆるものから自由な身であるのだから。

「道路爆破予定地」のそばを過ぎてさらに国境のほうへ道を続ける。道が下りになったので、監視哨は視界から隠れた。砲撃はやんでいる。あたりはひそまりかえっていた。こちらの斜面では森の木立ちが高く伸びているため、木の影がすでに道を覆っている。だが大木の樹林を越えた向こうでは、道はなお日に輝いて続いていた。やさしく遠景のなかに退きながら、この世の何にも増して人の心を誘う姿である。轍（わだち）のあいだには草が一筋の帯をなして道の中央部にはびこっている。周囲の森がいっそう狭く頭上にかぶさってくるように思われた。夜の夢よりさらに自在に開かれた、掟もない危険なこの土地、そこに吹き起こる未知の風にグランジュは肩先を突きのめされて歩いているような気がした。

「進んで行くしかないだろう……」承諾のしるしのようにちょっと手を上げ、重い頭でそう考える。視線はふたたび道の遠景に吸いこまれていた。今度は遠くで小さな影がつと動き、すぐに消えたように思った。人かそれとも動物か、人目を憚るようにさっと跳ねて雑木林のなかに隠れたのである。

グランジュは拳銃をかまえて進んだ。恐怖のあまり気力も失せたのであろう、男はさっき隠れた場所より遠くへ逃げてはいなかった。道端近く、トネリコの幹に身をすり寄せるようにして顎を膝に埋めてしゃがみこんでいた。体半分を隠している木の幹の向こう側から、首をすこし傾（かし）げてこちらを観察している。逃げ出すかまえすら見せず、リスのように透きとおった熱っぽい眼差しをじっとグランジュに注いでいた。瞼もないように見えるその丸く赤い眼にはありありと恐怖の色が浮かんでいる。身の軽いごく小柄な男のように見え、身を隠している幹の後ろから片手でつまみ出せそうな感じであった。

顔つきからすれば浮浪者か密猟人といったところである。ピカルディ地方の甜菜（てんさい）畑から甜菜畑へと渡り歩くフランドルの日雇い労働者とも思われた。ズックのカバン、継ぎの当たった上着、鋲（びょう）を打った古い編上靴などを見れば、いずれにせよ長途の旅もいっこう苦にはならない人間であるらしい。軍隊の潰走に伴って、こうしたしがない渡世の人間たちもみんな塒（ねぐら）から追い立てられ、彼らは格別悲劇めいた思い入れもなく、たとえば雨に誘われ出るカタツムリのように、野天に散らばって行くのであろう。フランス軍の軍服を眼にしてもそのベルギー男は安心しきりはしなかった。明らかにこの男にあっては、敵兵に対する恐怖も、さらに古くから持っている警官への恐れとまじり合っているにすぎない。霧のなかからでも湧き出たように生き残ってここにいるいささか不審なこの男の存在も、グランジュにとって不愉快ではなかった。ただこのとき泣き言を聞いてやる気持はなかったけれども。

男は昨日の朝、マルシュ近傍の自分の村を逃げ出して来たということであった。ドイツ機甲師団の一部が早朝から村に砲火を浴びせたのだという。

「速射砲でさぁ」喉はからからに渇いているらしい。喉仏が上がったり下がったりしていた。そういうすさまじい兵器の使用されるのを見て息も止まる思いだったのであろう。だがそのほかのことはどうやってここまで逃げのびて来たのかも定かでなかった。そのような職業的な口の堅さから察して、この男だけが知っている獲物の多い間道――鶏の羽などを目印にした国境越えの道のあるらしいことがわかった。どうやら一人として出会う人間もなくやって来たらしい。

「ふしぎなもんだな」唖然としてグランジュは思った。周囲にひろがっている不可解な空っぽの世界に触れて気持が興奮してくる。グランジュはその興奮に身をゆだねた。好んでみずからそうしていることははっきりと自覚にある。かつて知らぬ異常事に思いを寄り添わせることによって不安と闘っていたのである。

二人はかなり落ち着いて話し合いながら監視哨のほうへ引き返した。日はすっかり沈んでいる。夕闇がすでに木々の陰にたちこめていた。グランジュはそのベルギー男をもはや手放したくなかった。宿と食事を提供しようとだしぬけに言いだしたりした。「このあたりはまことに穏やかだからな」次第にからかいを離れた率直さになっている。「ありがたいことにこれぞといって不足なものもないし。それに日も暮れるから」道々グランジュはベルギー人を相手に屈託なく楽天的で、多少とも常識を無視するような話を口にした。彼の言うところに従えば、戦争というものは良いときもあればときに利あらずという場合もある。だがいずれにせよ肝心なのは「自然に任せたり積極的に出たり」するすべを心得ることだ。ともあれここらへんではみんな上機嫌でいる。「時代遅れの軍隊にショックを与えるにはもっとすごいことが必要だよ」しまいにグランジュは眼配せをして男の腕をつかみながら耳もとでささやくように言った。ベルギー人は奇妙な顔をしてこっそりうかがうようにグランジュを見はじめる。暗さを増してゆく夕闇のなかを歩きながら、うっかり鉄砲など撃ちかけてこないよう、グランジュは監視哨のほうへハンカチを振った。遠くから六つの瞳が、船のマストで海をみつめる眼よりもっと鋭く見張っているありさまを想像し、心強い思いがした。「おれはまさに獲物を持って帰るのだ。だがそれは鳩でも鳥でもない」あたりの闇は地面すら見えぬほど暗くなりはじめている。ときどきグランジュは連れの男のほうに眼をやった。男は格別何を問いかけるでもなく、かたわらに異常に軽い足どりで、歩くというより漂ってでもいるように見える。ほとんど人間とも思われぬ、むしろ地上にたちこめた薄闇のなかを飛びまわるおどけたコウモリかなんぞのように感じられた。そういう存在がグランジュの心を和ませた。この世界にはもはや沼地に飛び交う狐火のような、軽々とした死せる霊魂しか住んでいないように思われる。「解決を要する問題」はもう終わってしまったのだ。日もすっかり暮れてしまったではないか。「たしかにもうずいぶん遅い」穏やかな気分でグランジュはそう思った。

「ものの文目もわかたぬときか……。でもそんなに悪い時刻じゃない。人が思うよりよくものが見えるじゃないか」

帰り着いてみると、トーチカの連中はそれほどいらだってもいなかった。それより腹をすかせているらしい。グルキュフはすでに相当酩酊の様子と見受けられた。木々の下に漂っている名残のほの明かりを頼りに一同は夕食をとろうとした。一本脚の欠けた樅材の卓と二、三脚の椅子は、宿舎内の引っ越し騒ぎの際にも消滅を免れたしろものである。彼らはそれを藪のなかから拾い出してトーチカの陰に引きずって来た。そこでは木の茂みが道路脇の狭い芝生に暗い影を投げている。森の静かさは不気味なほど、砲声の轟きもすでにやんで久しかった。一同の頭上にかぶさる葉の茂みは次第に暗くなりまさってゆく。だが右手のほう、敷きつめた砂利が消えかかる薄明かりのなかに沈んでまだはっきりと眼に映る道路のあたりから、砂利の色と同じ灰色のふしぎな光が静かに滲み出ている。すっかり暗くなったとき、彼らは卓の上に空き瓶を二本並べてその上にロウソクを立てた。闇はひっそりと静かだったので、細い煙の糸は炎の上の枝のほうへとまっすぐに昇ってゆく。下から光を受けた葉叢がぼんやりと闇のなかに浮き出ていた。道の上には北国の白夜にも似た灰白の微光の名残がまだ漂っている。そこそこに食事をすませたあとも、彼らは空になったコップを前に置いたまましばらくタバコをふかしていた。空気が冷えてくる。ただ一人ベルギー人だけは皿をなめるようにして食い続けている。ときおり周囲の沈黙にふと驚いて顔を上げ、足蹴にされるのを警戒する畑荒らしの犬のように横目づかいにみんなのほうをうかがいはするものの、口のほうはそれとかかわりなく忙しげに動いていた。この森のなかにはもはやムーズ川まで人家の明かりは一つもないのだとグランジュは思ってみる。消えかかった一本のロウソクにライターで火をつけた。小さなオリーブ色の炎がふたたび燃えたち、黒い芯のまわりに膨らむ。この光は街道の遠くからでも見えるだろうとグランジュは思った。真暗にしておいたほうが安全にちがいない。もはやだれを待っているわけでもないのだから。だが彼はそれを消してしまいたくなかった。炎の光で闇から浮かび出るのは帽子もかぶらぬ四つの顔だけとなり、細長く黒い影がそこに揺れ動いている。カーテンが風にはためいている廊下を大急ぎで歩いているときのようだ。そういう顔を見ているのがグランジュは楽しかった。「かまうものか……」いまやどうでもいいという気持になってそう思った。大波のうねりが大地を洗い、自分たちを置き去りにして遠く去って行ったことをグランジュは知っている。だが彼が感じたのは音もなく体の下を走り抜けていた滑らかな波の背と、わが身の軽やかさから生まれた突然の陶酔だけであった。波の去ったあとでは禁断の園のような静寂のなかにいささか茫然とした思いで座礁していたのである。顳顬（こめかみ）のあたりにむかつきのようなものが感じられたがそれは快美の感覚のようでもあった。

「おれはもうどこの所属でもない」そう思い二、三度瞼をしばたたく。ポケットに手を入れてモーナの家の鍵を探った。森の上に蒼白い大きな月が静かに昇ってくるのをじっとみつめた。斜めの光に照らされる道の上に、粗い砕石の砂利が一面に鋭角の影を刻み、急流の川床めいた様子を帯びてくる。この急流の辺、大地の深い騒擾の中心にすわっていることがなによりも重要なことであるように思われた。あまりにも足に冷たく思われる砂浜を海に向かって走って行くときのよう、腹のあたりに不快な刺激がはっきりと感じられる。死に対する恐怖であることが自分でもわかった。だが彼の内部の一部はその身を離れて軽々とした夜の闇のなかに浮遊している。箱船が水に浮きはじめたときそれに乗っていた人たちが感じたでもあろう感覚、グランジュが感じていたものも幾分かそれに似ていた。

午前三時近く、グランジュは見張りの番に就いた。夜明けごろが危険と思っていたし、それまでに時間の余裕を持っていたいと思ったのである。トーチカの扉は少し開いたままにしてあった。したがってそちらの側には、暗いコンクリートの壁面に裂け目ができ、灰白に塗りこめたような夜の薄闇がのぞいていた。グルキュフとオリヴォンが藁布団の上に並んで眠っている。地下壕の揚げ蓋が開いている隅では、すでに横になっているエルヴーエのタバコの火が床面近くで赤くなっていた。闇のなかの見えない指が一定の間を置いて軽くタバコの灰を落としている。その様子にグランジュはいらだった。自分の特権を盗まれたような気がする。自分のそば、暗闇のなかで人が物思いにふけるというのがいやだったのである。かんかんに凍てついた駅に夜行列車が停車しているときにも似た静かさであった。ひどく寒い。重い扉を肩で押すと扉は音もなく回り、洗うようにさわやかな霧の味が喉の奥に感じられた。この重く澱んだ水気に浸った夜は、じっと動くともなく朝に向かって静かに腐れてゆく。グランジュは弾薬箱の上に置いてある魔法瓶の栓を抜いて熱いコーヒーを少し注いだ。懐中電燈の光が砲架に寄せかけて立ててある対戦車砲弾のきらきらした弾体をとらえる。一籠分の酒瓶が空になって並んでいるようだ。グランジュは懐中電燈の光束を低い天井へ、そして埃の上や湿気の滲んだ壁面へとしばらくあちこちさせた。下草から流れ出る冷たい霧が懐中電燈の弱々しい光の上に玉を作った。舌を動かすと口のなかで黴くさい味がする。「変な小屋だ」うんざりしてそう思う。そして吐き気を覚えはじめたときのように眼や口をしかめた。胸がむかつく。沈殿した泥のような甘ったるい酒の粕が身内にぴちゃぴちゃと動いているのが感じられた。士気の低下を如実に示す現象にほかならない。グランジュは懐中電燈を消した。たちまち不安は少し薄らぐ。深い積雪が融けずに残るようにトーチカをめぐる夜がまだ続いていることが感じでわかる。それにしても暗闇の寒さには歯ががちがちと震えてやまない。温かい藁布団のなかにグルキュフと肩を寄せ合ってもぐりこんでいたいという激しい願望が突然胸に湧いた。「どうなることか」つぶやくと手探りして木箱の上に腰を下ろした。頭のなかへ、きらきらとした軟らかい波型模様の光沢が幾種類も入りこんでくるような感じがする。「深呼吸でもしなければ……二度、いや三度だ」白痴がするような確信ありげな深刻な表情でうなずきながらそう思い、実際に深呼吸を始めた。だがまた別の新たな不安が頭のなかを駆けめぐりだす。「十二キロ」ムーズ川まで退路は十二キロだ……。グランジュは突然船の横揺れのあおりを食ったように狼狽した。「いや、そんなことはなかったはずだ」グランジュは昨日の出来事を一つ一つことこまかく頭に浮かべてみた。きっとどこかに記憶の欠落があるにちがいない。命令を誤って理解したか書類を紛失したか、「そうなると軍法会議ものだな」まるで裸のまま立ってでもいるように体が震えてくる。「結構なことになったぜ」泣きたかった、どこかへ行ってしまいたかった。だが事はそれほど簡単でないこともわかっている。心の底には乾いた非情な寒風が激しく吹いていた。冬の初め、路上に枯れ葉を舞い立たせる風にも似たその音にグランジュはじっと聞き入った。

彼は懐中電燈をまたともしトーチカの内部をすばやく点検した。すべて整っているように見える。砲は夜の目印に向けて照準が合わされていた。軽機関銃のそばには、小箱の上に三十本ばかり装塡した弾帯が重なっている。コンクリートの一隅に、まるで手押し車からぶちまけたように弾薬筒が山をなしてきらきらと光っていた。最後にもう一度、退避壕を調べておこうという気持になった。音をたてないようにして揚げ蓋をはずす。土の階段は硬かった。木箱の板が土の押さえにしてあるが、板の端が土の部分よりせり出しているため、踵がそこに引っかかった。この小さな階段を降りると、木組みの枠を取りつけた小綺麗な短い廊に入る。二十メートルほど先で勾配が始まり、この坂が屋外へと通じているのだ。そして木の枝で偽装を施した壕の出口から木立ちのなかへと抜けている。グランジュはそこに積まれた丸太の山にちょっと腰を下ろした。兵隊たちの圧迫的な寝息につきまとわれることがなくなって空気が軽やかに感じられる。湿った空気が背後の地下壕からかすかに流れ出してさわやかな木の香りを運んできた。闇のなかでまだものの形は定かでなかったが、夜空は少しずつ乳白色を帯びてゆく。グランジュはトーチカの扉に錠を掛けに行き、もどって来ると壕の入口で張り番に立った。夜明けのこの時間一人だけでいたいという気持があった。「二十分もしたらオリヴォンを起こさなければなるまい」喜びもなくそう思う。「一人でも多すぎることはないだろう。ドイツ軍はたぶん朝早くやって来る」だが戦闘の図を思い描こうとしてもさっぱり気持にはまってこない。むしろ静かな修道院のなかにでもいるような気がするのである。白いベールが滑るように動き、艶消しガラスの幻めいた靄のなかに目覚めてゆく修道院。グランジュはいま、森深く隠れた巣穴の入口にうずくまり、夜明けの光が少しずつ闇を白ませてゆくのを見ている一人の男にすぎなかった。ただ単にそこにいるというだけのことが、なぜそれほど重大なことに思われるのかふたたび訝しくなる。「戦争とおれといったい何の関係がある」そう思い一瞬奇妙な放心状態におちこんでゆくのを感じた。「問題はそういうことではない」頭のなかにさわやかな朝のざわめきが生じて、もはやそれを止めるものはなかった。耳底にあった音、何か判別しがたい軋みの音が突然——というのはそれほどずっと聞こえ続けていたのだ——彼の生をもつらせるのをやめたとでもいうよう。「あの音がしはじめたのは昨日だ、ポケットに手をつっこんで道のまんなかを歩きだしたときだった。間もなくドイツ軍はやって来るだろう。しかし実際問題としておれがここにいるのはだれのためでもありはしない。人が纜(ともづな)を解いてふたたび新しい海に乗り出して行くとき、こんなにわずかなものしか必要でないなどとだれが考えたことがあろう」刺すような寒気に、グランジュは外套の襟をかき合わせた。木の枝から降り落ちる露の滴が首筋をぬらしはじめたのである。「結局のところ、状況は疑う余地もなく暗いのだけれど」面白くないといったように、唇をとがらせながらグランジュはつぶやいた。自分の運命の終末が霧の幕の向こうへ急速に近づいていること、森の静寂が刻々と危険をはらみつつあることがわかる。恐怖はずっと抱き続けたままだ。ただし万が一部隊が坂を登って現われてきたら、もしも援軍が救助にやって来るようなことがあったとしたら、自分の所有を犯されるように彼は感じたことであろう。

グランジュは壕から外へ出た。そして木の枝に打たれないよう背を曲げながら、道の辺(ほとり)まで何歩か歩いた。下草の闇が次第に色あせてゆく。眼の前にのびている林道が、森のあいだに銀河のようなほの白い空をのぞかせていた。それは道を明るませるというほどではなく、それ自体木々の梢のあいだに浮かんでいるように見える。道のまんなかに立つと周囲の静寂は下草のあたりの静かさよりもじんと耳にまといつく。まるで底なしの不在、厳粛なばかりの無の上に垂れこめた静寂ででもあるようだ。進路を見失った部隊がいつの間にかどうして大砲のあるほうへ向かって進んでしまうのかグランジュにはわかるような気がした。戦場にあるこうした空白が耳の故障のように精神の平衡を狂わすのだ。情報を絶たれた世界は繋縛を失って、耳しい盲(めし)いたままやわらかな藻(サルガッス)の海の深みに沈んでゆくのである。

「ムーズ川」突然ふとグランジュは考える。「ムーズ川に何が起こっているのだろう。いまごろドイツ軍はきっとモリヤルメより先へ行ってしまっている」戦争が勢いに乗り、潰走するあの機動部隊の狂気のようなすさまじさで続いている姿が想像される。「ここは孤島のようになっているのかもしれない。もしかしたら戦争は終わっているのだ」考えうるあらゆる事態が一時にしかし静かに頭に浮かんでくる。自分とはほとんどなんのかかわりもないことのように感じられた。タバコから立ち昇る黄ばんだ煙の筋を眼に追っていると、ふうわりとして清らかな霧といまでは区別がつきはじめている。「夜が明ける」かすかに喜びを覚えながらそう思った。白糸と黒糸の見分けがつきはじめたら、それが軍人にとって一日の始まりなのだということを思い出した。人の背丈のあたりまでは、大地もまだ重油のような緑がかった闇のなかに沈んでいる。だが木々の先端はすでにもっと明るい空に浮き出ていた。何歩か離れたところに一際黒く濃密な闇があってそれは宿舎の形をしていた。あたりは静まりかえって物音一つない。静寂と胸に沁み入る寒気がいま明けてゆく曙に奇妙に荘厳な色合いを添えている。大地に滲みてゆくのは日の光ではなく、むしろこの世のものならぬ純粋な期待、わずかに開かれた眼から投げられる視線である。理解可能なある意味が漠としてそこに漂っていた。「家だ」とはじめてそれを見たかのようにグランジュは思う。「道路に面して窓は一つだけ。きっとあそこからなにごとか起こってくるにちがいない」

「もう五時近いだろう」腕時計をのぞく前からグランジュはそう思った。柏の木立ちの影が道幅いっぱいに落ちている。終わろうとする一日の最初の冷気はまだコンクリートのなかまで滲みこんではこない。ここは依然として黴くさい湿気のなかに浸っている。だが昼の明るみは薄れ、いましも暮れ果てるのをためらっているかに見えた。銃眼から覗いてみると、人影のない道の展望が眼に映る。砕石を敷きつめてざらつく帯状の上にはすでに前にも増して影が伸びている。静寂が森の上にもどってきた。ときどきたゆげな風が森を渡り、木々の枝がざわざわと鳴る。

「レールを取り払った軌道敷と言ったところだ」とグランジュは思う。「おれたちは幹線から切り離されてしまったわけだ……」

自分のほうから身を売りに行くお尋ね者のことを彼は思い出した。彼らは飢えよりも激しい内心の欲求から隠れ家を出て新聞を買いに行くという。部下の兵隊たちは何時間も前からまるで檻のなかの獣のようにトーチカ内をうろうろと歩きまわっていた。

「かわって指揮をとってくれ」グランジュは双眼鏡の革紐を渡しながらオリヴォンに言った。「おれがもどって来るまでだれも外へ出てはいかんぞ。ウーシュのほうをちょっと見て来るから」

トーチカの外へ出ると軽やかに騒立つ風が頰に触れた。この風も狭い銃眼をとおしてトーチカのなかへ入っては来ないのだ。両側からさし交わす木の枝の下に少し背をかがめて芝草と厚い苔に覆われた道をグランジュは歩いた。枯れ枝を踏みつける音など立てないように気をつけながら歩を速める。日を浴びた午後の戸外は、トーチカのなかから想像していたように眠りこんでなどいなかった。それどころではない。北へ向かう小道が低い尾根をまたぐあたり、その尾根を越えて伝わってくる遠い物音に森全体がじっと耳をそばだてていた。地面は苔に覆われているが、それでも間を置いて鈍い地響きを伝えてくる。グランジュは十メートルごとに後ろを振り返り、しんとした木立ちの奥へ警戒するような眼差しを投げた。光と影そして静寂とから成るこの島が自分の周辺であたかもマンチニールの木陰のように危険をはらんできていたのだ。

「せめて見通しさえ利いてくれたら」と思う。森に囲まれて周囲を限定されたこの孤独さに突然ぞっとなった。遮蔽幕のようなこの枝の茂みを引き裂くことができたら、周辺に火のつきはじめたこの緑の檻の柵を引き開けることさえできたら、生命が一年縮まってもかまわないほどの思いだった。

　ウーシュのほうへ下り坂になる前、道は百メートルほどビュッテにつながる台地の頂をたどる。周囲は樅の若木の林で、ここへ来ると森にも一瞬すっきりと風が通った。地平線はまだ枝のかげに隠れているが、かなり強いしかもすでに冷えびえとした北風が頂を薙いで物音を運んでくる。

場所は日に照らされているにもかかわらず暗くわびしかった。一本の樅の木の根方で、苔むした石の水槽から水が滴っている。こうした水槽がシェイクスピアの雅（みやび）な森の名残のようにそのあたりあちこちに存在し、「屋根地帯」にいっそう悲しみの色濃い野趣を添えていた。台地の上まで来ると、樅の林を抜ける風が一面車両の走っているような音を顔いっぱいに吹きつけてきた。激しい凹凸の道に絶え間なく揺れる重い車両が大地を打つ音。東北の地平一帯に大穴を穿（うが）ちはすまいかと思われるほどだ。

「思ったよりトーチカから遠くない」とグランジュは思う。「それどころかまるで……」

異様な惑乱を覚えながらグランジュは耳をそばだてた。この茂り合う木々の陰にいても向こう側の開けた空間、北に向かってひろがるひろい台地の斜面が感じられる。そのため戦闘の場面にはじめて全景的な視野が思い浮かべられた。危険の感覚や孤独に対する恐怖、そうしたものは新たな段階の感情のなかに薄れてゆく。大地の王国はいま天の業火にさらされているのだ。それをどう思うかなどたいした問題ではない。ただ、この重い海鳴りの轟き、大波に打たれて断崖の崩れてゆく音のなかに、耳を澄ますとそれとは別にもっと近い物音が聞こえてくる。ウーシュへ行く道と同じ高さを斜めに森に打ち当たっている。絶え間ないエンジンの爆音だ。間を置いて大きく高まってくる。グランジュの背後にも激しい地響きがした。甲高い急速な金属音、まるで凸凹の舗石の上にだれかがゆっくりと大きなブリキ板でも引きずっているよう――キャタピラの音だ。

「来たな」グランジュはそう思った。蒼ざめて樅の木の後ろに身を隠す。少し眩暈がした。周囲に粗末な森のオペラの背景が動くのを信じかねるような思いで眺める。置き去りにされているという強烈な感情が身を覆いすっと手足の力が抜けていった。鉄屑の流れが穏やかに眠気を誘うように切れ目なく長々と走っている。グランジュは茫然としてその流れをみつめていた。

トーチカに近づいて来る途中、グランジュは口笛を鳴らして合図した。台地の頂から下りてくると、戦車群の地響きも戦闘の音も魔法にでもかかったようにやんでいた。午後の日差しに焼かれた道路の上に、まだかすかに陽炎がもえている。十羽あまりの鳥が林道の上、いまや木の枝のあわいを通す日差しのなかで餌をあさっていた。魔法の館、神の庇護のもとにある島という思いがいつ知らずまた愚かな希望のように心に忍び入ってくる。

「たいしたことはわからない」トーチカのなかに入るとグランジュは言った。「ムーズ川地区が爆撃を受けてるようだ。ともかく夜になるまではここを動けないだろう」肩をすくめ少しせきこむようにして付け加えた。

一同はグルキュフの水筒から深刻な顔でかわるがわる水を飲みそれぞれの持ち場にもどった。オリヴォンが無言のまま空になった水筒を振って残りの滴をコンクリートの上に落とした。こいつら知っているのだとグランジュは意外な感じで思った。さもなければ察したというわけだ。おれの声で。思わず胸のつかえが少し軽くなるように感じた。

さらに三十分ほど時間が過ぎた。トーチカの内部には微妙な沈黙が生じている。じっと眼を凝らした沈黙——耳をそばだてた沈黙のようには重苦しくない——細かい針仕事に没頭している作業室のような沈黙。狭い銃眼では双眼鏡をかまえることもできないので、グランジュはエルヴーエを押しのけては対戦車砲の照準鏡にちょっと眼を当ててみた。コンクリートの薄闇のなかで、動きといえばもはやこの子供っぽい無言の肘合戦だけであった。日の光は黄ばんでいる。道路の砂利も、午後のうちは狭い銃眼をとおして瞼を焼いたが、いまや遠くを見れば眼に快く海辺の砂のようにやわらかな感じを帯びていた。夕方の色調の変化が、暗室にこもる眼の奥に次々と微妙な細やかさで刻まれてゆく。白っぽい道を横断してほっそりと弧線を描く動きが走り道端の草のなかに消えた。一匹の貂(てん)である。しばらくはまた平穏な静寂の時が続いた。それから道の鳥どもがウォータン（訳注—スカンジナビア神話の主神。狼と烏を従える）の烏のようにいっせいに飛び去った。すると静かな夕暮れのなかに響き渡るのが嬉しいとでも言いたげな無邪気な唸りが道の遠くに起こった。

「気をつけろ」グルキュフがエルヴーエに短く吠えるように言った。

唸りの本体はしかしなかなか姿を現わそうとしない。急ぐ様子もないようだ。こちらからは見えないけれども小山の陰になった向こうの斜面に近づいたとき、操縦士が速度を変えるのがはっきりと聞きとれた。するとあまりに軽快なあまりに急速なその唸りに何か予想と違うものが感じられたので、グランジュは急いでポケットに手を入れいらいらと戦車の図録を探った。

思ったよりはるか遠くに突然車両の輪郭が現われた。揺れる道路に半ばは隠れたまま細いシルエットになっている。細く脆そうな姿だ。はじめはじっと動くとも見えぬまま姿だけが大きくなってくる。やがてわずかに下降しはじめると、道路の脇のほうへ斜行して爆破予定地の溝の前でぴたりと停止した。板切れの端を嗅ぎまわる蟻のような、多少とも滑稽味の伴う困惑ぶりが見てとれる。

「田舎っぺめ」オリヴォンが小声で言ったが、そこには狼狽が感じられた。

「ばかを言うな」エルヴーエがそれをさえぎる。照準鏡に眼を当てたまま食いつくような顔でネジを回している。「緑のやつだ」

障害物を嗅ぎまわったあと、きわめて静かにボンネットが動き出し、溝を越えるときにはがくんと重たく思ったより深い揺れを見せた。乗用車ではないぞとグランジュは思う。小型トラックであった。平坦路へ出るとボンネットの傾きはもとにもどり、黒々として闘牛のように——

高く（レヴアンタード）——一種の突撃態勢で挑みかかるようにみるみる大きくなってくる。まるで鼻から熱気を吐かんばかりの勢い。いまだ、とグランジュは思った。最後のためらいが激しく腹をよじる。だがわが頬から十センチの近さで、エルヴーエの口が射撃場にでもいるように突然ゆっくりと開くのが見えた。

「撃て」グランジュは言った。

弾は発射された。衝撃の激しさに、砲身に身を寄せていたグランジュは反動で肩が砕けるほどに感じた。車体ががくんと揺れ、突然上部から色紙テープのような細長い紙束を吐き出す。次いでボンネットは右側の土手のほうへ鼻を突っこむように斜行した。少し傾斜しながらしかし転倒はせず藪に突きささった形で完全に動かなくなった。

「これでもくらえ」歯をくいしばるようにしてグルキュフがわめく。そして狭いガレージのなかでエンジンをかけたオートバイのような猛（たけ）り狂ったけたたましい音を響かせて挿弾子の弾丸の半ばを車の残骸に浴びせかけた。

双眼鏡の円型の視野のなかで、粉々になったフロントガラス内部の座席に人はいないように映る。だが雑木林から突き出た枝にさえぎられてはっきりとは見てとれなかった。前輪のタイヤが一つパンクしている。もっとも一見しただけでもはや疑問の余地はない。人間が死んだと同じように車両は死んでいるのだ。すでに乱れ茂る草と合体し一面蒼白く変わっているのはフロントガラスの細片にまみれているからであろう。蜘蛛の巣でもまとっているようだ。こうした殺戮行為はグランジュの掌をじっとりと汗ばませた。冷やりとした棒が首筋を締めつけているような感じがする。そばにはエルヴーエの上着から立ち昇る滲み出たばかりの強烈な汗の匂いがしていた。煙硝の匂いが激しく鼻をつく。月並みな表現にも嘘はなく、たしかにその匂いは陶酔を誘った。

「行って見て来い」グランジュはオリヴォンに言った。「地下壕から下草のあたりを通るんだぞ。こちらから援護する」

　弾薬を装塡し直した銃器のかげにじっと押し黙ったまま、木の枝のあいだを縫って行くオリヴォンの姿を三人は眼で追った。オリヴォンの進み方は舌打ちしたくなるほど遅い。手で押しやりたいほどの思いであった。空気は先刻より冷えてきている。道に落ちていた日差しの斑が一つ一つ消えてゆく。もどってきた静かさはビンタの音が高くひびいた後の凍りついたような静寂である。大きく冷ややかな怒りが爆発の瞬時を待ちながらどこかにすさまじい勢いで蓄積されつつあるように感じられた。

「それほど《これから殺られる》てな感じはないな」乾いた歯茎に舌をやって濡らしながらグランジュは思う。「おかしなことだ。むしろこれから罰でも食うというような感じだ」

双眼鏡を覗くとオリヴォンがトラックの後部から跳び降り、路上を走ってトーチカのほうへもどって来る。

「二人いましたぜ」息を切らしながら言った。「若いやつでさ」

彼は灰緑色の肩帯を二つ、弾倉のついた旧式大型拳銃を二丁弾薬箱の上に投げ出した。荷造り用の厚紙に似た黄灰色の板切れ状のものも何枚かある。ライ麦粉製のクネッケ（訳注―北欧のパン）だ。口に入れるとガリガリと音がして酸味のあるまずさ。粗末な食い物である。

「いや、身分証はなかったです」オリヴォンはへまでもやったように少し恥ずかしそう。

「で、積み荷は？」

「軍務登録簿です。たぶんそうですショ尉殿」困ったような様子で言う。「軍務登録簿の詰まった箱がいくつも」

彼は静かな声で続けた――

「きっと一個師団分はあるでしょう」

二人は狼狽の色を示してたがいの顔を見交わす。

「畜生！」愕然としたエルヴーエがようやくそう言った。「聖なるもの」の暗く恐ろしい幻影が兵舎の奥から森のさなかへ突然現われ出ようとしている。彼らは秘法に手を触れてしまったのだ。

その結果がどうなるかは予測しがたい。

一同は貯えの葡萄酒瓶を空け、それから各自の持ち場にもどった。雰囲気はがらりと重くなり、赤葡萄酒は胃にもたれた。火薬のいやなにおいがコンクリートの内部に冷たく澱んでいる。落日の最後の光が道の左手の雑木林を這って消えると、とたんに眺望全体が寒々と夕べの色に沈んでいった。やがてゆっくりと眼覚める雀蜂の巣のように、新たな唸りが道路の坂の登り尽きた遠くから悠長に聞こえてくる。今度は不快な戦慄が彼らの皮膚の表層を走り過ぎた。唸りの本体は眼に見えぬまま、音だけが夕べの大気を毒している。周囲の森の木立ちまでが危険を帯び敵意をはらんで突如あちこち隠れた間道をすべてうごめかしているようにすら思われる。

エンジン音は坂の頂上に達する前にやんだが、ほとんどすぐに別のエンジンの唸りがそれにとってかわった。こちらから見ると短い登り坂の陰になった向こうの道路では、ときに鋭くときに緩やかに危険な秘密会議めいた唸りの音がもはややむことがなかった。

「もしかしたらやつら、森のなかを通る迂回路を造ったかもしれんぞ。いや、きっと造ったにちがいない……」グランジュは耳をそばだて、愚かにも夢中になって唸りの音が左手のほうへ斜行しているものと思い込もうとしていた。突然重い霰（あられ）のようなものが激しくばしっとトーチカのコンクリートに打ち当たった。銃眼から外を覗いていたグランジュの眼に、一群の蛍がいきなり地面から飛び立って木々の枝のなかに散乱するのが見えた。爪を立てて必死になった猫の鳴き声のような音がそれに伴う。

「ええ、ちくしょう」オリヴォンが抑揚のない声で言った。「曳光弾です……」トーチカのなかにはふたたび鼻で息をつく牛小屋めいた激しい息づかいの音しか聞こえなかった。

「掃射してやれ」グランジュが上ずったままグルキュフにどなった。

グルキュフは首を振っている。逆光の視界に眼をやったまま軽機関銃のかたわらで躊躇しているのだ。老いぼれ馬のように惨めな姿である。

「見えんのです……」

声は不安に戦(おのの)いて子供の泣き声のようだ。

「正面の雑木林の奥だ。撃て」

だがその暇もなかった。すぐ近くに不気味な衝撃があって胸いっぱいにそれが伝わった。一つの個物が乾いた音を立てるとともにトーチカを破砕して激しく爆発し、ガラスの砕け落ちる甲高い滝のような音がそれに続いた。銃眼を遮蔽していた土嚢が一挙に崩れてぱっくりと穴があき、薄汚れた不気味な白さがトーチカの奥までひろがった。迸るようにさしこんできた光に面してグランジュが最後に眼にしたのはエルヴーエの姿である。少し蒼ざめた顔をしてまるで何者かに肩先を突かれてでもいるように、一足一足ゆっくりと奥の壁面のほうへとあとずさって行く。

「どうやら逃げ出すときが……」

ここはトーチカ内だ、とグランジュは思った。いや、外だ……。ちがう、中なのだ。煙はそれほどたちこめてはいなかった。彼は脹脛（ふくらはぎ）と腿の付け根のあたりにぶちのめすような激しい一撃を受け、パンチを食って崩れるボクサーのようにふわふわっと思わず床にへたりこんでいたのである。ひどい傷を負っているという感じはない。頭上に眼をやると喉にからみつくセメント工場めいた粉塵をとおして灰色がかったコンクリートの天井が見えた。直線をなすコンクリートの接ぎ目と接ぎ目のあいだに鶴嘴（つるはし）でも打ちこんだように円く欠落部分ができてそこは明るくなっている。頭のなかにはぽっかりと空虚感、顳顬（こめかみ）に冷や冷やとした感覚があるだけだった。失神直前の甘美とすら言っていいほどの心地である。そしてその向こう側にはすでに休息と安堵——事は終わった、一日は果てたのだという安らかな思いが待っているのだ。

グランジュは地下壕の入口のほうへグルキュフを押しやった。そして体半分ほど階段を降りたとき、振り向いてトーチカ内部に最後の一瞥を投げた。砲弾がコンクリートの内部で炸裂してから、一瞬といえども彼は慌てることはなかった。ふしぎと何かに守られているという感覚があったのである。オリヴォンとエルヴーエの死体は藁布団の上に寝かせてあった。二人の上にかぶせておいた外套はどうにも短すぎた。顔をおおい足を露出させておくのがグランジュにはなにかしら残酷な愚弄のような気がして下のほうへ外套を引っぱっておいたのである。ただ顔は見えないよう二人の体をもたせ合う形で横向きに寝かせ、顔はそれぞれコンクリートのほうへ向くようにしておいたのであった。グランジュはポケットに手を入れ、二人の手首からはずしておいた認識票に触れた。認識票が重い金属の締め金に当たって音をたてる。モーナの家の鍵だ。トーチカ内は石膏色の瓦礫の散乱状態で、ねじくれた鉄屑にいちいち足がひっかかった。舞い落ちる塵埃が早くも外套の襞に重たく積もり、ラシャの折れ目に汚れた雪のように筋を造っている。その埃がグランジュの神経に触れた。彼は地下壕の入口からふたたび這い出すと腹立たしげに外套を振るい、あらためてそれをオリヴォンとエルヴーエの顔のところまで引き上げてやった。それからは後も振り向かず地下壕のなかへ滑りこみ、揚げ蓋をばたんと頭の上に下ろしてしまった。

地下壕から脱け出ると、木陰の下草のあたりはまだ明るいように見えた。二人はグランジュの磁石で方向を見定め、西に向かって雑木林のなかへ入りこんだ。道路のほうではふたたびエンジンの音が響きだしている。二人の背後、監視哨の方角では林の木々をとおして呼び合っている大きな声が聞こえる。猟が終わった後たがいに呼び合うハンターたちのような落ち着いた安らいだ声である。二人は腰をかがめ、新緑の枝をつけて密生するしなやかな若木の林を進んで行った。枝の折れるかなり騒々しい音が航跡のように後に流れる。だが二人ともそんなことはほとんど気にもしなかった。背後の人声は次第に消えてゆく。深手を負った者あるいは獄囚などの胸に生まれる感情——社会的義務を解かれているというあの奇妙な感情が心を去らず陶酔するような気分ですらあった。ときどき息を切らして立ち止まり、立ったままグルキュフの水筒から一口ずつ水を飲んだ。突然すべての思考がひとりでにこれまでと別の斜面を滑りだしていた。戦争がまだ続いているとはいうものの、それは驟雨の名残の雨滴のように弱々しい音をたてながらすでにはるかな遠くへと移っていたのだ。

「戦争が終わったらどうする」グランジュがぼんやりと放心したまま訊ねた。

話し合う二人は機関車の連結を待つあいだ駅のホームで言葉を交わす人のよう、接続列車にせかされてたちまち別れを告げ合う人のようにたがいに心はそこになかった。

眼の前の土地が緩やかに下りはじめる。ブレーの谷間に近づいているのだ。この谷間の支流は監視哨のすぐ裏手まで行っている。このあたりの森は栗の若木の密生する林になっていた。ぴんと張った枝を手で押しわけながら進むのが次第に体にこたえてくる。グルキュフの小銃が絡み合う枝に絶えずひっかかった。そのたびごとに彼は罵りの声をあげる。ひらひらする外套の裾が茨の茂みにからみつく。銃剣の鞘と水筒が叢林のなかでがちゃがちゃと音をたて、夏場の放牧場から山を降りる羊の群れのつぶれた鈴の音のようだった。

「とても行き着けはしないだろう。それに……」グランジュはそう思った。だがほとんど無関心に近い気持でこだわりはない。

　足はふくれ上がって重くなりだしている。包帯をかえようとして立ち止まり、汚れたガーゼを雑木林のなかへ投げ捨てた。体をささえようとして踵に重みをかけると、裂くように鋭い痛みが腰のあたりまで走った。グランジュは気味悪い汗にぬれた額を手でぬぐい、冷やひやとした顳顬を感じながら長いこと眼をつぶって呼吸をととのえた。森のなかは暗くなりはじめている。光の薄れてゆく空では早くも澄んだ星が二つ三つ木の梢の先に震えていた。人の声もエンジンの音もすっかり途絶えている。夜に入ってゆく静かさのなかで、血を失った体は宙にでも漂うよう、頭は軽々としていた。二人はムーズ川に向かって歩いていた。だがムーズ川まで着くこともはやそれほど重要なことではなかった。どこであれたどり着くなどさして大切なことではなくなっている。皮膚と擦れ合う服地の感触から、グランジュは手首のあたりに発熱による軽い戦き——いまのところはまだ快いほどの戦慄を感じていた。

「止まれ」銃剣の鞘をつかんで引きとめながら、グランジュはつぶやくような声でグルキュフに言った。銃剣のがちゃつく音が神経をいらだたせていたのである。「おれは喉が渇いたよ」

　二人の水筒には赤葡萄酒しか入っていなかった。その渋い液体を口に含んだとたん、まるで鋸屑でも飲みこんだように瞬間的なむかつきが腹まで伝わった。立ち上がろうとしたが針で刺すような痛みが走って脚が撓む。ズボンをまくり上げてみると膝がはれあがって固くなり、うっすら蒼い痣が浮いている。「きっと破片が当たったのだろう、気がつかなかったけれど」グランジュはそう思った。栗の木の若枝に身をもたせて脚をまっすぐ苔の上に投げ出した。またしても冷たい汗がさっと吹き出して顳顬から腹のあたりまで流れた。バンドを緩めようと裏側から手をさしこんだが、べっとり血糊のついたバンドを全部抜き取ってしまった。腰部もまたやられていたのである。

「どうもいかん。おれを残して先へ行ってくれ」ぶっきらぼうな声で言った。

　グルキュフを見ると、両脚を開いて前につっ立ったまま水筒の栓をしめている。口を少しあけて、その困惑のさまがひどく滑稽だったため、グランジュはかすかに笑いの影が自分の顔の上に走るのを覚えたが、笑いは顔の筋肉を動かすにはいたらぬままに滑り去った。負傷という事態に直面した際の男の不器用さというものが不意に強く感じられた。といってこの場合女手をそばに望んだわけではない。

「行けよ。日が暮れるじゃないか」グランジュはじりじりして言った。

グルキュフの手に磁石を渡そうとして差し出す。グルキュフは眼の前に突っ立ったまま首をうなだれている。決心がつきかねるように靴先で苔の上の小枝を動かしていた。あたりは急速に暗さを増して、すでに顔の形もおぼろになっている。

「ここに残りたいです」ようやくそう言った顔はいまにも泣き出しそうにゆがんでいた。コーヒー茶碗の受け皿でも持つようにぎごちない手つきで磁石をつかんでいる。

「ばかを言うな。行くんだよ。ここにいたらなんにもならず捕まるだけだ。——これは命令だぞ」付け加えるようにそう言ってみたが、その調子はわれながら人真似めいてグランジュには感じられた。この戦争が細部にいたるまで、正確にこれと指摘はできぬながら何かの模倣であるような気持がまたしてもふと心をよぎる。

しばらくしてグルキュフはうなずくように首を振った。小瓶に葡萄酒をいっぱい詰めてグランジュのそばの苔の上に置く。雑嚢を傾けて新聞紙の切れ端の上に幾つかみかの堅パンを落とした。それからグランジュの体を具合よく栗の木に寄りかからせ、その足の上に自分の毛布を取り出してかぶせた。ことさらに時間を引き延ばしているのがグランジュにはわかる。することもなくなるとグルキュフは足を組んで栗の木のそばにすわりこんだ。二人はグルキュフの旧式ライターでタバコに火をつけた。あたりはすっかり暗くなっている。すでに闇のなかの光となって燃える小さな赤い火を二人は用心して鉄兜のかげに隠した。

「では少尉殿、少尉殿もそうしろということでありますから……」たがいに武運を祈って挨拶を交わしたあとグルキュフはそう言い、さらに言葉を継いで「あっちへ着いてまだだれかいましたら、またお迎えにまいります」と礼儀正しくつけ加えた。

グルキュフはのろのろとした足どりで木立ちの向こうへ遠ざかって行く。難渋しながら次第に茂みの奥へ入りこんで行くずんぐりとした人影。ときどき立ち止まってはうしろを振り返る。逃げながら振り返り自分を呼び戻す声がもはや聞こえないのにうろたえる犬のような眼差しをグルキュフがこちらのほうへ投げていることがグランジュには察しられた。

グランジュは木立ちの枝の折れる音にいつまでもじっと耳を傾けていた。音は次第に遠ざかって小さくなり、水に落ちた石塊のように森に呑みこまれてゆく。体を全然動かさずにいれば、脚にもほとんど痛みはなかった。夕闇とともに降り落ちてくる冷気もまだ寒すぎるほどではない。無意識の動作で堅パンをひとかけら齧(かじ)ってみたがすぐに吐き出してしまった。漆喰のように粉が舌にねばついてくるのだ。またしても喉の渇きを覚える。頭上には緑色がかった名残の明るみがまだ枝のあいだに消えなずんでいた。森の上には、夜になりたての時刻、夜行動物の行き来の始まる前の凝(ここ)ったような静寂が降りかかっている。いまこの時間、まだ生きているのは森だけだ。動物どもではない。ときおり木立ちのなかで日中の温(ぬく)みを貯えた木の枝が緩んで伸びる。すると柔らかく物憂げな棕櫚の葉擦れのような、雨後の庭園の音のような物音がした。

「だぁれもいない」とグランジュは思った。さまざまな追憶が頭のなかを駆けめぐる。人のいないふしぎな土地の記憶である。冬の森のなかの散策の思い出、監視哨のなかの午後の思い出。あそこで窓から見えるのは、薄日のさすなかで木の枝の先に一つまた一つと膨らんでゆく雪解けの生温かい水滴だけだった。戦争は無法に傍若無人にあそこを通り過ぎて行った——やにわに轟音が高まってきたかと思うとたちまち地平のほうへ移動して行き、平原の彼方へと消え去って行く夜の急行列車のように。地べたに寝そべると寒気が身に沁みだした。だがなんとも言えぬ安らかさが心を涵(ひた)してゆく。

「おれはここで幸福だよ……」戦争は敗けたのだと不意に考える。だがそれは静かな、他人ごとのような思いであった。「おれは動員解除されたのだ」ぼんやりとなおそんな考えが浮かんだ。ファリーズ部落がすぐ近くにあるということが突然脳裏をかすめる。内に閉じられた場所、隠棲の隠れ家という観念がふたたび心に纏いついて離れなくなった。深手を負った者はみなどこかの家を指して身を引きずって行くものだということが思い出される。モーナの家の近くには、冷たい水の出る深い井戸があったっけ。その黒々とした水の味を思うと喉の渇きはいや増した。冷たく心地よい水の感触が口に感じられるのだ。

「もう少ししたら行ってみよう」と思う。「でもいますぐはだめだ。体力を回復しなければ」

これほどきちんと筋道立ててものを考えられることに満足して、グランジュは二度三度うなずくように闇のなかで首を振った。ファリーズへ行く小道はすぐ近くを通っているはずだ。この東に当たるどこかを。だが東はどっちだろう。グルキュフに磁石をやってしまったことをグランジュは急に思い出した。一瞬狂いたつような激しい怒りに揺り上げられてもたれかかった木に体をこすりつけた。憤怒の涙が二粒三粒頬を伝って流れる。だが思念のほうは思わず知らずあらぬかたへと漂い出していた。オリヴォンとエルヴーエはたぶん勲章をもらうだろうとそんなことが頭に浮かぶ。彼らがトーチカを防衛しなかったなんて、だれにも言うことはできないはずだ、だれにも。

死後の叙勲ということだな、とグランジュは思う。死後の叙勲という言葉がひとりでに頭のなかをぐるぐる回る。言葉はいささか難解にも思われたが、絹リボンをはさんだ古い羊皮紙古文書の印璽のように堂々と威圧感を帯びて映った。ふたたび熱が兆している。ぐずぐずしていると立つこともできなくなるぞとグランジュは思った。グルキュフが置いていった小瓶の葡萄酒を少し飲み堅パンをポケットに詰め込むと、頭上にある枝を一本ナイフで切り落とし、削って杖に仕立てた。しばらく努力してやってみた揚げ句ようやく立ち上がることができた。膝を曲げさえしなければ、負傷した脚を義足のようにしてささえに使うこともできる。右手のほうかなり明るんだ夜の闇のなかに、間を置いて犬の吠え声が聞こえていた。その方角に向かって木の下道をたどりはじめると、百歩ほど歩いたところでファリーズへ行く道に抜け出た。子供じみた焦燥にせきたてられながら、暗い小道に穿（うが）たれている穴から一足一足悪い脚を引き抜くようにして進んで行った。待たれてでもいるように、モーナの家を目指して歩いていたのである。顳顬（こめかみ）が熱に脈打つのを覚えながら汗にぬれて立ち止まると、またしても雑木林の静寂に耳をそばだてる。砂山が水をとおすように自分の周囲のこの世界が人間を通過させてくれるのがふしぎであった。首筋のあたりに疲労が感じられる。グランジュは鉄兜を投げ捨てた。冷たい空気が首のまわりに快く触れてくる。「だれもいない。だれもいないんだ」ふたたびわが身の哀れさに泣きたい気持、心臓が締めつけられる思いだった。「たぶんおれは死ぬだろう」またしてもそう思った。次第に体が重く感じられてくるにつれ、思わず精神も閉塞的になっていった。いま黴菌に侵された傷のなかに進行している壊疽（えそ）のことに思いがゆく。自分の脚が黒ずんでゆくという考え、錯乱的な固定観念が突然グランジュの心をとらえた。立ち止まって地面に身を横たえると傷のあるほうの脚をズボンから引き抜こうとした。「懐中電燈を忘れてきてしまった」と不意に思う。そしてまたもや狂気じみたしかし無力な怒りが身を揺さぶるのであった。濃い闇のなかで前方へ身をかがめ、痛む腰を折るようにして眼を脚のほうへ近づけようと牛のような執拗さでやってみた。いまにも失神しそうな気持になって冷たい汗がまた額から腰のほうへと流れた。グランジュは横向きに体を倒し、赤葡萄酒とさきほど食べたわずかな堅パンをちびちびと草の上に吐いた。だが全身を横たえてじっとしているとふたたび痛みはうすれ力が体にもどってくる。安らかな思い、没条理な幸福感がまるで大地から湧き出でもするように心を涵（ひた）してくるのだ。「まるで回復期の病人みたいだな」と思う。「でも何の病気の?」そうやって彼はたっぷり一時間横になったままでいた。急いで歩き出す気持ももはやなくなっている。幾分とも明るい空を区切って穹窿（きゅうりゅう）のように半ば道におおいかぶさっている上方の木の枝にじっと眼をやっていた。自分の前には夜がいつ尽きるとも知れぬこうした長い静かな木の枝の穹窿とともにひろがっているように思われる。グランジュは自分が迷子のような気がした。まさに文字どおり人にははぐれ、あらゆる日常の軌道からはずれてしまった。もはや一人として自分を待つ者はいない、絶対に、どこにも。いまこの瞬間がこの上なく甘美に思われる。寒さが耐えがたくなりはじめると、むしろ容易に立ち上がれた。運ぶ足の下でたちまち道は硬さを増し、無人の部屋のようにこつこつとゆったりひろがる響きを闇のなかに立てる。気がつくとすでに村のなかだった。村でもこちら側では、幾棟も続く納屋の窓もない長い壁面が雑木林と隙間なくつながり合っている。モーナの家の前に通じる小路の入口に着くと、グランジュは立ち止まって最後にもう一度耳を澄ました。ここでは塀や家々の棟木の線が夜空を区切り、空はそのためいっそう深く透明に見える。かぎりなく静かだった。だがそれは森の静寂と同じではない。石の壁面の張り出し部分が夜空に添えているのは、住む人を失った静謐、内に閉じられたままのあの悲しみの色に満ちた静寂である。ただ右手のほうにだけは部落と森とのあいだにわずかに空き地が開けていて、五月若葉の泡立ち乱れる庭園が黒々とした家々に向かってやさしく息づくような風を吹き送ってくる。その風の流れが闇を押しのける星空のもとにしんまりと膨らんでゆくように思われた。ときおり村の向こう側のはずれで犬が吠えだす——とまたしても快い、最前ここへ来る道々胸を涵(ひた)していたあのふしぎに静穏な感情がグランジュにもどってくる。小路のなかで急に力が尽き、グランジュは杖をほうり出すと片手で柵の杭につかまった。一方の手ではいちはやくハンカチに包まれた鍵を握っている。庭の香りが酔い心地を誘った。「着いた。帰って来たのだ」そんな思いが浮かんだ。歯ががちがち鳴り、手にした鍵が震えている。熱のせいというより度はずれた心の焦りのためだ。鍵を持つ手を左手につかみそのひどい震えを抑えようとしてもみる。「こんなことでは開けられやしない」そう思い重すぎるほどの頭を手にささえる。それでも中へ入って扉を閉め、しっかりと錠を下ろす力はあった。そのあと深い闇のなかを両手を前に突き出しながら部屋の奥のほうへ進んで行くと、ベッドの縁に膝が当たった。グランジュは倒れこむようにしてそこへ大の字なりに寝転んだ。

横たわったままかなり長いことじっと身動きもしなかった。呼吸が次第にととのってくる。心臓の鼓動もおさまっていった。ごくわずかな灰色の光が部屋のなかに滲みこんで、戸口の欄間や鎧戸（よろいど）のハート型の小穴を明るませている。刺し子の掛け布団が体の重みでやんわりと沈んでいた。母の胎内にうずくまってでもいるような気持である。この静寂がなんとも言えずすばらしく思われる。かすかに蠟の匂いが漂い、空気はほろ苦く健康なラベンダーの香りに清められていた。ばらばらに感じられていた四肢が暗闇の静かさのなかで少しずつ一つにまとまってくる。力がふたたび身内にもどってきた。

「なんたることだ」と思う。まだ少しぼんやりとはしていたが、グランジュは考えをまとめようとしてみた。先刻ばたんと音たてて扉が閉まったとき、自分の身の上に一つの区切りがついたこと、終幕が閉じられたことを悟っていた。短いながら戦争の体験も終わったのだ。驚くのは周囲にできているこの空虚である。ぽっかりと口を開いた、無味乾燥な、幽界めいた空虚さ。その空虚さが自分を呑みこんでゆく。モーナはすでに帰してしまっていた。オリヴォンとエルヴーエは死んでしまった。グルキュフも去って行った。戦争ははるか遠くをいまやまことに無意味に、土気色をした重たい亡霊――立ちもどり輪になってうずくまるあの亡霊たちのなかに消えながら進んでいる。傷を負った衝撃にいまなお茫然としながら、グランジュが見ていると、周囲には田舎の静寂におしひしがれ月明かりのなかで抗しがたい眠りにとりつかれている密閉されたこの部屋の重たい水が漂っている。「なんて引っ越しだ」と彼は思った。冬中いっぱい道路上の遠地点に眼を放ち、あの熱っぽさあの病的な好奇心で窓からうかがっていたものは果たして何だったのだろう。グランジュは額に皺を寄せて思い出そうと努めた。「恐怖もあったしこわいもの見たさの気持もあった」と思う。「何かが起こるのを待っていた。なにごとかのために場所を作ってやっていたのだ……」そのなにごとかが到来したことはグランジュにもよくわかっている。だがそれが現実のことのようには思えなかった。戦争はもろもろの幻影の背後に隠れたままであり、彼の周囲の世界は音もなく後へ後へとさがり続けている。寂莫とした国境の辺、森のなかの夜の巡回の思い出がもどってきた。しんとしたあの国境から何度このベッドへ、モーナのもとへと帰って来たことであろう。なにひとつありありと現実の確かさを帯びてこない。世界はわびしい蒼白の光に照らされたホテルの室のように、ふわふわと手応えもなくすり抜けてゆく。無人の家の虚ろな闇のなかでベッドに横たわったまま、グランジュは冬中そうであったように、ふたたび盲いた放浪の人になっていた。おぼろな夕暮れの森の縁を、あたかも夜波打ち際を歩くようにしてさまよい続けていたのである。「でももう底まで着いた」一種安らかな気持でそう思った。「もはや期待するものはない。ほかになにひとつ。おれはもどり着いたのだから」

「明かりをつける必要はない」とグランジュは思った。立ち上がり、手探りで化粧台を探す。洗面台に置いてあった水差しを見つけると長いこと水を飲み続けた。ときどき味気ない埃の膜がうっすり混じりこんでいるのが舌に感じられた。モーナと別れてからまだ一週間とたっていないことにふと思い当たる。そのあとモケット絨毯の上に横になって傷口を洗った。水は音もなく床に流れて次々と厚い絨毯に吸われてゆく。冷たい水が火のように感じられたが、傷口が水に涵されると痛みは少しおさまるような気がした。ふたたび立ち上がるとさらにまた少量の水を飲んだ。灰色のかすかな人影が部屋の奥から彼のほうへ寄って来て合図しているように思われる。グランジュは手を上げた。鏡のなかの影はまるで水の深みに漂うにも似て、疲れ果てたような緩慢さで同じしぐさを返してくる。グランジュは鼻先が鏡面にくっつくほど体を前にかがめた。それでも影は相変わらずぼんやりとしたまま周りじゅういたるところが闇のなかに溶け入っている。命が影と結び合わないのだ。じっとみつめることもかなわぬベールに包まれたこの影との近々と顔寄せ合った対面以外何もない。だがときおりさまざまな思いが漂うようにグランジュの脳裏をよぎっていった。そうした思いもにわかにかぎりなく遠いことのように感じられる。グルキュフはムーズ川までたどり着いただろうか。「銃眼の覆いのことはヴァランの言うとおりだったな」公平な気持でそう思った。だがそうしたこともすべて彼にとってどうでもよいことである。何も起こりはしない。だれもいはしない。あるのはただベールに包まれた脅すように強情なこの影だけ。漠とした冥界の底からグランジュに向かって漂い寄りながら、しかし彼と合体することないこの影、そして気も遠くなるようなこの静寂だけだ。

そうしている間に疲労は鉛のように頭を重くし手足を痺れさせてきた。重たい眠りが全身を侵してくるのが感じられる。グランジュはふたたび服も脱がず、片脚だけズボンからはずしたまま長々と刺し子の掛け布団の上に寝そべった。静寂が静かな水のように部屋を満たす。眠り入ったモーナのそばに伏せながら、ときにこういう静寂の音に聞き入ったことが思い出される。しばらくはなおモーナのことに思いがいった。はじめて会ったあの雨の道路が浮かんでくる。「私、未亡人なのよ」彼女がそう言ったとき、二人でさんざん笑ったっけ。だがその思い出すらじっととどまってはいなかった。グランジュの思いとかかわりなく、モーナはもっと軽い水の層へともどって行ってしまうように思われる。「もっと下だよ」とグランジュは思う。「ずっと下のほうだよ……」二度三度、また犬の吠える声が聞こえた。次いですぐ近くの雑木林の縁でフクロウの鳴く声がする。そのあとはもう何も聞こえなかった。周囲の大地は雪の平原のように死んでいる。命はシャグマユリの花咲く草原の、あの甘ったるい静寂のほうへと沈んでゆく。人が行き着くことの決してない海底（うなぞこ）の音を秘める貝殻のように、耳に触れる軽い血のさざめきに満ちたあの静寂のほうへ。重たく寝返りを打つと、押しつぶされたポケットのなかで認識票が擦れ合って鳴った。オリヴォンとエルヴーエはこの死の貨幣でいったい何を購（あがな）ったというのだろう。「きっと、何もありはしない」グランジュは壁や窓ガラスに重たげにぶつかる青蠅の唸りにじっと身動きもせず聞き入りながら、なおしばらく天井を向いたまま暗闇のなかで大きく眼を開いていた。それから毛布を頭の上まで引っかぶるとそのまま眠りに落ちていった。

解説

ここに訳出した『森のバルコニー』*Un Balcon en Forêt* はジュリアン・グラックの小説第四作に当たり、一九五八年 José Corti 社から単行本として刊行されたものである。これに先立つグラックの諸作品——『アルゴールの城』(一九三八) をはじめ『陰欝な美青年』(一九四五)『シルトの岸辺』(一九五一) などにはそれぞれ邦訳もあり、それなりに日本の読者にも馴染みあるものになっていると思われる。本作品以後には、標題作ほか二編の短編を収めた『半島』が一九七〇年に発表され、現在までのところ小説作品としては以上五冊がグラックの業績のすべてである。一九一〇年生まれの本年七十歳、その年齢を考え合わせてみるとき、彼がきわめて寡作な作家に属することが知られるであろう。

グラックには処女作『アルゴールの城』以来、各作品に共通して見てとれる際立った特徴がある。作中人物が差当ってなすべき「義務」に縛られていない一種の (あるいは文字どおりの)「休暇」ないし「休暇」の雰囲気のなかに置かれているということ、そうした無為徒然のなかでなんらかの「出来事」を待ち受ける「期待」が生まれ、それが次第に膨らみ熟しながら作の中軸をなしてゆくということ。「出来事」はしばしば破局的な様相を帯び、たとえば死や戦争となって現われるということなどである。その際「出来事」の出現、つまり長々と引き延ばされた「期待」――「待つこと」が終わりを告げる瞬間に作品も終わりになる。したがって「期待」そのものが一編の主題ともなるのである。

右のような特徴はすでにしばしば諸家の指摘するところであり、グラック自身もまたそのことを認めている。

『森のバルコニー』もまたその点において例外をなすものではなく、作家グラックの個性がここにも強く刻印されていることは明らかである。だが一つ前三作と著しい相違を見せているのは、この作品が「奇妙な戦争」という現実の事実に即した物語だということであろう。

由来、グラックの作品は主観の投影のはなはだ色濃いものであった。たとえば『アルゴールの城』にしても『陰欝な美青年』にしても、古城とか神秘の森、あるいは宿命的に避けられぬ恋とか、いささか人工的な舞台設定あるいは人物創造を通じて、観念的な虚構世界を構築しているという趣が強いのである。そして「病的なロマン主義的雰囲気」（モーリス・ナドー）と言われるようなものがそこに醸成されていたことも事実であった。また『シルトの岸辺』は、「たとえばアレキサンダー大王の姿をクラブのキングという象徴的画像のもとに見るようにして」傾きかけた西欧世界の位相をそこに見てとることがかりに出来るとしても、それはいつの世とも定めがたい（ルネッサンス期のイタリア諸都市が漠然と思い合わされるのみ）架空の国オルセンナの物語である。われわれはそこで作家の想像力のみごとな展開に魅せられることはできても、所詮われわれの直接体験とは遠く隔たった一つの小説世界を見ないわけにはゆかない。

このような先行の作品に比べてみるとき、『森のバルコニー』がはっきりとそれに対照的であることは容易に見てとれるであろう。物語の舞台も時代も明確な位置づけを持っており、作中人物もごく普通の、どこにでも見られるような現実感のある現代の兵士たち、そしてその周辺の人間たちなのである。「幻想」小説家グラックの「現実への回帰」と見られ、「客観的手法への転回点」とこの作を評されるのもふしぎなことではない。

舞台はフランス東北部の「辺境」、ベルギー領に接する広大なアルデンヌの森林高地である。時は第二次大戦初頭、一九三九年十月から翌年五月にかけての「奇妙な戦争」の時期。国境防備に配置された四人の兵士を中心にした叙述は、そのままこれを一編の戦争小説と受け取ることも可能であろう。「奇妙な戦争」の雰囲気は、いかにもさもあったろうと思われるばかりみごとに活写されているのである。「反軍国思想抜きで、かつてこれほど厭戦的な物語が書かれたことはない」（ドミニック・オーリー）という感想も、一応この作品の戦争小説としての性格を捉えた上での批評にほかならないだろう。そしてそれが「厭戦的」であるとすれば、時代の空気をそれだけ的確に反映している証左とも受け取れるのである。

第二次大戦が終結して早くも三十年余の歳月が過ぎる。「奇妙な戦争」なる呼称も。ある年代以下の人々にとっては、もはや耳に馴染みない言葉となりはてているかもしれない。

ヨーロッパにおける大戦は、一九三九年九月一日、ドイツ軍のポーランド侵攻を契機に、三日、英仏両国がナチス・ドイツに対して宣戦布告をしたことによって本格化した。というより、本格化するはずであった。だが僅々三週間でポーランドを席捲し制圧し、それによって東西二正面作戦を強いられる危険を除き去ったはずのドイツは、十月、大軍団を西部戦線に集結しながら、しかしいっかな攻勢に移る気配を見せなかったのである。あるいは天候の悪さから、あるいは準備不足を唱える将軍連の意見もあって、ヒトラーは予定した攻撃を何度か延期せざるを得なかったとも言われている。いずれにせよ両軍は国境を隔てて対峙したまま動かなかった。フランス軍の士気ははなはだ振るわなかったという。すでにポーランドは敗北し、ポーランド支援の意味は失われているのに、そしてフランスは直接攻撃を受けてもいないのに、なぜ自分たちが動員されているのか分からないといったふうな気分も兵士たちのあいだに広まっていたということである。やがて冬を越えて五月の十日、ドイツ軍の電撃作戦によるベルギー侵入によって最終的に終止符を打たれるこの戦闘なき戦争の七か月ないし八か月の時期が、後に「奇妙な戦争」の名のもとに呼ばれるようになったのである。その間、仏独両国に挟まれたベルギーは、ドイツを「挑発」することを恐れるあまり、ひたすら中立の維持に懸命であった。そして作中グランジュ見習士官が「禁断の都市か約束の土地」を見るようにして望見したとおり、「平和の小島」をなしてそこには穏やかに燈火が瞬き続けていたのである。

このような時期に辺境に動員されている兵士たちは、家族から遠く、本来の職業からも離れ、日常的ないっさいの束縛を脱していた。言ってみれば一種の「休暇」の状態のなかにいたのである。戦争は布告されていながら、しかし実際に始まってはいない。始まっていないとはいうものの、それは「脅威」として大きな影のように厳としてそこに存在することをやめてもいなかったのである。いつ、どのように「出現」するか予測不可能な不安にさらされながら「待つこと」を余儀なくされている「猶予」の時期。このように言ってみれば、もはや指摘するまでもあるまい。それはそのままグラックが、繰り返し作品の上に設定してきた状況に酷似する。かつてグラックが小説的想像のなかで身を置いてきた状況が、そのまま「奇妙な戦争」という歴史の現実のなかに出現したのである。グラックは小説の舞台を創造する必要はなかった。現実の状況に自己の内面世界を投影することによって彼本来の「期待」の主題をそこに生かすことができたのである。『森のバルコニー』はこのように、作者の内面と外的状況の符合の上に成立した作品であった。戦争文学として捉えることが可能であるという前言を翻すつもりはないけれども、『森のバルコニー』をいわゆる記録文学の類と同一視するものでないことは断わっておかなければならない。

一九三九年の秋から四〇年にかけて、冬をあいだに挟んだ長い「猶予」の期間、不安に目覚めた主人公グランジュの意識は、鋭く研ぎ澄まされて「出来事」の予感に震えている。そのとき、広大なアルデンヌの森林はあたかも電流を通じでもしたようにただならぬ緊張を帯びてくるのである。静寂も鳥の羽音も、夜の闇に漂う光も、すべてが何かの「予兆」としての徴となってくる。何が起こるのか。そしていつ。そのような「期待」の感情が作中人物もろとも読者をも次第に呪縛してゆく。

しかしこの小説において、実は「出来事」はほとんど何も起こらない。ただ一つ小説らしい挿話があるとすれば、妖精めいた女人と主人公とのはかない出会いと別離だけであろう。だがそれとても挿話にすぎない。中心をなすのは人物というよりはもっぱら外界、不安にみちて予兆に見張られた感性が捉える外界――自然の変化と推移なのである。季節の移ろい、森の静寂、光と影の戯れ、すべてのものが捉えられる。それは単にいわゆる小説中の自然描写というふうな客観的な把握にとどまるものではない。識閾の底に身を沈めるようにして外界に融け入り、その幽暗の深部から捉えがたい形象と意味とを言葉の鉤に引きつけ掬い寄せるという趣、すべての印象が感性の戦きとともに捉えられるのである。このように深い交感のうちに掬いとられる外界が、掬いとる感性の色に色濃く染め上げられるのもまた当然の成り行きと言わなければならないだろう。アルデンヌの森が、ケルト伝説、ゲルマン伝説の神秘な相貌を呈するのも、深く作者グラックの感性に浸されているからにほかならない。

終幕、破局をもたらす災厄として、突如「戦争」が出現し、長びいた「期待」に終止符を打って物語はそこで終わる。小説的事件はほとんどそこに起こらない。だがそのような批評に対して、グラックは次のような言葉を用意しているのである。「この小説のなかに起こるほとんど唯一のこと――季節の流れ、その移ろい、私にとってこれは重要な出来事なのです」（一九七一年七月十二日、ジルベール・エルンストとの対談ラジオ放送、「レルヌ」誌所載）。そこには人間を単に社会的存在と考えるのではなく、はるかそれ以上に土壌や天候や季節と結びつきの深い「人間植物」と捉えるグラック一流の考え方が明確に打ち出されていると言えよう。

だがそうなると、社会との関連のなかで個性の発展や葛藤を主軸としてきた近代リアリズム小説の観念をここに当てはめて考えることは不可能である。人間心理の分析もなく出来事も起こらない、出来事の叙述を中心にしない小説を、だいいち物語とすら呼ぶことができるであろうか。

しかし事実として、この作品を魅力あらしめているのは人間の活躍ではない。主人公グランジュの人間像や行動の軌跡などではなく、むしろ彼が感受する自然、外界の叙述にこそこの作の最大の魅力がひそむことは否定できないのである。極言すれば、グランジュは五官を開放して外界に向かう感受の役割を担うにすぎず、主役は森であり風であり光と闇にほかならない。そのように考えてみると、纖細微妙な触手をもってもろもろの影像を掬い取る——そして尖鋭な喚起力をもつ——文体と思い合わせて、これを全体として「詩」と受けとることも可能であろう。詩と言いきることに語弊が伴うとしたら、少なくとも、詩の領域に多分に領界侵入をした小説とでも言ったらよいであろうか。

『森のバルコニー』には安斎千秋氏による先訳があり、一九六九年、現代出版社から刊行されている。このたびの翻訳に当たってはもちろんありがたく参照させていただいたことを断わっておきたい。maison-forte を「監視哨」としたのも、安斎氏の訳語をそのまま踏襲して使わせてもらったものである。本文中にも注を付しておいたように、これは当時国境付近に設置した急造の防塞を指した新造語であるらしく、グラック自身、執筆当時は実物を見たことはなかったという。防塞は現在もランシャンに一つ、スダンの近傍に一つ残っており、その後訪れて見たところによれば上は山小屋風の宿舎、下は対戦車砲や機関銃を備えたトーチカ、まことに平和と戦争とが重ね合わせになって「奇妙な戦争」をそのまま象徴するような姿であったと前記対談のなかでグラックは語っている。

翻訳の機会を与えてくれた白水社編集部の森田哲康氏、その後刊行に際していろいろ面倒を煩わした小島徳治氏に末尾ながら謝意を表しておきたい。

一九八一年四月

訳者

本書は一九八一年刊『森のバルコニー／狭い水路』（白水社）収録の「森のバルコニー」に、訳者の中島昭和氏が書き遺された改訂用のメモを参照しながら、翻訳著作権者の了承のもと、改訂をおこなったものです。

訳者略歴

中島昭和

1927年生まれ。1951年、東京大学文学部仏文科卒業。中央大学名誉教授。訳書にジュリアン・グラック『半島』（共訳）『偏愛の文学』、ベルナール・パンゴー『原初の情景』（白水社）、ジィド／マルタン・デュ・ガール『往復書簡』（共訳、みすず書房）、ミシェル・ビュトール『段階』（竹内書店）、フランソワ・モーリアック『夜の終り』（集英社）など。

森のバルコニー

2023年5月1日初版第一刷発行

著者：ジュリアン・グラック

訳者：中島昭和

発行所：株式会社文遊社

東京都文京区本郷4-9-1-402　〒113-0033

TEL: 03-3815-7740　FAX: 03-3815-8716

郵便振替：00170-6-173020

装幀：黒洲零

印刷・製本：中央精版印刷株式会社

乱丁本、落丁本は、お取り替えいたします。

定価は、カバーに表示してあります。

Un balcon en forêt by Julien Gracq

Originally published by Librairie José Corti, 1958

　ISBN 978-4-89257-139-8

陰鬱な美青年

ジュリアン・グラック
小佐井 伸二 訳

海辺のヴァカンスにおける無為と倦怠を、ひとりの美青年の登場が、不安とおののきに変貌させる――彼は、一体何者なのか？　謎に満ちた構成による、緊張感溢れる傑作！

装幀・黒洲零　ISBN 978-4-89257-083-4

歳月

ヴァージニア・ウルフ
大澤 實 訳

十九世紀末から戦争の時代にかけて、とある英国中流家庭の人々の生活を、半世紀という長い歳月にわたって悠然と描いた、晩年の重要作。

解説・野島秀勝　改訂・大石健太郎

書容設計・羽良多平吉　ISBN 978-4-89257-101-5

草地は緑に輝いて

アンナ・カヴァン
安野 玲 訳

破壊を糧に蔓延る、無数の草の刃。氷の嵐、炎に縁取られた塔、雲の海に浮かぶ〈高楼都市（ハイシティ）〉――近未来ＳＦから随想的作品まで珠玉の十三篇を収録した中期傑作短篇集、待望の本邦初訳。

書容設計・羽良多平吉　ISBN 978-4-89257-129-9

あなたは誰？

アンナ・カヴァン
佐田 千織 訳

「あなたは誰？（フー・アー・ユー）」と、無数の鳥が啼く——望まない結婚をした娘が、「白人の墓場」といわれた、英領ビルマで見た、熱帯の幻と憂鬱。カヴァンの自伝的小説、待望の本邦初訳。

書容設計・羽良多平吉　ISBN 978-4-89257-109-1

われはラザロ

アンナ・カヴァン
細美 遙子 訳

強制的な昏睡、恐怖に満ちた記憶、敵機のサーチライト……。ロンドンに轟く爆撃音、そして透徹した悲しみ。アンナ・カヴァンによる二作目の短篇集。全十五篇、待望の本邦初訳。

書容設計・羽良多平吉　ISBN 978-4-89257-105-3

ジュリアとバズーカ

アンナ・カヴァン
千葉 薫 訳

「大地をおおい、人間が作り出したあらゆる混乱も醜悪もその穏やかで、厳粛な純白の下に隠してしまったときの雪は何と美しいのだろう——。」カヴァン珠玉の短篇集。解説・青山南

書容設計・羽良多平吉　ISBN 978-4-89257-083-4

ジェイコブの部屋

ヴァージニア・ウルフ
出淵 敬子 訳

「わたしが手に入れそこなった何かを彼はもっている——」視線とイメージの断片が織りなす青年ジェイコブの生の時空間。モダニズム文学に歩を進めた長篇重要作。

装幀・黒洲零 ISBN 978-4-89257-137-4

壁の向こうへ続く道

シャーリイ・ジャクスン
渡辺 庸子 訳

サンフランシスコ郊外、周囲と隔絶した住宅地は悪意を静かに胚胎する。やがて壁を貫く道が建設されはじめ——。傑作長篇、待望の本邦初訳。

装幀・黒洲零 ISBN 978-4-89257-138-1

絞首人

シャーリイ・ジャクスン
佐々田 雅子 訳

わたしはここよ——周囲から孤立し、居場所のない少女が、謎めいた少女に導かれて乗る最終バス、彷徨い歩く暗い道。傑作長篇、待望の本邦初訳。

装幀・黒洲零 ISBN 978-4-89257-119-0